作者简介

　　韩振雷，山东理工大学传媒技术系影视编导与制作方向学科带头人，长期从事数字媒体技术与艺术的学科建设及教学研究工作，主要研究成果分布于数字电视原理、影视制作技术及广告策划、拍摄与后期制作等领域。近5年来，出版《影视制作概论》专著一部，发表《多格式全高清摄像机主要技术标准深度解析》、《表现蒙太奇在TVC中的应用》、《论电视广告的艺术特征》、《基于造型空间的长镜头类别及其艺术表现力》、《虚拟演播室的技术特点及布光要求》等学术论文40余篇，其中EI、ISTP检索及核心期刊论文10余篇。另外独立或与他人合作策划、摄制专题片及TVC等100余部。

博学·广告学系列

韩振雷 著
Han Zhenlei

广告摄像教程

Guanggao Shexiang Jiaocheng

复旦大學 出版社

www.fudanpress.com.cn

内容提要

　　本书是作者将影视制作理论与广告拍摄实务相结合的成果，也是十余年教学研究与实战经验积累的结晶，是国内第一部系统阐述电视广告拍摄理论、技术运用及艺术表现的实用教程。

　　教程共分六章，第一章的重点是电视广告的表现特征，第二章介绍广告摄像的镜头运用和机位调度原理，第三章和第四章分别叙述电视广告构图的基本元素和法则，第五章主要介绍广告摄像的器材、原理与应用选型，最后一章借助四个广告案例，利用前面所学的知识对镜头语言作全面的评析。

　　全书力求理论上的探索性与创新性和实践运用上的可操作性与技巧性，尽可能地充分体现影视理论在电视广告摄制中的应用特点与艺术规律。教程图文并茂，结构清晰，技术与艺术相融，理论与实践并重，既可作为广告专业的教材或参考书，也可作为广告从业人员的案头读物。

CONTENTS 目 录

▪▪▪ 第 5 章   广告摄制用数字摄像机及应用选型　　　　*146*

第1章 电视广告摄制综述

本章介绍有关电视广告摄制的预备知识。首先通过"制作流程"了解电视广告制作的若干重要步骤,特别是拍摄这一环节的地位、作用与要求。然后通过对比分析,介绍电视广告的镜头语言在艺术表现和商业属性等方面和广告摄影及影视剧的若干区别。最后简单介绍电视广告在后期剪辑方面所涉及的一些基础知识。

1.1 电视广告的制作流程

电视广告的整个制作流程大致可分为前期运作、中期拍摄和后期制作三大环节。

前期运作是指广告公司从竞标到与客户签订合同这段期间所涉及的若干广告活动。这段期间的工作大多与市场公关、营销、策划、创意及美工等有关,如竞标、策划、创意、制作故事板及提案、报价等。前期运作基本不涉及制作技术和视听艺术,但却最能检验广告公司的综合实力和员工的业务素质。

1.1.1 竞标

广告公司是广告活动的主体,花钱制作广告的企事业单位,即广告主,是广告公司的客户。当客户基于营销或宣传的需要,经过深思熟虑,决定制作一部广告片时,一般会以公告等方式发布招标信息。在指定的时间和地点,经过初步筛选的几家广告公司会来参加竞标(有的广告公司也可能是熟人引荐而来,另外也不排除广告客户跳过招标这一环节,直接与某家广告公司进行合作)。在竞标说明会上,客户方的负责人通常会首先对参与竞标的几家广告公司作简单介绍或请他们自我介绍,然后向参与竞标的广告公司简单介绍公司概况、产品及市场等情况,并对广告片的时间长度、版本数量、制作周期等提出明确的要求。

参与竞标的广告公司则需要知道客户对广告片的基本要求,比如产品或服务的主要功能与特点、在同行业中所处的位置和水平、诉求内容与方式、表现风格、目标受众、在哪家或什么级别的电视台投放、竞争对手的广告制作与投放情况、是否还有其他类型的媒体广告或促销手段,等等(有些一时忘记的事项或不想让其他广告公司"偷听"的事项,也可会后通过电话等方式询问)。

假设通过短暂的竞标说明会,广告公司的人员已经非常清楚客户的广告目标及基本要求,那么下次他们再次来到这里的任务将是向客户呈交凝结了大量灵感和智慧的广告提案。

1.1.2 策划

广告策划就是对广告决策、计划、实施等全过程作预先的调研与设想,以形成一个科学、完整、详细的广告战略目标和实施策略的书面运筹规划。广告策划的具体内容有市场调研、消费者调查、产品定位、市场定位、创意构想、拍摄制作及媒体与评估安排等。战略目标即广告活动所要达到的目的和效果,是策划的重点部分,要根据市场研究结果和产品及市场定位,阐明使消费者产生深刻印象或改变消费习惯、刺激购买兴趣、提高市场占有率等拟采用的具体方案。策略部分则要详细说明广告实施的具体细节,包括媒体计划等都要清晰、完整地描述出来。广告策划有两种:单独策划和系统策划。单独策划即单项广告活动策划,是为一个或几个单一性的广告活动进行独立策划。系统策划则是为企业在一定时期内的所有广告活动进行统一的、总体的策划。如果只针对一个或多个版本的电视广告进行策划,显然属于单独策划。下面所说的创意、提案等都是基于单独策划。

1.1.3 创意

创意是广告的灵魂,也是广告公司产生"脑力激荡"的灵魂部门。创意就是利用比喻、象征、联想、拟人等手法,借助情景想象、情感冲突等思维方式,以告知、示范、比较等表现形式,创造独特、新颖的意境和意象,以达到更佳的传播效果,更好地促进产品销售或企业文化与品牌的塑造。创意可以表现在广告设计、策划、文案等多个环节,而文案创意又是现代广告创意的核心,关乎广告摄制的成败。电视广告的制作过程就是将文字形式的创意转变为视听语言的一个过程。好的创意可以极大地减小传播阻力,用少得多的播出频次达到预期的传播效果。

创意可以标新立异、天马行空,但不能偏离广告主题和准确的广告定位。创意应追求意境的原创性、信息的真实性和传播的实效性,要有人性化的内涵和艺术化的表现手法,要贴近并能满足受众的生理需求、心理需求和审美需求。另外,创意还要充分考虑到广告摄制的成本和转换为视觉语言的可行性,不可以在技术上超过实际拍摄所能达到的能力。好的创意可以用简单的画面语言和情节吸引观众的眼球,而不是一定要用高昂的成本"堆砌"令人眼花缭乱的炫目画面。

1.1.4 文案脚本

文案脚本即用文字符号描述场景、动作、对白、音效等视听信息的创意文案,简称脚本,是广告片的剧本(script)。创意文案脚本是美工绘制故事板和导演撰写分镜头稿本的基本依据,也是广告公司在竞标后和广告主进一步沟通、交流的重要内容和形式。创意脚本类似影视剧本,都具有文字的形态,但都不属于文学艺术,不需要太多的修辞和心理描写。文案脚本的文字风格要浅显、简练、直观、具象、准确,能给人以强烈的画面感和运动感,使人看到文字,大脑中就能浮现出清晰的画面或动作。另外,广告的创意脚本和影视剧本都不是用字数的多少来衡量最终的影片长度。对于广告的创意脚本,完成诉求所需要的画面和声音必须有一个恰当的时间长度,应通过反复的模拟演练,"计算"出所需要的时间,以便"多退少补"。

用文字语言写作创意脚本时,必须运用影视语言的艺术规律,按场景和情节的顺序进行构思。必须严格限定每个情节或场景的时间,处理好画面、声音(画外解说、人物对白、旁白、歌曲、音乐、音效等)、字幕和广告词之间的关系,严格做到"声画对位"。

创意脚本没有严格、统一的文字格式,只要用简练、形象的文字把创意中所包含的广告主题、目标、定位和场景、道具、模特特征、艺术形式、镜头手段、字幕和各种必要的声音元素描述出来,并且让相关人员能够看得懂,就是一个合乎形式要求的创意脚本。另外,在创意脚本之后,最好再附以简短的创意说明,以便于客户理解本广告的创作意图、主要卖点、表现风格以及预期的广告效果等。

常用的创意脚本格式有两种,一种是文字说明式,另一种是镜头分列式。文字说明式主要是给出每个场景或镜头的内容、动作和对白描述,不太注重画面景别、时间、镜头及声音等的详细说明,如时长 15 s 的《××强身酒——足球篇》的创意脚本(表 1.1)①。

表 1.1 文字说明式创意脚本示例

镜头 1:一老人手提"××强身酒",步履矫健。
镜头 2:一群男孩在路边草地上踢球。
镜头 3:带球突破的双脚及滚动的足球。
镜头 4:球被踢飞,在空中飞翔,画出一条弧线。
镜头 5:老人伸出一脚,接住足球,然后轻巧地颠球。
镜头 6:男孩们走过来,惊讶的表情。
镜头 7:一男孩说:大爷,您腿脚这么好啊,可以踢南非世界杯了!
镜头 8:老人用右手指着左手提的强身酒说:常喝××强身酒,健康身体天天有!
镜头 9:标版画面。配音:常喝××强身酒,健康身体天天有。

创意说明:足球是年轻人的运动,本创意采用老人接球、颠球这一略带夸张的手法诉求产品的功效,同时形成广告的一大记忆点。今年是南非世界杯年,以足球为载体,可借助世界杯产生的巨大影响力,有利于产品信息的传播。本创意既突出了强身酒的礼品和保健功能,同时又暗含年轻人应该怎样对老人表达孝心的情感诉求,具有较强的情绪感染力。

---

① 改编自 http://www.zjadw.com/news_show_1771.htm。

镜头分列式创意脚本以表格的形式分别给出场景序号、画面描述、景别、时间及声音等,如时长 30 s 的《菊花牌电扇·风车篇》创意脚本(表 1.2)①。

表 1.2 镜头分列式创意脚本示例

场景	画 面 描 述	景 别	时 间	声 音
1	可爱的小男孩手拿纸风车站立在菊花地里,用嘴轻吹小风车	全 景	2 s	
2	小风车转动起来	风车特写	2 s	风车转动的声音
3	气势磅礴的大瀑布	瀑布全景	2 s	欢快优美的背景音乐响起,直到结束
4	草地上的游人	远 景	2 s	
5	游人飘逸的长发	长发特写	1 s	
6	游人被风吹动的裙子	裙子特写	1 s	
7	被风吹拂摇摆的小草	小草特写	1 s	
8	美丽清凉的大草原,蓝天、白云、羊群,牧羊姑娘	远 景	3 s	
9	漫山遍野的野菊花	大全景	3 s	
10	小路两旁菊花盛开。小女孩头戴菊花环,小男孩手拿转动的小风车,同时入画	中 景	3 s	女性画外音:清凉世界何时来,待到菊花开
11	镜头推向小风车	风车特写	2 s	
12	两个孩子嬉戏追逐的慢动作镜头,拉摄,画面渐虚化	全景转远景	3 s	
13	叠化出标版画面	用绿色背景作标版色彩基调	5 s	男性画外音:菊花电扇,清凉世界

创意说明:由于本产品并没有特殊的附加功能,而风扇的基本功能可谓人人皆知,所以本创意完全放弃功能诉求,而采用优美、抒情的视听手法进行感性诉求。本创意主要用"菊花"、"风吹"等把品牌和产品紧紧地结合在一起,用风车、瀑布、草原、美丽的姑娘、可爱的孩童、清爽的绿色、欢快的音乐及微风吹动的风车、小草、长发等特写镜头,给人以"清凉"、"舒适"的心理感受和对"菊花电扇,清凉世界"的向往。

1.1.5 故事板脚本

故事板脚本简称故事板(story board),其作用是把文字脚本描述的创意构想以"图文并茂"的方式阐述影像、情节及动作构成。绘制故事板时,首先将每个镜头用一幅或多幅画面来表示,然后再用文字对该画面所对应的镜头运用方式、景别、时长、对白、特效等作简明扼

① 改编自方欢丰、袁琳:《影视广告设计》,武汉:湖北美术出版社,2007 年版。

要的说明。故事板在形式上类似儿童喜欢看的连环画,所以也有人将故事板形象地称为"可视剧本"(visual script)。如果说创意脚本是文字化的创意形式,那么故事板就是可视化的创意形式。

故事板通常由广告公司内具有良好视听素养、美术功底和团队协作意识的美工人员绘制。早期故事板的画面都是采用手工绘制,然后扫描进电脑,用编辑软件进一步修改和上色处理。现在多采用 Painter、StoryBoard Quick、Artist 及 Shotmaster 等这类图形软件,直接在电脑上绘制画面。有些软件还可以模拟拍摄的镜头特点和技巧,使用非常方便。除手绘的画面外,故事板的画面也可选用相近的照片或其他素材,当然采用彩排时的照片或视频截图就更好了。具体采用哪种画面形式,取决于时间、费用、可行性等具体情况。

故事板的作用主要表现在两个方面:一是帮助导演、摄影师、布景师、灯光师和广告模特等摄制组成员,在镜头开拍之前通过"看图"而建立起统一的视觉概念,从而更好地团结协作,进行二度创作。另一个作用是便于广告公司向客户解释广告的创意构想,毕竟对于非广告专业背景的广告客户而言,"可视化"的故事板比纯文字形态的创意脚本更容易理解。

表 1.3 是故事板的格式之一,画面栏中的图片就是用 StoryBoard Quick 绘制的。

表 1.3　故事板格式示例

Shot(镜头)	Video(画面)	Sound(声音)
镜头 1: 人坐在驾驶室内发动汽车。 近景,斜侧向,平拍,3 s。		引擎发动声
镜头 2: 车水马龙的街道上,车辆的"S"状行驶路线。 远景,斜侧向,俯拍,5 s。		背景音乐

1.1.6　提案

提案即广告公司向广告客户就有关这次广告活动的整体策划、创意构想、调查结果等提供书面报告和口头陈述的商业行为。对于电视广告,提案需要提交的主要材料有策划书纲要、创意文案脚本、创意说明和故事板等,重点是向客户准确生动地介绍广告目标、创意构想和实施策略,旨在激起客户的热情和共识,赢得客户的信心和支持。

提案得到广告客户的认可后,下一个环节就是报价。决定报价高低的项目有前期策划、创意等费用,拍摄器材租赁、场地、置景、道具、服装、化妆等费用,摄制组全体人员的劳务费用,后期剪辑、音乐、配音、特效、电脑图形及动画制作费用,以及广告公司需缴纳的税金和应得的利润等。报价时最好呈上详细的费用明细表,并附制作日程表。

经过讨价还价,当价格进入双方共同预期的范围后,如无特殊原因,这次合作就可以成交了。经进一步对项目内容和具体细节协商后,接下来双方要签订有效的工作合同,提案时的各类材料以附件的形式成为合同的一部分。随后广告客户向广告公司提供广告所需的产品样本及文字、图片等所需要的制作素材,并在合同规定的时间内向广告公司支付预付款项。接下来,广告制作的流程就进入了中期拍摄阶段。

1.1.7 组建拍摄团队

除了预算较低、要求也低的广告片可以由广告公司亲自组织人员摄制外,预算高、要求也高的广告片,从拍摄到后期剪辑,都是广告公司"转包"给专业的制作公司去做。广告片拍摄团队的主要成员有创意总监、制片人、导演、制片、摄像师、灯光师、场记、美工师、道具师、化妆师、服装师和广告模特等。为了控制摄制成本,有时一个人会兼有多个角色。大规模的摄制团队阵容庞大,分工很细,除上述人员外,还会有助理导演、助理摄像、录音师、话筒吊杆员、场务、置景师、剧照师及特效人员等。团队成员中,除了创意总监外,其他的通常都不是广告公司的内部人员,当然也不一定是制作公司的专职人员,很多人都是兼职或自由职业者,大家是为着一个共同的目标——拍广告,走到一起来的。

创意总监是电视广告创作的总负责人,为整个广告片的质量负责,主要职责是激励、协调创意、美术等人员最大限度地发挥聪明才智和创作激情。

制片人负责选择制作公司,确定导演、拍摄和广告模特等主创人员。制片人既要懂广告理论,又熟悉影视制作,在广告、影视圈里具有丰富的人脉资源。电视广告制片人可能是广告公司或制作公司的内部人员,也可能是第三方人员——独立制片人。

导演组织、指挥整个广告片的摄制工作,其核心任务是高质量、高效率地把广告故事板中的创意构想转化为广告片的视听语言,是摄制组的核心人物,责任重大,决定着广告片的好坏与成败。在业务方面,广告导演应非常熟悉影视广告的制作流程,具有深厚的影视艺术素养,精通分镜本脚本的写作,有良好的语言表达能力和组织能力。另外,也是非常重要的一点,就是要有相当的广告与营销理论,用商业的思维模式去创作。广告导演不同于影视导演。影视导演是艺术工作者,追求的是作品的艺术质量,可以从容地发挥其艺术思维的才智。广告导演不管有多么深厚的影视艺术修养,在指挥拍摄广告时都需要有强烈的商品意识,不得出现重艺术、轻营销的倾向,更不能把广告完全导向一个纯艺术的主题而损害了广告主的利益。

大制作中的导演或大牌导演往往还配一名助理导演,又称副导演,其职责是分担导演的部分工作,使导演把有限的精力放到更重要的工作上。

正式拍摄前,导演需要将广告的故事板进行再度创作,形成所谓的分镜头脚本(shooting board)。分镜头脚本和故事板在形式上非常接近,但分镜头脚本给出的是实际拍摄的镜头顺序,而不一定是成片的镜头顺序。当然,两者的顺序也有可能完全一样,不过这种可能性通常很小。有的分镜头脚本还给出同一场景下采用不同角度和景别的最少拍摄次数,即镜头的条数(takes)。在格式和内容上,分镜头脚本一般要用草图和简明扼要的语言给出所能实现的最终结果,比如镜头需要表现的主体形象与动作、拍摄角度及高度、景别、时长、镜头及各种声音的运用等。分镜头脚本虽然是导演本人及相关人员最重要的工作依据,但是也不宜写得太过繁杂和详细,毕竟拍摄现场的情况与事前的设计和预想不可能完全一致。

分镜头脚本也没有固定的格式,采用表格形式的相对较多,如表 1.4 所示①。

表 1.4 电视广告分镜头脚本

企业名称:安踏企业
产品名称:安踏运动鞋

广告总长度:30 秒
备注:时尚运动篇

编号	画面	画 面 说 明	景 别	镜头运用	声 音	长度
1	画面 1	一时尚青年踩着滑板入画,能清晰地看到滑板及鞋上的"ANTA"商标	腰以下,近景	固定镜头	急速动感的摇滚音乐	2 s
2	画面 2	滑板者在马路上的车流中自如穿梭	腰以下特写	移跟镜头	同 上	5 s
3	画面 3	一辆小轿车迎面而来	全 景	移跟镜头	轿车鸣喇叭声,音乐急停	2 s
4	画面 4	滑板者腾空而起,跃过轿车	滑板者全景	固镜仰角升格拍摄,成片中为慢镜		3 s
……	……	……	……	……	……	……
N	画面 N	一块类似场记板,上面写有 ANTA 的牌子,以右下角为支点左右摇摆,画面渐隐	牌子的全景	固定镜头	画外音:安踏,永不止步	4 s

① 改编自 http://www.vision1.cn/Article/wa/YSJB/200611/20061117113339.html。

说明：

- 镜号即分镜头的顺序号,但不一定是成片中的镜头顺序号。如内容较多,应以多幅分镜画面描述。
- 画面一般用草图简单勾勒,也可用相近的图片素材或借用故事板中的图画。如画面绘制困难或意义不大,也可不要画面。
- 镜头运用包括镜头的技巧方式(固定镜头或运动镜头)、拍摄高度及角度(如为平拍或正拍可不标明)及是否采用升降格拍摄等。
- 声音包括背景音乐、自然音效、对白和旁白等几种类型。自然音效可采用现场录制的同期声,也可采用音效素材或后期拟音。对白可用现场同期声,也可后期录制。
- 实际拍摄的分镜头长度会远长于脚本中给出的时长,成片中的分镜头也可以与脚本中的时长稍有差异,但所有镜头的时间之和必须和广告总时长严格一致。

制片和制片人不是一个概念。在摄制组里,制片与助理导演的职责较为相近,有时候干脆由助理导演兼任。在摄制组里,制片负责联系场地,租借设备,安排交通、食宿,维护现场秩序,协助寻找演员等几乎所有艺术创作之外的事务。制片非常熟悉广告拍摄的工作流程和商业规则,善于交际,不管是租赁设备还是联络工作人员,都具有很强的成本控制能力。

在有助理摄像(assistant videography)或摄像机操作员(camera operator)的情况下,摄像师通常是那位"动口不动手"的摄像指导(director of videography),否则他就是亲自操作摄像机的人了。在拍摄现场,摄像师的地位仅次于导演,也是一位决定影片质量的重要人物。本书的阅读对象也主要是有志于成为电视广告摄像师的初学者。

一名优秀的广告摄像师必须具备的条件和素质有：体格强健,吃苦耐劳,有团队合作精神;了解摄像机的基本工作原理和性能指标,在技术上能熟练地调整和操作摄像机及摇臂、导轨等拍摄设备;具有良好的镜头语言和审美素养;具有娴熟的画面构图和镜头运用技巧;熟悉常用的灯光设备和照明艺术,懂得如何用光线造型。最后还要了解后期制作技术和蒙太奇艺术,具有很强的剪辑意识,即在拍摄过程中就能想象到镜头如何剪切、如何运用。

灯光师的职责是利用各种专业灯具,根据广告片的艺术风格,配合摄像师用光影、色调创作广告画面。灯光师与摄影师总是同步工作,在拍摄现场,两者的配合最为紧密,都是实现导演意图的重要工种。灯光师除熟悉常用的专业设备和光影规律外,还需要敏锐的影像洞察能力,对色温、影调、光质、光型、平光、侧光等理论的理解和运用驾轻就熟。当然,丰富的实践经验更是一名优秀灯光师的最大资本。在一些大制作的拍摄现场,灯光设备众多,分量又重,搬运、安装、调整都需要相当的体能,所以"著名"的灯光师通常都配备一至几个年轻力壮的照明助理。体力活基本都是这些助理们去做,灯光师主要负责照明技术和艺术的指导工作。当然,在一些预算很低的小制作中,可能没有专职的灯光师,照明工作由摄像人员兼任。

广告模特即广告演员,是电视广告的信息载体,利用其形体、面貌、气质、眼神、语言或行为动作等可以更好地实现产品特征、功能、性能及内涵的信息传达,使消费者通过模特而对产品产生兴趣或好感,进而成为企业或产品的形象代表。广告模特选择的恰当与否,对传播效果具有举足轻重的影响,在没有良好创意的广告里尤其是这样。模特的选择要注意两点,一是接近性,二是同一性①。接近性是指广告模特的选择不能只考虑外貌是否年轻、俊美,还要在性别、年龄、心理、气质等方面与目标受众尽可能相同或近似,只有这样才能唤起消费者的情感共鸣,进而对产品的诉求产生认同感。如果产品的目标消费者是女性,如护肤用品、时尚女装等,最好选择相貌、皮肤、身材姣好的女性模特。如果目标消费者是男性,如剃须用品、男性西装等,最好选择阳刚、英俊的男性模特。类似的道理,面向儿童的食品、饮料等,最好选择小孩来表演。当然,这只是一般的规律和原则,并非绝对没有例外。同一性指的是广告模特的气质、个性与身份特征要与商品的内涵相谐和。想象一下,让一位年近古稀的老人给一辆红色的豪华跑车做形象代言,那将是一种什么样的情景和结果呢?

限于篇幅及本书的"职责"所在,摄制组的其他成员不再逐一介绍。

1.1.8　摄制准备会

摄制准备会即制作前会议,英文是 pre-product meeting,缩写 PPM。PPM 既是广告公司向客户汇报落实所有开机前筹备事项的会议,也是广告公司、制作公司和广告客户三方就影片风格、摄制方案及场地、布景、演员等商讨细节,落实方案,消除分歧,统一思想,达成共识的"战前准备会",是整个电视广告活动中非常重要的一个环节。会议通常由广告公司一方的客户主管或创意总监主持,主要议事内容有:

首先客户方介绍企业和产品概况,重申对本次制作的愿望和要求。然后广告公司方的创意总监阐述创意构想,目的是让全体与会人员彻底明白创意精髓,在接下来的工作中紧紧围绕创意主线,齐心协力地完成影片的摄制。接下来,导演基于对影片的理解,向客户详细阐述分镜头脚本及相关摄制事宜。最后,依据广告目标、创意构想与核心诉求,大家就广告片的表现风格与手法、节奏快慢与镜头技巧、电脑图形及动画的使用、后期合成时特效的处理及演员选用、试镜、勘景、布景、设备、道具、服装、音乐样本等细节进行商讨。三方达成共识后,确定人员、经费及日程安排,制定出详细、严谨的摄制日程表。

如果一次 PPM 会议不能达成一致,可以另择时间召开第二次甚至第三次会议,直到三方都满意为止。所有摄制事宜在 PPM 会议上都已明确且有关文件均获客户认可并签字后,广告片的制作流程就进入最激动人心的拍摄阶段了。

1.1.9　拍摄

拍摄的场地有外景地拍摄、棚内(演播室)拍摄及外景地搭景拍摄三种情况。为了节约

---

①　参阅方欢丰、袁琳:《影视广告设计》,武汉:湖北美术出版社,2007 年版。

设备租赁及人工费用,广告片的拍摄时间一般为一至两天,每天的工作时间也不限于八小时以内。有些有"远见"的企业还有可能同时拍摄多个版本甚至是系列广告。所有这些,对摄制组成员的体力、精力及导演、制片等的工作能力都是巨大的考验。

对于摄像师来说,在导演的指挥下,在灯光师的配合下,除常规的拍摄技术与艺术表现外,与他关系密切的注意事项还有:首先要清楚地知道镜头的跳拍原则,也就是要根据拍摄现场的情况而不是成片的镜头顺序决定先拍哪些镜头,后拍哪些镜头。比如大场面镜头、儿童和动物等拍摄难度较高的镜头、有同期声的镜头、外景拍摄时天气和光照状况符合影片要求的镜头,一定要优先拍摄,而静物、特写及产品等镜头如无特别情况可安排在后面拍摄。当然,基本的拍摄顺序在导演的分镜头脚本里通常都有所体现,但也要根据现场的天气、人员及机位、设备等情况灵活决定。另外,设备租借时间很短、演员镜头很少及大范围的运动镜头也要尽早拍摄。再就是要注意备用镜头的拍摄,除同一个场景或动作应该采用不同的景别和角度多拍摄几条以备剪辑时选用外,还应该充分利用其他人员忙于准备或小憩的时间,多拍一些分镜头脚本里没有的镜头,特别是产品的特写镜头及与产品、场景等有关的空镜头等,这也是后期剪辑时可能用得上的画面素材。当然,比拍摄备用镜头更重要的是,千万不要漏拍了"必用"镜头。拍摄现场人多事杂,导演工作千头万绪,出现工作疏忽也是难免的,这就要求场记人员一定要严格做好拍摄记录,特别是还没拍过的镜头一定要牢记在心,及时通知导演、摄像、照明人员。毕竟因镜头漏拍,及至后期剪辑时才发现而不得不重新拍摄,是件十分麻烦的事。

很多电视广告都倾向于在棚内拍摄,因为在摄影棚或演播室里拍摄不受天气制约,照明条件理想,画面质量有保障。选择在摄影棚内拍摄的另一个重要原因是为了利用棚内的蓝色背景,通过蓝屏抠像而实现实拍影像与外景视频或电脑图形画面合成。在棚内拍摄时,人物在蓝背景前面完成各种表情和动作,然后通过抠像技术使原来的蓝色背景变为透明状态,只将人物及道具等保留下来,人物周围的图形、动画甚至背景都是单独制作而成,最后再将这些素材合成为最终的画面(通过多次拍摄可将同一人物以多个不同的角色或形象合成于同一画面中)。图1.1所示的画面就是在蓝屏前拍摄,然后抠像、合成出来的。拍摄类似这样的镜头时,必须事先进行科学严格的设计和演练,人物的影调、色调、景别、角度、高度、面部表情、肢体动作、走动路线等都需要摄像师根据事先的设计要求精确把握,不得出现明显的虚假和偏差。

拍摄工作完成后,广告片的制作流程进入后期制作阶段。

1.1.10 常用后期制作软件简介

如果广告片是用胶片拍摄的,后期的第一步是胶片冲洗,然后通过胶转磁(film-to-video transfer)将胶片上的影像转变成数字视频文件。本书只研究电视摄像(这也是前面我们将负责拍摄的人员叫摄像师而不是摄影师的原因),所以用摄像机拍摄完毕后的素材录像带

图 1.1 棚内蓝屏前拍摄时,常以想象的虚拟对象作为人物动作和表情的依据

(也可以是光盘或存储卡)就相当于用胶片拍摄并胶转磁后的媒介形式。将录像带(或光盘、存储卡)上的信号采集(或复制)进电脑,然后用专业软件进行初剪、精剪、色彩校正、特效处理,最后与其他素材及各种声音合成为广告成品片交付客户(后期制作的一些重要环节,最好经客户验收、认可)。下面重点介绍与影片后期制作有关的常用软件。

广告后期制作需要的软件可分为两类,一类是非线性编辑软件,另一类是后期合成软件。

非线性编辑软件数量众多,根据功能、性能和专业化程度可分为两大类,一类是面向专业级高端应用的产品,如 Adobe 的 Premiere(PR)、Sony 的 Vegas Video、Apple 的 Final Cut Pro(FCP)、Avid 的 Xpress Pro、Pinnacle(品尼高)的 Liquid Edition、Canopus(康能普视)的 Edius 、Ulead(友立)的 Media Studio、Matrox(迈创)的 Incite Studio、中科大洋的 X - Edit,另外还有以速度见长的 Speed Razor(快刀)等。另一类是面向商业及个人用户的低端产品,其功能、支持的格式、音视频轨道等都相对较少,因而操作简单,上手很快,这类软件有 Canopus 的 Let's EDIT、Ulead 的 Video Studio(会声会影)、微软的 Movie Maker、Pinnacle 的 Studio 及 Fred Edit DV 等。

非线性编辑软件的主要功能是镜头剪辑——选取素材的有用部分并以某种顺序将素材组接起来,然后再添加视频效果、转场特技及各种声音素材,最后以恰当的格式渲染、输出为视频文件。专业的非线性编辑软件虽然都支持数十条以上的轨道或图层,具有丰富的抠像、特效功能,因而也具有很强的合成能力,但其"本职工作"是水平方向(时间维度)上的镜头组接,特别适合于编辑时间比较长的影片,如新闻、电视剧等。相反,后期合成软件虽然也可在时间域上以非线性方式进行镜头组接,但其"强项"是在垂直方向上(空间域)强大的合成能力。和非线性编辑软件相比,专业后期合成软件具有更为优异的抠像能力和极为丰富的视觉特效,可以制作出非常精致、炫目的视频短片,特别适合电视栏目片头及高端电视广告的后期制作。下面重点介绍电视广告后期制作中常用的几款合成软件。

(1) After Effect。After Effect(AE)是美国 Adobe 公司在静态图像处理软件

Photoshop(PS)基础上发展起来的一款支持运动图像的后期合成软件,可理解为 PS 的"动画版",具有非常广泛的用户群体。AE 采用面向图层的操作界面①,主要优点是操作相对简单,上手较快;可与本公司的 PS、Illustrator 等图像、图形软件无缝结合,比如导入 AE 中的 PSD 格式图像文件,在 PS 中重新处理并存储后,在 AE 中可自动更新。另外,AE 还具有特效插件众多,光效绚丽,对硬件要求很低,在一般的 PC 机上都能顺畅运行等优点。

(2) Combustion。Combustion(CB)是加拿大 Discreet 公司在其 Effect 和 Paint 两款特效软件的基础上经过大量改进而推出的专业合成软件,采用基于图层的操作方式,可运行于 NT 服务器和苹果的 MAC 两种系统平台,具有极为强大的特效、合成及创作能力。Combustion 的主要功能和优势有:具有真三维的空间定位和动画,可以加入嵌套层到原始的合成图像中;具有强大的矢量绘画功能、优异的键控抠像性能和完整的色彩校正工具包;可以和本公司的专业三维动画软件 3DS Max 进行无缝连接;支持 PS 及 AE 的大部分外挂插件。总体而言,Combustion 的功能和性能要稍好于 AE,但对硬件的要件也明显高于 AE。Discreet 公司还有一个将 Edit、Effect 和 Paint 三个软件捆绑在一起的系列软件,运行于 PC 平台。其中 Edit 是非线性编辑软件,Effect 则是基于图层的合成软件,Paint 是一个绘图创作软件。三个软件相互配合,是一套影视后期制作的完美解决方案。

(3) Digital Fustion。Digital Fustion(DF)是由加拿大 Eyeon 公司开发的基于 PC 平台的专业合成软件,采用面向流程的操作方式,提供了专业级的校色、抠像、跟踪、通道处理等工具,具有场处理、胶片颗粒匹配、网络生成等高端合成软件特有的功能,是目前 PC 平台上最好的合成软件之一。Digital Fustion 还有一个相同血统的"同胞",叫做 Maya Fusion (MF)。我们都知道 Maya 是 Alias Wavefront 公司推出的和 3DS Max 齐名的大型三维动画软件,在影视广告领域获得极为广泛的应用。Alias Wavefront 在 PC 平台上推出 Maya 时,基于各种原因,并没有选择同时把本公司的 Composer 合成软件移植到 PC 平台上,而是选择了与 Eyeon 公司合作——从 Eyeon 公司把 Digital Fusion 直接购买过来并重新命名为 Maya Fusion,作为与 Maya 配套的合成软件。

(4) Shake。Shake 是苹果公司推出、运行于 MAC 平台上的后期合成软件,功能强大,性能出众。Shake 和 Fusion 一样,也是采用面向流程的操作方式,校色、抠像、跟踪和通道处理等工具具有业界顶级水准。Shake 与自家的 Final Cut Pro 专业非编软件实现了完美的整

---

① 根据特效处理及合成输出的操作方式,合成软件可以分为面向图层及面向流程两种。面向流程的合成软件把合成画面所需的多个步骤作为一个单元,每一个步骤都接受一个或多个输入画面,对这些画面进行处理,可产生一个输出画面,把若干个步骤连接起来,即可形成一个所谓的流程,在流程中对原始素材进行复杂的处理,即可得到最终的合成结果。面向图层的合成软件把工作窗口分为若干图层,原始素材放置于不同的图层上,通过对每一个图层进行抠像处理或添加各种视频特效,最后就可以得到各图层相叠加的合成画面。基于流程的合成软件不受层的局限,有利于对素材进行极为精细的调整,更擅长制作复杂的特技效果,适于电影特效等高端应用。面向图层的合成软件界面直观,易于上手,制作速度快,适于电视栏目包装及一般的电视广告制作。

合,包含了 3D 多平面合成及光学流动图像处理技术等顶尖的视觉特效,是高清电影特效制作和视频剪辑、合成的最佳软件之一。

(5) Commotion。Commotion 是由 Pinnacle 公司出品的后期特效合成软件,既可运行于 PC 平台,也可运行于 MAC 平台。Pinnacle 公司是少有的几家既生产视频硬件板卡,又研发视频处理软件的公司之一。在其视频板卡的支持下,Commotion 具有非常优秀的性能表现。在功能上,Commotion 与 AE 极为相似,也是采用面向图层的操作方式,但具有更强大的绘图和运动追踪功能。Commotion 的特效功能也很出色,上手也比较容易,不足的是在我国用户相对很少。

(6) Inferon/Flame/Flint。Inferon/Flame/Flint 也是 Discreet 公司开发的系列合成软件,全部运行于大名鼎鼎的 SGI 工作站平台。其中 Inferno 运行于多 CPU 的超级图形工作站,定位于电影大片的特效制作与合成。Flame 运行于高档图形工作站,定位于一般电影、高清电视及标清电视的特效制作与合成。Flint 可以运行于较低端的图形工作站,主要定位于一般的视频特效制作与合成。尽管这三款软件的性能和档次有较大差别,但功能类似,都具有非常强悍的特效、绘图及合成性能,同时又具备基本的非线性剪辑功能,即使是最低端的 Flint,也能满足高端电视广告的后期制作要求。

1.2 电视广告的商业本质与艺术特征

电视广告是依附影视技术与艺术的一种视听传播形式,和照片摄影及其他类型的影片相比,既有很多相同或相似的地方,又具有特定的本质内涵和形式特征。本节通过对比分析,对电视广告的内在本质和外化特征予以揭示和概括。

1.2.1 摄像与摄影的区别

我们都知道,照片摄影是把瞬间变成"永恒"的艺术。在摄影作品中,时间凝固了,画面中的信息只存在于两维的平面空间中。因此,摄影是一种静态的平面艺术。而摄像记录的是一段时间内的连续影像:对于 PAL 电视制式,一秒钟记录 25 帧静态画面;对于 NTSC 电视制式,一秒钟记录 30 帧静态画面。摄像的一帧(frame)相当于一幅照片,每秒 25 帧或 30 帧静态画面的连续播放即形成动态的视频影像。因此,摄像是动态的时空艺术,时间和空间是影像信息的两大载体。另外,摄影作品没有声音信息,而摄像时可同期记录声音,因此,摄影是纯粹的视觉艺术,而摄像则是视听相结合的艺术。

摄像与摄影还存在整体性与独立性的差别。一幅照片是一个独立的艺术单位,包含着作者全部的创作思想和艺术构思。而电视画面中的一帧,虽然在构图形式上和一幅照片没什么区别,但通常并不具备一个完整的表意或叙事功能。也就是说,在电视摄像中,表达思想或情感并不是以帧为单位,而是按每秒 25 帧或 30 帧,并经历一定时间的连续运动而体现的。一个电视帧的构图结构及含义通常并不是完整的,但在一系列的帧组接之后,会形成构图形式及传情达意的完整与明确。

一幅摄影作品有且只能有一个视点,而电视摄像可以在拍摄过程中连续不断地改变拍摄的角度、高度和景别,也就是在一次拍摄过程中对拍摄目标进行多视点的展现,从而使观众得到更多的画面信息和更丰富的视觉感受。

摄影和摄像作品的画幅与分辨率标准不同。画幅由多个因素决定,其中水平与垂直分辨率是最为重要的一个因素。数字摄影的分辨率(一般用总像素数或文件大小来表示)没有统一的标准,通常相机内会预置多个模式供用户自由选择,最终打印输出的画幅可大可小,可以是横幅,也可以是立幅,宽高比可自由裁定。摄像的分辨率则有明确的制式标准,对于我国所采用的 PAL 制电视制式,标准清晰度数字视频的分辨率是 720×576(水平方向有 720 个像素点,垂直方向有 576 个像素点),画幅宽高比是 4:3,全高清(Full HD)的分辨率是 $1\,920 \times 1\,080$,画幅宽高比是 16:9,这些制式标准都容不得摄像人员随意修改。

在照明方面,摄影和摄像也有所不同。摄影一般是用闪光灯进行瞬间照明,照明灯具除闪光灯外,还有柔光箱、柔光伞等,当然光线强度足够时,也可采用包括自然光在内的连续光照明。摄像必须采用连续光照明,照明灯具有聚光灯和泛光灯两大类,自然光线充足且合乎要求时,则优先采用自然光照明。

摄影和摄像的另外一个重要区别是文件格式不同。以数字摄影为例(胶片摄影不存在文件格式的问题),用闪存卡存储的静态影像一般为 JPEG 格式(有损压缩),专业单反相机同时还可存储为 RAW 格式①。数字摄像机(模拟摄像机记录的是模拟信号,不存在文件格式问题)存储的文件格式有 DV25(简称 DV)、DV50、DV100②、MPEG‐2、H.264(又叫 MPEG‐4 AVC)等。传输到电脑上后,摄影作品的文件叫静态图像(still image),而摄像作品的文件叫数字视频(digital video)。静态图像的格式除 JPEG 外,还有 BMP、GIF、PNG、JPEG2000、TGA 及应用于印刷领域的 PSD、TIFF 等。数字视频的文件类型主要有 AVI、MOV、MXF 几类,包括 DV 等具体的文件格式都隶属于这些文件类型。另外还有专门应用于影视领域的 MPEG 系列格式和面向网络应用的 ASF、WMV、RM、RMVB、FLV 等流式媒体格式。

----

①　RAW 是一种记录原始成像信息的"原生"文件类型,影像信息完全没有损失,相当于冲洗后胶片上的效果,具有最为丰富的图像细节、极宽的曝光范围和丰富的色彩选项,借助专用软件或在 Photoshop 上安装专用插件,即可对其影像的影调、色调等进行高精度的调整与处理。

②　DV25、DV50、DV100 三种格式后面的数字表示其数据传输的速率,俗称码率。DV25 的码率为 25 Mbps,DV50 和 DV100 分别为 50 Mbps 和 100 Mbps。采用相同压缩算法的格式,码率越大,图像信息越丰富,画质越好。因此 DV25 是一种专业以下级的格式,定位于民用和一般的商业级应用,DV50 是广播级格式,广泛地用于各级电视台作新闻采集或演播室拍摄,DV100 则是采用 DV 压缩算法的高清格式。详细介绍见本书第 5 章。

广告摄像和商业摄影相对应,两者的实质都是促进商品销售,而不是以艺术审美或表达个人思想、情感为目的。

1.2.2　电视广告的本质属性

除追求社会效益的公益广告外,做广告的目的就是为了产品销售或塑造更好的企业及品牌形象,归根结底追逐的是经济效益,宣传城市形象的广告片本质上是为了吸引游客,其驱动力是本地区的经济利益。假如广告不能为客户带来经济效益,就没有哪家企业愿意耗费巨资做广告了。

1. 电视广告的商业性

根据电影的本质属性,国际上将电影分成这么两类:一类是 commercial film(CF),另一类是 artistic film(AF),前者直译为商业电影,意译为电影广告或影视广告,后者则属于我们在电影院花钱看的艺术电影(一些号称商业大片的电影也属于我们这里所说的艺术电影)。在《美国传统词典(双解)》中,commercial 这一单词做名词用时,其本身的含义就是电视或广播中的广告(an advertisement on television or radio)。电视广告对应的英文是 television commercial(缩写 TVC),即 television advertisement(简写为 TV ad)。由此可见,商业属性是广告的本质,艺术性只是其表现方式和外化特征,是实现商业营销目的的手段和形式。因此,不能因为电视广告制作精良,画面美轮美奂,就把电视广告理解和定义为艺术类影片,认为电视广告是影视艺术家的杰作。那些一遍又一遍播放的精美画面不过是让消费者对产品产生良好印记,进而付诸消费行为的营销手段。衡量一则电视广告片好坏的标准是销售业绩而不是娱乐性和艺术水准的高低,当然,能否提高产品的知名度、美誉度及品牌价值,也是广告行为是否成功的重要标志。

不可否认,电视广告也是影视艺术的一种——广告影视,其艺术性属于商业艺术或者说营销艺术,华丽的外衣里裹着的是商业营销的心脏,艺术性仅仅是为了更好地提高广告的传播实效,更好地为广告目标服务。毕竟,优美、大气、富有艺术气质的广告画面既给观众以视听愉悦,又能塑造企业良好的品牌形象。反观那些直白、低俗、毫无艺术性可言的叫卖式广告,虽然短时间内也可能对产品促销产生不错的效果,但永远也打造不出良好的企业及品牌形象。总之,依据准确的广告目标和产品定位,基于精湛的制作技术,以人性化的艺术魅力迎合大众的审美情趣,既能引发消费行为,同时又提升品牌价值,这才是电视广告商业本质和艺术外表所追求的双重目标,才是“叫好又叫座”的优秀广告。

2. 电视广告中的主体

电视广告的商业本质这一特点突出地表现在广告画面中主体形象的处理策略与表现方式不同于其他类型的影片(如追求纪实的新闻片、纪录片和侧重于艺术表现的剧情片等)。在纪实类和剧情类影片中,是“以人为本”,主体一般都是人(当然有时候也可以是动物或非生命的事物)。而在电视广告中,则是“以物(产品)为本”,除了没有产品形象的镜头,画面中的主体通常是产品,而不是广告演员或其他的事物,除非产品的形象太小或处理不当,不足以引起观众的视觉注意。比如图1.2左图的广告画面中,三个人物是陪体,处在前景位置的奶茶是主体,如果这是电视剧中的一个镜头,那么人将是主体,奶茶是陪体同时兼作前景。右图是某电视剧中的一个画面,毫无疑问,画面中的轿车是前景,两个人是主体。如果这是轿车广告中的一个画面,那么轿车就是主体,人转而成为陪体。

广告画面　　　　　　　　　　　　　　　　电视剧画面

图1.2　电视广告和其他类型的影片中,对主体的定义和理解完全不同

很多电视广告都通过人物(广告演员)来展示商品,演员漂亮或帅气的外表、生动的表情、优美的造型,无不都是为了更好地表达产品的功能与内涵。但广告演员不同于影视剧中的演员,广告演员不是广告的主体而是载体和陪体,其所有的体态、动作、神情和语言都不能脱离广告的主题和产品的品牌,不能喧宾(演员)夺主(产品),让人记住了演员的形象和表演而忽视了产品与诉求,更不应该出现观众把演员和其他的品牌,特别是和具有竞争关系的同类产品联系在一起这种为他人作嫁衣裳的情形。

对空镜头的定义和理解方面,电视广告和影视剧也有所不同。空镜头有写景空镜头和写物空镜头两种。写物空镜头一般用特写、近景等小景别画面突出某一物体或某一局部,在影视剧中,具有强调、暗示等表现功能,可强化故事情节的艺术表现力和感染力。在电视广告中,由于产品是广告的主题中心,是画面中的主体对象,所以当出现产品的特写或近景镜头时,不管有没有人物,也不管人物形象是完整的还是局部的,这样的镜头都不能理解为空镜头。比如图1.3这幅镜头截图,如果这是影视剧中的一个镜头,那么就是标准的写物空镜头,目的可能是为了表

图1.3　电视广告中的类似画面不能定义为空镜头

现剧中人物下台阶时不小心踩空摔倒的情景。事实上这是某电视广告中的一个镜头,产品是高跟鞋,画面中穿在模特脚上的鞋子正是紧扣广告主题的主体形象,因此不是写物空镜头,而是一个强化产品卖点、表现创意诉求的"实镜头"。因此,严格意义上讲,电视广告中没有写物空镜头,除非画面中展现的物体不是产品本身,而且严重脱离了广告主题,对产品的功能、性能或情感诉求没有任何直接或间接的意义。

3. 电视广告的信息真实与艺术虚构

除了部分纪实性和历史题材的剧情类影片外,影视剧中的故事情节和人物等都是可以虚构的,观众观赏的是人物悲欢离合的命运、戏剧性的矛盾冲突、惊险刺激的场面与动作,或者是幽默、离奇、悬疑等给人们带来的某种心理满足,没有人会过多地介意故事本身真实与否。但是,除了神话、科幻等类型的影片外,剧情类影片在表现形式和叙事方式上,必须做到艺术的真实,不能违背生活的基本常识和逻辑,不得出现穿帮镜头 (no good:NG),在镜头组接方面要遵守连续剪辑(continuing editing)的原则,无特殊原因不要出现跳切(jump cut)和越轴组接等。

电视广告则恰恰相反。在电视广告中,产品诉求的功能、性能等,必须绝对真实,不得夸张、虚假,不能违反《广告法》的相关规定。但是,在表现手段和形式上可以进行艺术的虚构,可以违背生活的常识和基本逻辑,可以极尽夸张、离奇、荒诞之能事,只要产品的信息是真实的,产品的功能和性能等既不是虚假的,也没有夸大其词,观众都能理解和接受。比如,某彩色电视机的电视广告,因显像效果太逼真,猩猩误以为电视屏幕上显示的香蕉是真的,进而出现欲取而食之而不得的滑稽动作;美的空调的一则广告中,一只快被烤焦的大龙虾被美的空调吹出的冷风迅速退热,不但又活了过来,还打了一个喷嚏(不知会不会感冒?);一则吸尘器广告,一位男士正踩在梯子上粉刷天花板,此时楼上的一位女士正用吸尘器吸地板上的灰尘,结果男士的假发被吸到了天花板上,用幽默的手法极度夸张地表现了产品的强劲功能;法国依云(Evian)矿泉水在多个版本的电视广告中,采用高超的合成技术表现了婴儿表演滑板和水上芭蕾的"专业风采"。另外,电视广告中的人物可以不受时空的制约,衣服和发型可以瞬间变换,场景中的道具、色彩也可以随意变化,通过抠像、合成技术,同一人扮演的多个角色可以互相对话、交流,也可以拥抱或吵架。只要不伤及产品信息的真实性,所有这些都不过是吸引眼球、促进产品销售的表现形式和艺术手段。

总之,在内容和形式的真实或虚假方面,影视剧和电视广告的区别是:影视剧的内容可以是完全虚构的,但在表现艺术上必须讲求真实可信,也就是说,故事虽然是假的,但演得要像真的一样;而电视广告的内容必须高度真实,但表现形式可以夸张、虚假、荒诞。概括地说,影视剧的内容可以虚构,但表现形式必须真实;电视广告则正好相反。

1.2.3　电视广告的表现特征

由于电视广告具有鲜明的商业属性和产品促销目的,加之观众观看电视广告和其他类型的影片时迥然不同的观赏心态,电视广告在影像风格及构图形式等方面,与新闻片、电视剧等具有诸多不尽相同的表现特征。

1. 色彩应用方面

在电视新闻、纪录片和影视剧的拍摄过程中,如果不是出于特殊的考虑,很少刻意地追求色彩的对比或营造某种色彩基调,对色彩的处理基本是本着顺应自然的原则,讲求色彩的自然、真实,很少去刻意处理或突出某一色彩,除非有强调、象征、隐喻、营造气氛或特殊的艺术需要等原因。

电视广告则不然。在电视广告中使用哪种颜色作为主打色彩,人物穿什么颜色的衣服,道具和背景采用什么样的颜色等,都要进行精心的设计,这是前期策划和文案创意的一个重要组成部分。在电视广告中,对色彩的应用原则集中表现在如何形成色彩对比或确立色彩基调。当然,如果处理得巧妙,色彩对比和色彩基调并不一定是矛盾的,也可以在形成色彩对比的同时,还营造出一个恰当的色彩基调。

所谓色彩对比,就是用鲜艳的几种色彩形成强烈的对比关系,用多姿多彩的绚丽画面吸引观众的眼球。另外,在广告画面中,如果背景、环境、道具、服装的颜色与产品的外观颜色形成鲜明的对比,也具有借助色彩的反差突出产品形象的效果。

色彩基调即某一主要色彩统领下形成的总体色调倾向,是 VIS(视觉识别系统)中一个重要的识别符号,在电视广告中是一种强有力的视觉语言。一个明确而恰当的色彩基调,借助色彩的"表情"属性对观众的视知觉形成足够强度的刺激,无疑可以强化广告信息的传播力和感染力,达到深化广告诉求和渲染产品功用等目的。色彩基调通过足够频次的传播,最终形成企业或产品的标准色彩,使消费者对企业文化、理念或产品的属性、功能与情感等方面,产生一定程度的映射及识别效应。色彩基调的设计要与企业文化或产品的内涵相统一,比如牛奶类广告,用大草原的绿色作为主要色彩,既可形成色彩的统一倾向,又传达了绿色、健康的广告主题。与此类似,巧克力、奶茶、葡萄酒、鲜橙饮料等,都可以通过精心的设计和布局营造出一个与产品名称、外观、内涵等相适应的色彩基调,以配合创意诉求,达到更好的传播效果。另外,设计色彩基调时,如无特别的原因,最好与同行业或竞争品牌形成明显的差异。

2. 影调与照明方面

影调是指图像的亮度水平和明暗关系,决定于图像信号中的灰度信息,与色彩信息无关。基于平均亮度的高低,影调可分为高调(high-key)、低调(low-key)和中间调(medium-key)三种。高调画面的平均亮度很高,影像素雅、明快;低调画面的平均亮度很低,影像深沉、肃穆;中间调的影像亮度适中,最为常用。基于图像的亮暗反差程度,影调又可分为硬调、柔调和中间调三种。硬调画面中,最亮和最暗处的亮度反差很大,具有强烈的明暗对比,影像硬朗、富有力度感;柔调画面中最亮和最暗处的亮度反差很小,明暗对比很弱,影像含蓄、平淡;中间调画面的亮暗反差适中,与摄像机的宽容度指标相适应,影像自然、亲切,灰度层次丰富,是各类影片中使用最多的影调风格。

图像影调的高、低和硬、柔与多种因素有关。首先决定于照明光线的状况和摄像机的曝光水平。照明强度高、摄像机曝光量大可形成高调影像,光线强度低、摄像机曝光量小可形成低调影像;光线的光质硬可形成硬调影像,光质软可形成柔调影像。其次决定于道具、服装及背景、环境的色彩——黄色、白色、亮灰色这些对光线反射率高的色彩容易形成高调影像,红色、蓝色、黑色、暗灰色这类对光线反射率低的色彩容易形成低调影像。在其他条件一定的前提下,上述两类颜色大面积间置易取得硬调影像。

新闻片和纪录片的价值在于内容真实,表现在用光上,也是以纪实性光效为主,即尽量采用自然光拍摄,如果现场光线太暗不得不进行人工补光时,也不刻意追求人物的造型表现。影视剧中也是以纪实性用光为主,比如在外景拍摄时,根据照明光线的强度、方向和硬柔,选择恰当的摄像机位,尽可能地拍摄出自然、真实的影像效果和光影气氛——是顺光就拍出亮度均匀的照明效果,是侧光就拍出具有明暗对比的照明效果,是直射日光就拍出硬调画面,是阴天的散射光就拍出柔调画面,是雪景就生成高调影像,是夜景就生成低调影像。当然,一些追求唯美的影视剧会在化妆、布景等方面对人物及场景进行美化处理,照明上多采用光质柔和的平光和顺光,以形成肤质细腻、柔美的绘画性光效。另外,基于渲染气氛、人物造型、表达意境或抒情、写意的需要,有时候也会借助人工光源,用有色光或顶光、脚光等特殊的光位形成夸张的、有违生活真实的光影效果,甚至有意地追求荒诞、古怪、离奇、恐怖的戏剧性光效。

在电视广告中,图像的影调完全取决于对影像风格的表现定位,基本不会为了追求真实、自然而采用纪实性用光,也极少采用戏剧性光效。比如,和儿童及女性有关的产品,常采用强度较高、光质柔和的顺光照明,再辅以漂亮的场景布置和充足的摄像机曝光控制,从而形成明亮、柔美的高调和柔调画面。追求深沉、浑厚的低调画面时,可采用颜色深暗的背景、道具和服装。和影视剧不同的是,不管是哪种影像效果,必须首先保证人物及产品恰当的照明强度,不得出现人物面部或产品外观过暗或曝光过度的现象,以保证产品形象的辨识及画面的美感。在光位方面,广告摄像用光多采用顺光、平光或采用对称的顺侧光,极少采用逆光、脚光和顶光。至于有色光,更是绝少采用(色彩基调及色性的冷暖一般不采用有色光线照明形成,而是由场景中的色彩分布、参与合成的素材色彩、摄像机滤色片的应用、有意识地使摄像机的白平衡失调及后期校色控制等因素决定)。另外,为了美化人物形象,广告摄像多采用光质柔和的人工光源,较少采用自然光线和光质较硬的人工光源。

总之,(室内)广告摄像的用光,多采用强度较高的平光照明,以得到可美化人物形象的绘画性光效,极少采用纪实性用光,更少采用戏剧性光效。广告摄像的这一用光特点,也存在一个问题,那就是在照明效果上易流于千篇一律,缺少必要的光影造型上的差异性,不利于观众的识别与记忆。

3. 构图形式方面

按人物视觉力的"支点"或故事情节等是否约束于屏幕框架内部,广告摄像的构图可分为封闭式构图和开放式构图两种类型。

封闭式构图力图将人物的全部活动范围约束在屏幕的画框内部,在构图上讲求主体形象的完整与画面的优美、和谐,追求以屏幕中心的垂直线条为对称轴线的视觉均衡。对于封闭式构图,不管是情节、动作,还是人物的交流、呼应及视觉力的终点等,都处理在屏幕的框架之内,观众不需要去探求屏幕外部的情景,甚至感受不到外部空间的存在。封闭式构图符合人们传统的观赏习惯和审美标准,在各类影片中都是应用最多的主流构图形式。

开放式构图理论认为,电视屏幕内的画面只是人们看到的生活情景的一部分,还有一部分处在屏幕外部的"虚空间"中,是不能用眼睛看到而只能通过想象去感知的。开放式构图有意识地使主体人物的形象不完整或处于非视觉中心位置,更多的时候是将主体安排在屏幕的一侧或边角处,并使其视向空间明显地小于另一侧空间,在人物后方留下大片的空白,人物视觉力的支点落在屏幕的外部,给人以画中人物的视线"穿过"屏幕边框向外观看或与屏幕外部的人对话、交流的感觉,从而引发人们对屏幕外部空间的意会、感知、联想与探求。利用开放式构图的这一特点,可以强化运动的节奏,制造富有压迫感的紧张气氛,另外还可以扩展影片的叙事与表现空间并使画内和画外两个空间成为一个有机的整体,在一些剧情类影片特别是广告片中获得较为广泛的应用。

广告艺术作为一种手段,是为产品的诉求和销售服务的,而达到这一目的第一步是让消费者了解并记住产品。在广告和空气一样无处不在的信息时代,任何雷同的、平淡乏味的信息都会淹没在各种信息符号的汪洋大海中。要想让信息"脱颖而出",让观众"眼前一亮",最有效的手段之一就是进行差异化诉求,表现在电视广告的视觉语言方面就是构图结构的与众不同。由于大多数广告都比较重视画面形式的和谐与美感,所以和其他类型的影片一样,电视广告的画面构图也是以封闭式构图最为普遍。封闭式构图虽然画面优美,符合人们的观赏习惯,但看得多了,也会形成审美疲劳,进而熟视无睹。由于开放式构图是一种"反传统"的非主流构图形式,通过人为地制造画面内部的视觉失衡,给人以"另类"和"别扭"的感觉,从而达到更加吸引眼球的效果。所以相当数量的电视广告都充分利用开放式构图的这一特点,在画面结构和形式上进行差异化表现。

还有些电视广告在拍摄时故意地使画面产生倾斜、抖动或在垂直方向上形成不均衡感。所有这些,都是以画面构图的自我"丑化"为代价,换来画面结构的独特与新颖,并以此作为记忆点,最终达到易识别、可记忆的传播目的。图1.4是电视广告的两幅截图画面,左图中的人物靠近屏幕的右侧(人物后向空间大于前向空间)并面向屏幕右边框外部的空间在放声歌唱,给人以强烈的画外空间联想,属于典型的开放式构图。右图中的水平线条明显倾斜,并且建筑物和人物萎缩于屏幕的下方,上方空白明显偏大。两幅画面都不和谐、不优美,有违构图的均衡法则和空间法则,但和中规中矩的封闭式构图相比,无疑更容易吸引观众的视觉注意。但是,如果这种构图结构太多、太滥,甚至成为广告画面的"主流"形式,势必优美、和谐的封闭式构图就会成为更富差异化特征的画面结构形式。因此,电视广告在画面结构上能够更吸引眼球的条件之一是独特、稀少和与众不同。

画外交互　　　　　　　　　　　　　　　　　画面倾斜

图 1.4　电视广告中旨在形成差异化视觉诉求的非主流构图形式

1.2.4　电视广告的剪辑特征

影视后期剪辑的任务有很多,其中与画面有关的主要有两点,一个是镜头的组接顺序,另一个是镜头之间的过渡方式。蒙太奇有三层含义,宏观层面上是指视听语言的思维方式,中观层面上是指影片的结构形式,微观层面上则是指镜头的组接方式。电视广告后期剪辑的主要任务之一就是艺术地安排镜头的顺序,从而更好地讲述故事情节、表达思想感情,这恰恰就是蒙太奇最狭义、最基本的作用。下面重点介绍蒙太奇的基本概念及其在电视广告中的应用特点。

根据功用不同,蒙太奇可分为两类,一类是叙事蒙太奇,另一类是表现蒙太奇。

1. 叙事蒙太奇

叙事蒙太奇(narrative montage)就是将镜头按时间顺序、逻辑规律或因果关系连接在一起,像讲故事一样一步步地表现事件与情节的进展。叙事蒙太奇最根本的功能是"讲故事",主要应用于有一定戏剧情节或生活片断式的广告中,要求用最少的镜头把故事讲明白,基本的剪辑特点是镜头组接连贯清晰、简单易懂、逻辑正确。按叙事结构和方式分,叙事蒙太奇主要有顺序蒙太奇、平行蒙太奇及交叉蒙太奇等几种镜头剪辑类型。

顺序蒙太奇基于时间流程或逻辑顺序,沿着一条单一的情节线索,用具有典型意义的关键画面连续地叙述故事。具有一定故事情节的电视广告大多采用顺序蒙太奇的镜头组接方式,但和影视剧相比,由于受时间的限制,电视广告中的连续蒙太奇具有镜头数量少、持续时间短、时空跳跃大等特点。《贵人鸟·运动篇》的情节结构采用的就是连续蒙太奇的形式:先是男孩扔飞盘,飞盘恰巧落在骑自行车女孩的后车座上,狗狗奋起直追,女孩飞速骑车第一个冲过终点,并由此悟出"被狗狗追也是一种运动"。区区几个镜头就把这个事件讲明白了,部分截图如图1.5所示。如果大家注意观察就会发现,绝大部分电视广告都采用类似的顺序蒙太奇剪辑结构。

图 1.5　采用顺序蒙太奇的叙事结构

顺序蒙太奇在叙事风格上自然流畅,朴实平顺,但由于主体和情节单一,难以避免地具有平铺直叙、单调乏味、过程冗长的缺点。不过,顺序蒙太奇是剧情类影片最为基本的一种叙事方式,其他的蒙太奇形式往往都是建立在顺序蒙太奇的基础之上。

平行蒙太奇将同时、异地发生的两条或两条以上的情节线索进行并列表现,分头叙述,不强调多个情节线是否具有因果关联,但求一个完整的叙事结构。在电影特别是电视连续剧中,由于人物和情节众多,而且多个情节线索有可能在不同的地点同时发生、发展着,如果完全按照顺序剪辑的方式叙述完一个情节再叙述另一个情节,不但会流于单调乏味,而且也会给人以故事情节是一个结束,另一个接着开始的错觉。相反,如果通过多次场景转换,交替地讲述多个情节,不但可以明显提高叙事的节奏和信息容量,而且也给观众以多情节线索齐头并进、同时进展的感觉。因此,几乎所有的电视剧都大量采用平行蒙太奇的叙事结构。当然,在平行蒙太奇的总体结构中,具体到某一情节,也摆脱不了连续蒙太奇这一最基本的叙事方式。三情节线索平行剪辑的叙事结构如图1.6所示。

平行剪辑多见于多情节线并存、时间相对较长的电视广告中。《标志406·震撼篇》电视广告采用的就是平行剪辑的叙事结构:一条线索是表现一青年男子吃力地骑着自行车,另一条线索则表现标志406优雅的风姿,镜头在这两个没有因果关联的情节线之间切换了多次,最后自行车和标志406在一十字路口相遇,汽车急刹车,车后呼啸的气流令整座城市为之"地动山摇",尽显标志轿车强大的制动性能,部分截图如图1.7所示。

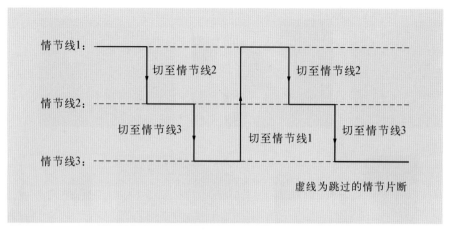

图 1.6　三情节线索的平行蒙太奇叙事结构

————→ 线索1:自行车

两条线索异地、不相关　　　　　　　　　　————→ 线索2:汽车

图 1.7　两条情节线并存的平行蒙太奇叙事结构

　　交叉蒙太奇通常是平行蒙太奇发展到一定程度后多条情节线索迅速而频繁地交替剪接的一种镜头组接方式,其中一条线索的发展往往影响其他的线索,各条线索相互依存,最后汇合在一起。和平行蒙太奇不同的是,交叉蒙太奇的情节线索是同时、同地发生的,其间具有强烈的因果关系,并且镜头剪切的频率很高,速度很快。因此,交叉蒙太奇很容易造成紧张激烈的气氛,是调动观众情绪的有力手法。上面所说的标志 406 广告中,在汽车急刹车后,两条线索出现在同一时空,并且两者之间不再是互相独立,而是完全具备了互为因果的逻辑关系,但"可惜"的是,影片到此就结束了,没有出现标准的交叉剪辑结构。

　　有一则关于 Epson 喷墨打印机的电视广告,广告中的两个"演员"分别是一只小狗和小猫,小狗在前面跑,小猫在后面追,这是发生于同一时空并且具有因果关系的两个情节线索,镜头在两条情节线中快速地切换了多次,很好地营造出了紧张激烈的戏剧气氛和悬疑效果,因此属于典型的交叉蒙太奇剪辑结构,部分截图如图 1.8 所示。

线索1：狗跑

线索2：猫追

两条线索同时、同地，互为因果，快速切换

图 1.8　两条情节线索交替出现的交叉蒙太奇叙事结构

重复蒙太奇相当于文学作品中的复叙方式或重复手法。在这种叙事结构中，具有一定寓意的类似画面或情节连续出现多次，通过视觉的积累效应产生强调、渲染、悬念、呼应等艺术效果。有一个采用重复剪辑的德国电视广告，片中首先用了 20 多个情节几乎一样的镜头，每个镜头都是德国体育界的知名人物在回答记者采访的问题，但都只说了第一个字(人们说话前习惯用的啊、嗯、哦等语气助词)，镜头就切到下一个人物。经过 20 多次的重复积累，人们的好奇心已经接近极限，很想知道这些人到底说些什么，这时屏幕上相继出现了"想知道这些体育界人士正在想什么"，"请读 *BILD*"①。很明显，如果没有前面多个镜头形成的重复和积累效应，就不会吊足观众的"胃口"，最后几个纯文字画面就不会达到预期的效果。图 1.9 是该广告的部分截图画面。

2. 表现蒙太奇

表现蒙太奇(expression montage)又叫对列蒙太奇，是以镜头的排比和对列为基础，通过镜头组接，产生单个镜头所不具有的含义，以强化广告的主题思想和创意诉求。表现蒙太奇基于观众的视觉心理，通过对比、暗喻等艺术手法，力求绘声绘色地把影片讲得精彩、感人，以引起观众的情感认同与共鸣。如果把蒙太奇比喻为一盘菜，那么叙事蒙太奇就是主料，表现蒙太奇则是佐料，没有主料不成为菜，没有佐料则没有味道。电视广告中常用的表现蒙太奇主要有比喻蒙太奇、对比蒙太奇及心理蒙太奇等。

比喻蒙太奇是通过镜头画面的对列和交替出现进行类比，直白或含蓄地表达创作者的

---

① *BILD* 全称是 *Sport BILD*，译为《体育图片》，是德国一份著名的专业体育报刊，和著名的 *Kicher*(《踢球者》)发行量之和占全德国所有体育类报刊全部市场份额的 80％以上。《体育图片》一贯坚持薄利多销(mass-market)的市场营销策略，这也是本广告在标版画面中的主要卖点诉求。

图 1.9　采用重复蒙太奇叙事结构的部分镜头画面

思想或情感寓意。这种手法往往将不同事物之间某种相似的特征凸显出来,以引起观众的联想,领会影片的寓意和情绪色彩,使被表现对象的某种内在性质得到进一步的突出和强化。比喻有明喻和隐喻(暗喻)两种形式。明喻的特点是类比的性质比较明显,并往往伴有解说词的说明介绍,所以观众很容易明白比喻的含义,而隐喻蒙太奇主要用画面的形象来说话,有一定的抽象性,理解起来需要必要的生活经验的文化素养。图 1.10 是《肯德基麻糬蛋挞·木桩篇》广告中的两幅截图,采用了明喻的表现形式:先用几个打木桩的镜头表现徒弟在跟师傅练习基本功,徒弟有些不耐烦了:"都三年了,我是来学做麻糬的,不是来学打桩的。"师傅说:"好麻糬是打出来的……"接着出现打麻糬的镜头,用打木桩比喻打麻糬,巧妙地表达了麻糬蛋挞是"千锤百炼"出来的理性诉求。

　　至于用干涸龟裂的大地比喻喉咙上火疼痛,用绿色的草原比喻牛奶的环保无污染,用清新美丽的自然景色比喻化妆品的品质,用蔚蓝的天空比喻爽朗的心情,用亭亭玉立的荷花、刚直挺立的竹子比喻人的品格、贞节和情义等,则属于隐喻蒙太奇的惯用手法。德芙巧克力在多个广告中都用巧克力色的丝巾来隐喻产品的柔软丝滑。图 1.11《德芙巧克力·橱窗女孩篇》的两幅截图中,缠绵飘舞的丝巾和产品的诉求非常吻合,堪称是经典的隐喻蒙太奇范

打木桩   明喻   打麻糍

图 1.10   用打木桩比喻打麻糍

图 1.11   用丝巾隐喻巧克力的丝滑口感

例。《步步高音乐手机·直线篇》中也大量地采用了比喻蒙太奇的剪辑手法,详见本书第六章。

比喻蒙太奇将极强的概括力和简洁的表现手法相结合,往往具有强烈的情绪感染力。不过,运用这种手法要谨慎,不管是明喻蒙太奇,还是隐喻蒙太奇,要注意比喻(喻体)和被比喻(本体)的事物要有内在的联系或相似的性质,要保证大多数观众能看得懂,而不是只有创作者和极少数的专业人士才明白。电视广告作为一种大众传媒,更是要注意比喻的可理解性,过于生硬、牵强的比喻,徒然给人一种故弄玄虚、穿凿附会之感。在电视广告中运用隐喻蒙太奇时,还要避免过于晦涩、模糊,也不必过于高雅。比如,中国银行的多则形象广告中就分别用刚直的竹林和奔流入海的江河分别比喻"止,而后能观",虽然意境深远,但却太过晦涩,普通观众欣赏得了这类"阳春白雪"的怕是不多。再就是要注意,喻体和本体要有一定的差异性,不要用食盐、柳絮比喻雪的洁白和漫天飞舞。太接近的比喻易流于俗套,缺少创造性和新颖性,难以给观众足够的心理共鸣。

比喻,特别是隐喻,仅仅是一种含蓄的表现手段。当喻体和本体处在同一个画面中,或者喻体本身兼有视觉造型的作用时,通常将这种比喻叫做象征,相应的剪辑手法叫做象征蒙太奇。

对比蒙太奇通过镜头或场景之间在内容或形式上的反差(如大与小、快与慢、黑与白、冷与暖、美与丑、胖与瘦等),给人以视觉感受上的强烈对比,用以表达或强化影片的某种情绪、观点或创意诉求。在很多减肥或美容产品的广告中,经常可以看到在减肥(美容)前的镜头后接一个减肥(美容)后的镜头,显然就是以对比蒙太奇的手法实现其产品的功能诉求。需要注意的是,采用这类对比方式时,不得违反《广告法》的有关规定。

在一则尼桑皮卡车的广告中,采用了将汽车跟轮椅进行对比的手法,来表现产品(汽车)安全、舒适、方便的利益诉求。广告大意是:主人在轮椅上睡着了,调皮的小狗将轮椅推到了大街上,然后跳上了轮椅。由于正好是一段下坡路,轮椅就在车辆川流不息的大街上开始滑行。轮椅滑行的速度越来越快,险象环生。在即将和一辆卡车相撞的危险关头,小狗"果断"地采取了制动措施,轮椅在马路上旋转几周后终于停了下来,幸运地避免了一场车祸。此时,小狗的主人醒了过来,惺忪的睡眼前出现了一辆尼桑皮卡越野车。在接下来的一个拉镜头中,我们发现小狗和它的主人已经兴高采烈地坐在了皮卡车的驾驶室里了。影片时长60 秒,最后以"Enjoy the ride"的标版画面表达了广告的核心诉求,部分截图如图1. 12 所示。

小狗将轮椅推到大街上

小狗跳上轮椅

轮椅在大街上"驰骋"

小狗紧急"制动"轮椅

看到了尼桑皮卡

享受乘坐(汽车的乐趣)

图 1. 12　将汽车和轮椅进行对比,传达产品的利益诉求

心理蒙太奇借助人物的回忆、幻觉、梦境、想象或思索行为,以穿插、闪回等剪辑手法表现人物的心理活动或精神状态,是一种带有强烈主观色彩的描写人物心理的影视思维与表

达方式。对心理蒙太奇的构思,主要是依据掌握和了解的情况,对所拍摄人物设定的一种有根有据的主观推测和假想。国外有一部关于欧宝跑车的广告片,大意是一对曾经的夫妻各自驾车从相反的方向路过一个铁路道口,此时有火车即将通过,两人停车等待。抬头间互相认出了对方,心情顿不平静,同时回忆起过去那幸福快乐的时光。用暖色调表现的回忆镜头(属于下面所说的闪回画面),描写的是双方的心理活动,具有明显的场景片断性、节奏跳跃性和叙述的不连续性,属于典型的心理蒙太奇结构手法,部分截图如图 1.13 所示。

一对曾经的夫妻,在铁路道口等火车通过。

互相认出了对方并同时陷入对过去甜蜜生活的美好回忆中。

温馨的暖色画面是回忆中的美好时光,代表着双方的心理活动。

图 1.13　影片中的回忆部分属于心理蒙太奇的镜头剪辑手法

很多具有一定戏剧情节和生活气息的优秀电视广告,都把蒙太奇理论创造性地应用于镜头剪辑,并且将叙事蒙太奇和表现蒙太奇有机地结合起来,叙事为主,表现为辅,彼此交织,互为补充,以此作为诉求广告目标和增强艺术感染力的基本方法和重要手段。

1.2.5　电视广告中的转场语言

转场即转换场景,又称过渡(transition),是指从一个场景过渡到另一个场景。转场语言是间隔故事情节和划分影片段落的一种视觉符号,多用于叙事性较强且有多个情节段落的电视广告中。用特定的转场语言间隔影片的段落,可使影片的情节脉络和时空过渡更为清晰、更富有条理和层次。这就是转场语言的基本功用和意义所在。

转场语言是一种影视艺术特有的形式符号,可概括为两大类型:一类是借助有目的的前期拍摄,然后再通过有意识的后期剪辑而形成的,称为无技巧转场;另一类是在后期剪辑时通过编辑软件提供的转场命令而形成的,称为有技巧转场。在一般的影视作品中,常用的无技巧转场方式通常有空镜头转场、主观镜头转场、特写镜头转场、长镜头转场、遮挡镜头转场及借助声音转场等。不过,这些转场方式在电视广告中都极少使用。电视广告中使用的转场一般都是有技巧转场,其中有白场、黑场、叠化及两维特技转场和三维特技转场等。大多数电视广告都采用直切(cut)式段落过渡,如果采用有技巧转场,白场、黑场和叠化最为常见。下面专门对这几种场景过渡技巧作简单介绍。

1. 白场

白场是指前后两个镜头的衔接部分亮度明显变高,屏幕几乎为全白状态。白场又叫闪白,其持续时间包括闪入时间(一般为 3—5 帧)和闪出时间(一般为 12—15 帧)两个部分,白屏"闪"过之后,第二个场景段落正式出现。

白场既是一种普通意义上的转场语言,又是一种表现短暂回忆的倒叙"符号",作第二种用途时,白场又叫闪回(flashback),意即如闪电般短促的回忆。闪回通常是在顺叙性剪辑的整体结构中插入一段回忆、梦境、回想、幻觉或情绪记忆的零散片断。这些插入的零散片断属于倒叙蒙太奇影片结构,其特点是节奏比较急促,不追求完整的情绪影像,主要是表现人物心理和情感记忆,一般不构成情节主线的叙述环节。通过闪回插入的镜头画面一般处理为灰色图像或某种特殊的色彩,如图 1.13 中表示回忆镜头的暖色调画面。闪回过后,再回到当前场景,色彩也恢复为当前的自然色彩。使用白场技巧时,通过屏幕的瞬间变亮,可模拟闪光灯、闪电或大脑思维片段的快速闪回,在音响效果的同步作用下,可营造出强烈的动感、节奏感和情绪气氛,给观众以深刻的视听刺激。需要注意的是,白场不宜用得太多太频,以免对观众视觉形成过度刺激,影响观看情绪。

2. 黑场

黑场和白场正好相反,其前后两个镜头之间的画面亮度短时间内变至最低,屏幕呈现为黑屏状态,黑屏过后,第二个场景正式出现。用黑屏转场的优点是过渡效果比较大气、自然、顺畅,是使用频率很高的一种有技巧转场方式。

黑场属于淡变(dissolve)转场,根据持续时间的长短,黑场分为 V 型淡变黑场和 U 型淡变黑场两种。当前后两个镜头无缝隙地组接在一起时,如果前一个镜头的末尾部分逐渐地由正常亮度变为最低亮度(全黑状态),紧接着后一个镜头的开始部分逐渐地从最低亮度变为正常亮度,势必画面会呈现为短暂的黑屏状态,这种效果即为 V 型淡变黑场,原理如图 1.14 所示。

如果前后两个镜头不是无缝隙地组接在一起,而是有一定的时间间隔(对于电视广告一般为一秒左右,影视剧中为三秒左右),同样的处理方式,势必画面会呈现为更长时间的黑屏状态,这种效果即为 U 型淡变黑场,原理如图 1.15 所示。

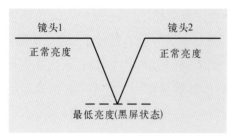

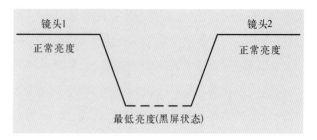

图 1.14 V型淡变转场示意图　　　　　图 1.15 U型淡变转场示意图

前一个镜头由正常亮度逐渐变低,画面逐渐隐去直至出现黑屏的过程叫淡出(fade-out)或化出,下一个镜头由黑屏逐渐变亮,画面逐渐显现直至达到正常影调的过程叫淡入(fade-in)或化入。因此,V型淡变黑场和U型淡变黑场又叫淡出淡入或化出化入。不管是V型淡变黑场,还是U型淡变黑场,都表示一定时间的过渡,区别是V型淡变黑场表示较短的时间跨度,而U型淡变黑场表示较长的时间跨度。

3. 叠化

如果前后两个镜头的画面部分重叠,前一镜头在淡出(化出)的同时,下一个镜头淡入(化入),这种转场方式叫做叠化,又叫X淡变或交叉淡变(cross dissolve)。叠化转场在交叉淡变的过程中,前后两个镜头的亮度之和保持常数,既不会出现黑场,也不会出现白场,原理示意图和广告中采用叠化转场的效果截图分别如图1.16和图1.17所示。

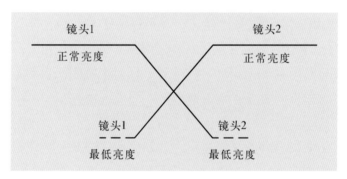

图 1.16 叠化转场示意图

镜头1　　　　　　　　叠化　　　　　　　　镜头2

图 1.17 实际广告中的叠化转场效果

　　叠化是各类转场方式中最为常用的一种,经常用来表示较小的时间过渡,比如在一个钟表的特写中,从三点叠化为四点,则表示时间过去了一个小时。在风光类宣传片中,镜头之间也经常采用叠化过渡,但这种情况下,叠化并没有场景转换的含意,其作用仅仅是为了使镜头得以更平滑过渡,画面与影片的抒情气氛更吻合,视觉效果更富美感。另外,很多广告片在相邻的镜头之间都添加一个时长只有几帧的叠化效果,虽然时间非常短暂,几乎难以察觉,但和硬切相比,在一定程度上降低了镜头过渡的生硬感,视觉效果更为自然、顺畅。很明显,这是叠化命令的另一种功用,与转场无关。

本章主要内容:

　　1. 电视广告在正式摄制前所要做的工作有竞标、策划、创意、文案脚本、故事板脚本及提案等。

　　2. 策划的重点是战略目标和实施策略。战略目标是广告活动的核心目的,实施策略则是达到这一目的所采用的具体方法。

　　3. 创意是广告的灵魂,要独特、新颖、可理解性强。好的创意可以减小传播阻力,提高传播效果。

　　4. 创意文案脚本简称脚本,是广告片的剧本,也是文字形式的电视广告,是绘制故事板和导演撰写分镜头稿本的基本依据。

　　5. 故事板脚本简称故事板,是"图文并茂"的广告形式,在流程上介于文案脚本和成片之间。

　　6. 在整个电视广告的制作流程中,拍摄属于中期环节。广告片拍摄团队的主要成员有创意总监、制片人、导演、摄像、灯光、场记、美工、道具、化妆、服装和广告模特等人员。

　　7. 电视广告导演负责组织、指挥整个广告片的摄制工作,是决定广告片质量的关键人物。

　　8. 在电视广告制作团队中,广告摄像师的重要性仅次于广告导演。一名合格的广告摄像师需具备的业务素质有:吃苦耐劳,熟悉影视制作技术和相关设备,良好的影视素养,掌握后期剪辑理论及娴熟的画面构图和镜头操作技巧等,另外还要有相当的照明技术与艺术素养。

　　9. PPM 是正式开拍前的"摄制准备会",即制作前会议。PPM 会议的成效对拍摄效率和成片质量具有举足轻重的影响。

　　10. 电视广告拍摄的场地有外景地拍摄、棚内拍摄及外景地搭景拍摄三种情况。在棚内拍摄的目的之一是利用蓝背景技术抠像,以实现实拍画面与外景视频或电脑图形的画面合成。

11. 拍摄完毕后,制作流程进入后期制作阶段。后期制作的主要内容有剪辑、特效、配音及音乐、音响的处理与合成等。

12. 后期制作所涉及的与画面有关的软件有非线性剪辑和后期合成两大类。非线性剪辑以组接镜头为主,后期合成的主要任务是特效生成及最终影片的合成与输出。

13. 可用于电视广告剪辑的专业级非线编软件有 Premiere(PR)、Final Cut Pro(FCP)、Edition、Canopus 及 Edit 等。

14. 可用于电视广告特效及合成的专业级后期合成软件有 After Effect(AE)、Combustion(CB)、Digital Fustion(DF)、Maya Fusion(MF)、Shake 及 Inferon/Flame/Flint 等。

15. 电视广告的本质是商业行为,艺术性是实现商业目的的表现手段。在电视广告中,产品是影片的主体,广告演员是陪体。

16. 与图片摄影相比,电视摄像的特点有:动态性、整体性、时空结合、视听一体、视点多变、画幅固定、标准统一。

17. 在色彩应用、影调处理、构图方式及照明风格等方面,电视广告和影视剧都有着较为明显的区别。比如在照明风格方面,电视广告多采用美化人物形象的绘画性光效,较少采用纪实性和戏剧性光效。

18. 电视广告由于时间很短,场景少,所以较少采用转场特技。在时间较长、场景稍多且叙事性较强的电视广告中常用的转场效果主要有白场、黑场及叠化等。

本章思考:

1. 简述电视广告的制作流程。

2. 尝试写一个简单的电视广告分镜头脚本。

3. 从 CF、TVC 这些影视(电视)广告的英文缩写出发,谈谈对电视广告本质属性的认识。

4. 在色彩应用方面,电视广告和一般的影视剧有什么不同?

5. 在画面影调的处理和应用方面,电视广告和一般的影视剧有什么不同?

6. 为形成差异化的画面结构形式,电视广告在构图方面有哪些特点?

7. 在对主体的定义、处理和认识方面,电视广告和一般的影视剧有什么不同?

8. 试分别列举一个采用叙事蒙太奇和表现蒙太奇的电视广告。

第2章 电视广告的视觉语言

色彩、影调、线条、景深、画面结构、镜头视点等不仅是构成电视画面的物质基础,也是画面"说话"的手段和形式。电视画面正是靠这些语言符号交代场景、刻画人物、叙述故事、阐述思想、抒发情感、表达诉求,最终以运动图像实现视觉传达(visual communication)。电视广告的视觉语言也不例外。

2.1 色彩

色彩是一种强有力的视觉语言,在电视广告中具有极其重要的意义。本节介绍色彩的基本属性、混色模式、色彩的对比以及色彩基调的选择与设计等。

2.1.1 色彩的基本属性

彩色电视画面,不管看上去如何五颜六色、万紫千红,屏幕上原始发光的颜色只有三种:红色(red)、绿色(green)和蓝色(blue),我们称其为三个基本色,简称三基色。

任何色彩都有三个物理属性:亮度(brightness)、饱和度(saturation)和色调(hue)。在色度学上,这三个属性叫做彩色三要素。

亮度即色彩的明暗程度,指单位面积的发光强度,单位是坎德拉每平米(cd/m^2)或尼特(nits)。对于电视摄像,所获取的图像亮度取决于被拍摄对象本身的明暗程度、摄像机的光圈大小及快门速度等诸多因素。

饱和度是指颜色的浓淡程度。饱和度越高,颜色越深;饱和度越低,颜色越浅。饱和度没有单位,通常用百分数表示,范围是0%到100%。饱和度为0%表示灰色及黑、白等消色,100%则意味着色彩的浓度达到了最大值。色彩的饱和度有一个非常重要的特性,就是当亮度增高时,饱和度将降低;亮度降低时,饱和度将升高。因此,摄像时正确处理画面的亮度也是控制色彩饱和度的技术手段之一。

色调是指颜色的类别,"蓝"天"白"云、桃"红"柳"绿",指的就是色调的不同。自发光物体(光源)的色调决定于发光体的光谱功率分布,非自发光物体的色调取决于其透射、反射特性及照射光源的光谱构成等多个因素。色调虽然是色彩的一个固有属性,但是用电视手段还原出的图像色调还与照明光源的色温、滤色片的选用及拍摄、显示等设备的色彩还原性能密切相关。

不同的色彩给人不同的冷暖感觉,红色、黄色、橙色给人温暖感,属于暖色(warm colors);青色、蓝色给人以阴凉的感觉,属于冷色(cool colors)。色彩给我们的冷暖感叫色性,是作用于我们视觉上的一种心理感受,而不是色彩的客观属性。

2.1.2　色彩模式与混色

两种或两种以上的颜色通过某种方式进行混合以产生其他颜色的过程叫做混色(colour mixture)。在电视和印刷领域存在着两种截然相反又互为补充的混色模式:RGB 模式和 CMYK 模式。

RGB 模式又称三色模式、相加模式(additive mode),适用于自发光对象,如电视、投影、电脑显示器及多个光源并存的场合。RGB 模式中的三个基本色是红色、绿色和蓝色,三者在相位上彼此相差 120 度,互不包含对方的色彩成分,是不能再分解的纯色。虽然相加混色模式中的三个基本色不能分解,但可以通过混合产生其他的颜色。比如等量的红色和绿色相混色可以得到黄色(yellow),而绿和蓝相混为青色(cyan),蓝和红相混为紫色(magenta)。另外,恰当比例的红、绿、蓝同时参与混色则可以得到白色。改变参与混色的基色比例可以产生其他的颜色,比如当红色光的成分比绿光高一倍时,混色结果为橙色(orange)。

白光是一种全色光,理论上包含所有的颜色,其色域空间由红、绿、蓝三个分色域构成。由于绿和蓝混合为青色,所以也可以认为全色光的色域由红、青两个分色域构成。青色代表着全色光中除红色域之外的所有其他颜色,所以称青色是红色的补色(complementary colors)。红色和青色的相位相反,两者以一定比例可以混合为白色,因此也将红色和青色叫做一对互补色。同样地,也可认为全色光的色域由绿、紫两个分色域或蓝、黄两个分色域构成;紫是绿的补色,黄是蓝的补色,或者说紫和绿是一对互补色,黄和蓝是一对互补色。互补色是色调相反的一对颜色,等量的一对互补色相混合,其色彩部分互相抵消,呈现为灰色,亮度达到最高的灰色即白色。

RGB 混色模式的本质是两个及两个以上的不同颜色的光源,在充分近的距离内同时发光或以足够快的速率交替发光,其混合而成的色彩在亮度上将高于参与混色的各个色彩分量,比如黄色的亮度高于红色,也高于绿色(理论上为两者的亮度之和,下同);青色的亮度高于绿色,也高于蓝色;紫色的亮度高于蓝色,也高于红色;白色的亮度最高,是红、绿、蓝三个色彩分量的亮度之和。混合色的亮度高于参与混色的色彩亮度并随参与混色的颜色数量增多而增高,这就是 RGB 混色模式的最大特点,也是又叫相加混色模式的根本原因。

CMYK 模式又称四色模式、相减模式(subtractive mode)和印刷模式,其混色和亮度理论适用于印刷、喷绘、水彩画和工艺美术等非自发光领域。

CMYK 四个字母所代表的四个颜色是青色、紫色(又称品红或洋红)、黄色和黑色。青、紫、黄是四色模式中的三个基本色,通过混色产生红、绿、蓝等其他色彩。

除光源外,其他物体是通过反射或透射光线而表现其表面色彩的。在反射或透射之前,它要首先吸收或过滤掉一部分光线,剩余的光线进入我们的眼睛,这就是我们最终看到的颜色。比如,用全色光(阳光)照射黄色物体,黄色光的补色——蓝色将被其吸收,反射到我们的眼睛的是其不能吸收的部分——黄色光。在全黑的环境里,如果用标准的蓝光进行照明,黄色物体会将蓝光,也就是照射给它的全部光线吸收掉,最终表现为黑色。

CMYK 混色模式中,在全色光源的照射下,青色和紫色相混合的结果是蓝色。这是因为青色物体吸收(或过滤)红色光(青的补色),紫色物体吸收(或过滤)绿色光(紫的补色),于是由红、绿、蓝三个分色域构成的全色光谱中的红色和绿色分别被青色和紫色物体吸收了,所以能够反射到我们眼睛的就只有蓝色光。同样的道理,紫色和黄色混色为红色,黄色和青色混色为绿色。当青、紫、黄三色同时混色时,三者分别吸收(或过滤)红色、绿色和蓝色,亦即将所有的可见光全部吸收,所以物体呈现为黑色。理论上,纸张上的黑色图案就是青、紫、黄三色同时参与混色而产生的,但受印刷颜料和技术的制约,仅靠青、紫、黄对红、绿、蓝三色光线进行吸收还不足以形成全黑区域。实际上,在需要全黑的区域,不再通过混色,而是直接由黑色颜料来实现。

对于 CMYK 混色模式,当照射光源的强度一定时,参与混色的颜色越多,对光线的吸收量(或过滤量)也势必越多。吸收(或过滤)的越多,反射(或透射)出来的就越少,最终表现为亮度越低,这就是 CMYK 模式又叫相减混色模式的原因。CMYK 混色模式中,青、紫、黄是原始色,红、绿、蓝是其通过混色得到的三个补色。因此,红色的亮度低于紫色和黄色,绿色的亮度低于黄色和青色,蓝色的亮度低于青色和紫色。

综上所述,对基色(原色)和补色的定义取决于具体的混色模式。RGB 模式中,红、绿、蓝是基色,青紫黄是补色,而 CMYK 模式中,青、紫、黄是基色,红、绿、蓝是补色,如图 2.1 所示。

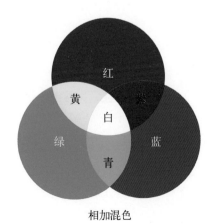

相加混色　　　　　　　　　　　相减混色

图 2.1　两种不同性质的模式混色

不具体指定混色模式时,红与青、绿与紫、蓝与黄分别是互为补色的关系。两种混色模式不但混色原理和适用领域截然不同,而且在不同的应用领域,有关色彩的术语名称也不相同。比如,前面提到的三个彩色要素,在相加混色模式适用的领域叫亮度、饱和度和色调,而在相减混色模式适用的领域则叫明度、纯度和色相。对于广告摄像,适用的当然是相加混色模式,所以在术语上我们将遵循相加模式的规范和习惯。

2.1.3　色彩的对比

前面说过,色彩有亮度、饱和度、色调和色性(冷暖)等属性。不同的色彩之间,势必存在着属性上的差异,正是这些差异形成了色彩属性之间的对比。色彩的对比有亮度对比、饱和度对比、色调对比和色性对比四种情况。如果色彩在色调、饱和度、亮暗及冷暖等方面存在着明显的差异,无疑可以令画面构图的形式结构更加丰富、饱满,也更加生动、醒目。因此,充分利用色彩的属性差异,通过科学合理的色彩设计,突出色彩之间的属性对比,是提高广告画面传播效率和效果的重要手段之一。在色彩的多种属性对比中,色调和色性的对比最为鲜明,也最具典型意义和实用价值。让我们先从 12 色轮谈起。

在相加混色图(图 2.1 左图)的基础上,如果将相邻的两种颜色继续混色,则可在现有 6 种颜色的基础上再产生另外 6 种颜色。这 12 种颜色各自具有不同的层级:作为基色的红、绿、蓝叫做一次色,又叫基色或原色(primary colors),由红、绿、蓝互相混色而产生的黄、青、紫三个补色称为二次色(secondary colors)或混合色,由相邻的一个原色和一个二次色继续混色而产生的另外 6 种颜色则称为中间色(intermediate colors)或三次色(tertiary colors)。以上 12 种颜色在色调上以 30 度的相位间隔,形成了一个圆环形的色域空间,叫做 12 色轮(color wheel),如图 2.2 所示。

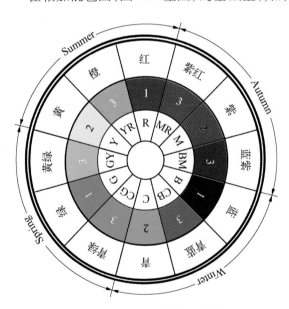

图 2.2　基于相加混色的 12 色轮图

色调对比有强对比和弱对比之分。在 12 色轮上,色调相差 180 度的一对互补色叫对比色,如红和青、蓝和黄、绿和紫。互补色是色调属性相差最大的一对颜色,在色调上具有最强的对比关系。当然,色调相差较大,但不足 180 度的也具有较强的对比效果,如红与绿、绿与蓝、蓝与红及青与紫、紫与黄、黄与青等,也可看成是常见的对比色。

在 12 色轮上,任何两种相邻颜色的色调对比都属于弱对比关系,如红和橙是弱对比关系,橙和黄是弱对比关系,黄绿和绿之间也是弱对比关系。在电视画面构成中,习惯上将色轮上色调相差不大于 60 度的色彩叫做邻近色。邻近色在色调上也属于弱对比关系,如红和黄、绿和青、青和蓝等,都属于弱对比颜色。色调相差 15 度以内的颜色叫做同类色,其色调差异很小,对比微弱,难以引起足够的视觉注意。

任何一个颜色都可以作为主色,以其为中心组成同类、邻近、对比或强烈对比等不同程度的色调关系。

具有弱对比关系的邻近色搭配在一起,画面和谐、稳定,容易取得统一的色彩倾向,但色彩之间缺少足够的差异,看上去比较单调,不容易形成强烈的视觉刺激。图 2.3 即为采用弱色调对比的广告画面,色彩和谐、含蓄、优美,但视觉冲击力不强。

图 2.3　弱色调对比

和弱对比相反,以互补色为代表的色彩对比,比如大面积相间的红与青、绿与紫、蓝与黄等,以其鲜明的色调差异形成强烈的视觉注意和刺激。图 2.4 为色调上对比强烈的广告画面,色彩艳丽、饱和,对比强烈。

图 2.4　强色调对比

除色调对比外,色彩之间另一种常见的对比关系是冷暖对比。从图2.3给出的色轮上不难看出,所谓冷暖对比即红、黄、橙这类暖色和青、蓝等冷色大面积间置所形成的色彩对比关系。由于冷色和暖色本身在色调上就具有强对比关系,加之作用于我们视觉心理上的冷暖冲突,冷暖对比具有强烈而鲜明的色彩张力,可形成极强的视觉刺激,是包括平面媒体广告在内很多广告形式惯常使用的色彩配比形式。图2.5是冷暖对比同时又是强色调对比的广告画面,虽然严格说来在色彩配比上不是很和谐,但却具有强烈的视觉冲击力。

图2.5　冷暖对比,同时也是强色调对比

2.1.4　色彩的基调

色彩是电视画面构图的形式元素之一,同时也是一种强有力的视觉语言。没有了色彩,电视画面就成了由不同亮度等级构成的灰度图像,而对色彩的处理不当则严重影响到广告主题的表达和情感的诉求。在正式拍摄之前,如果不是刻意追求强烈的色彩对比,那就有必要设计一个与产品性质或企业文化相适应的色彩基调。

色彩基调即一部广告片总的色彩倾向,也就是在多种色彩中起统治作用或居于核心地位的颜色。除该颜色外,其他颜色都处于从属地位,主要起丰富色彩和点缀画面的作用。在主要色彩的统领下,适当地用其他的色彩进行调和与点缀,既可以避免色彩的单调乏味,又能保持色彩的基调取向,这就是构图中多样统一法则在色彩运用上的具体表现,也是确立色彩基调要遵循的基本规律与原则。

色彩基调是视觉识别系统的一个重要组成部分,一个明确而恰当的色彩基调,不但可以深化广告主题、渲染商品属性,而且经过足够密度的传播,通常可以给观众以长久的印记,甚至在大脑中把某种色彩与企业或产品形成映射和"链接"关系。

色彩基调的形成是由某一色彩在屏幕上所占的面积大小、出现的频度高低及持续的时间长短等因素共同决定的。色块面积大(比如画面的背景部分)或数量多、出现频度高、持续时间长的色彩具有主导和统领其他色彩的作用。一般来说,色彩基调是广告画面的创作人员有意识地在空间域或时间域上对某一色彩进行选择、布局、突出和强化,从而在观众视觉中积累起来的一种总的色彩倾向。

红色是热烈、冲动的颜色,具有蓬勃的生命感和奔放的温暖感,象征着热烈、吉庆和祥瑞,是节日特别是春节前后很多广告所采用的色彩基调。比如图 2.6 就是在春节期间播放的两个饮料类广告,一个是牛奶,一个是杏仁露。产品本身的颜色是白色的,为了渲染节日的喜庆气氛,广告画面采用了大红色基调。由于这两款产品外包装的色彩基调是白色的,既起到了丰富画面色彩的作用,又没有被大块的红色所淹没,甚至在大面积的红色中格外醒目。

图 2.6　红色基调

多数广告是因为产品的名称、色泽或内涵与“红”有关而采用红色基调,如红牛饮料、红花郎酒、宁夏红酒、红茶等。以“辣”为其单一诉求的“辣椒酱”、“辣面”等方面的广告往往也采用红色基调。当然,这也不是绝对的,选择色彩基调的依据和原因有多种,没有一定之规。另外,有些商品名称中有个“红”字,商品内涵也与“红”有关,甚至产品外包装也是红色的基调,在这种情况下如果再采用红色的基调,商品形象就难以通过色彩对比得到突出的表现。这也是有些产品的广告刻意淡化色彩基调而强调色彩对比的原因之一,其他颜色的产品也存在类似的情况。

绿色总是和萌动的生命、新鲜的蔬菜、盎然的春天及安全、环保等联系在一起,是生命和成长的颜色,在食品、饮料、药品及酒类广告中应用比较普遍,如图 2.7 所示。

很多广告也是因企业或产品本身在名称、理念、诉求、内涵等方面与“绿”具有密切的关联,因而“理所当然”地采用了绿色基调,如绿箭口香糖、康师傅绿茶、雪碧饮料、碧浪洗衣粉。强调“天然牧场”的牛奶产品类产品以及以服务农业为“己任”的中国农业银行也多以绿色作为其广告画面的主要色彩。

蓝色是博大的色彩,是蓝天和大海的标志性色调,给人以理性、辽阔、冷静和凉爽的感觉。蓝色和青色都属于冷色调,有不少诉求冷静和凉爽的产品,包括某些美容美发类产品的广告都采用了冷色基调,如图 2.8 所示。以“蓝天”、“蓝月亮”、“蓝色之恋”、“蓝色经典”等为产品名称或诉求的广告,大多以蓝色为色彩基调,这是比较容易被观众理解和接受的。

图 2.7　绿色基调

图 2.8　蓝色基调(冷色调)

　　紫色及粉红色具有神秘、高贵、幽雅的气质,多见于部分洗发水、化妆品、果酒类广告中,如图 2.9 所示。

图 2.9　紫色及粉色基调

　　黄色是有色系中亮度最高的颜色,有着太阳般的光辉,象征着灿烂和辉煌,又是秋天与黄土地的颜色,象征着丰收和喜悦。采用大面积、高饱和的黄色为色彩基调的电视广告很少,可能与画面缺少美感有关,可在后期制作时适当降低一些饱和度或进行必要的校色处理。橙色在色调上介于红色和黄色之间,常使人联想到火焰、灯光、晚霞、水果等事物。黄色和橙色都属于暖色系,是某些农产品、食用油和橙类饮料广告的常用色彩基调,如图 2.10 所示。

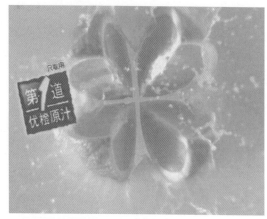

图 2.10　黄色和橙色基调(暖色调)

　　茶褐色也介于红色和黄色之间,但更为暗淡且趋于浅灰,和棕色、咖啡色相近,是咖啡、巧克力及茶饮料的"标准"色,如图 2.11 所示。

　　很多现代工业产品,特别是家用电器类广告,常采用带有金属质感的银灰色或略偏冷色的中灰色调,给人以沉稳、朴素、大气的视觉感受,如图 2.12 所示。需要说明的是,采用这种过于朴素的色彩基调时,最好将一些重要的文字、标志或图形等处理为红色等穿透力强、特别醒目的颜色,形成色彩重音,以加深视觉印记。

图 2.11　茶褐色基调

图 2.12　偏于金属灰的冷色基调

还有些广告,根据企业理念和产品内涵,基于其情感诉求,将画面处理成淡雅、温馨的暖色调,如图 2.13 所示。

图 2.13　温馨的暖色基调

也有在一个广告中采用多种色彩基调的情况。如烟台城市宣传片,为了配合"烟台苹果"、"招远黄金"、"蓬莱仙境"、"张裕葡萄酒"这几个特色和"卖点",分别采用了红色、金黄色、绿色和紫色四种颜色,色彩运用非常形象、准确,画面美轮美奂,不由得令人对这座美丽的海滨城市心生向往,如图 2.14 所示。

图 2.14　多色彩基调

　　影视广告中色彩基调的运用既可以本着顺应自然的原则,也可以在现实色彩的基础上进行创造性的发挥和运用。还可以采用超现实的表现原则,借助灯光、滤色片、摄像机的白平衡功能及后期调色等手段,对色彩基调进行有目的的控制,使其偏向于某一基调。

　　很多广告以精彩的创意和理性诉求为表现重点,或因为其他的种种原因,而不去刻意营造一个明确的色彩基调。但这类广告通常在其标版画面中,会选用一个有代表性的颜色作为背景色并以此形成画面的色彩基调。不妨认为这是色彩基调的另一种表现形式。

2.2　影调

　　影调是电视画面所表现出的亮度高低和明暗关系,是电视画面构成的基本元素,也是决定画面造型、表达情感、反映创作意图的重要手段。不同的电视画面,其平均亮度、亮暗反差和灰度层次等具有明显的差别。广告摄像所获取的图像影调决定于场景、道具、服装的设计及光线运用、摄像机曝光控制等多种因素。

　　电视图像的影调由画面的平均亮度和亮暗反差两大要素构成。平均亮度决定于电视信号的平均值,而图像的亮暗反差则决定于电视信号的最大值与最小值之差。在电视机上,平均亮度简称亮度,亮暗反差叫对比度,亮度和对比度共同决定着画面的影调。

2.2.1　高调与低调

　　基于平均亮度的高低,电视画面的影调有高调(high-key)和低调(low-key)之分。平均亮度高的叫高调画面,又叫明调画面;平均亮度低的叫低调画面,又叫暗调画面。高调画面在照明上通常采用平光布光法,照度很高,光质柔和。道具、服装,特别是背景,也多为浅白的颜色,加之摄像机曝光很足,所以形成的画面基本由大面积的白色、浅灰色和少部分深色及暗块构成,影调简洁、明朗,给人以素雅、清新、轻快之感,特别适合塑造儿童和女性形象,多见于诉求"美白"的化妆品、与儿童有关的商品及牛奶类广告。高调影像的不足是有时略显苍白、平淡,必要时可添加少量浓艳的色彩点缀画面,这样既可增加一个记忆元素,又可起到增强视觉效果的作用。图 2.15 是典型的高调影像。

　　低调影像即平均亮度很低的画面。一般来说,表现夜景的画面都属于低调影像。在室内创建低调影像时,人物及产品的面部照明不一定很低,但道具、服装等通常选用较深的颜色或干脆为黑色。特别是背景部分的颜色一定要用深色,比如深灰色或深蓝色,并且在照明强度上宁欠勿过,要保证整个画面有足够大的暗区面积。低调影像的画面深沉、肃穆、抑郁,可营造神秘、庄重的氛围,是汽车、电器类广告常用的影调风格,在部分酒类、服装类广告中也有运用。特别值得一提的是,由于低调影像的背景亮度很低,所以当广告模特的面部采用高调照明或产品的外观为黄色、白色等亮度很高的颜色时,通过亮度对比,模特和产品的形

图 2.15　高调画面

象格外突出,更有利于吸引视觉注意。图 2.16 是典型的低调影像。

图 2.16　低调影像

　　有些采用低调影像的广告,为了进一步增强神秘感并最大限度地突出模特与产品,干脆将背景处理成全黑状态,即采用空黑背景,如图 2.17 所示。

图 2.17　采用空黑背景的低调影像

2.2.2　硬调与柔调

基于对比度或者亮暗反差的大小,电视画面的影调可分为硬调和柔调两种。对比度高,即亮暗反差大的叫硬调画面;对比度低,即亮暗反差小的叫柔调画面。画面影调的硬或柔,主要决定于照明光线的属性。一般来说,来自斜侧方向的直射光照明可形成硬调影像,散射光及光质柔和的顺光照明形成柔调影像。亮暗反差的大小通常用光比来描述,硬调画面即光比大的画面,柔调画面即光比小的画面。

硬调画面的明暗对比强烈,质感粗犷、硬朗,富有力度,适合表现与力量、速度、运动、深沉等有关的产品及部分男性用品,影像效果如图 2.18 所示。

图 2.18　硬调影像

柔调画面的明暗对比很弱,质感细腻、含蓄、平淡,适合表现与儿童、女性及与柔美、温情有关的产品,影像效果如图 2.19 所示。

图 2.19　柔调影像

不管是高调画面,还是低调画面,都难以再现丰富的影调层次。比如下雪和有雾的天气,画面中亮度低的元素少,而夜景画面亮度高的元素少。特别是过硬和过柔的画面,图像的影调层次、质感和画质都严重受损,看上去或过于刻板、生硬、不自然;或过于模糊、平淡、缺质感。因此,如无特殊的表现需要,不管是平均亮度,还是亮暗反差,都应以中间调为佳。顺便一提的是,有些硬调和柔调画面在很大程度上是后期处理的结果,图2.18左图的硬调画面和图2.19中的两个柔调画面都明显地带有后期处理的痕迹。

总之,电视画面的影调决定于其平均亮度和亮度反差两个因素,两者共同决定着图像的明暗、硬柔及灰度层次的多少。虽然影调的高低(图像的亮度)和硬柔(对比度)可以在后期编辑时借助软件提供的相关命令进行校正和调整,但在前期拍摄时因光线和曝光原因造成的灰度层次损失是无法通过后期技术得以恢复的。

2.3　线条

线条是形成图案形状、图像轮廓和构图结构的基本元素,是电视画面中不可或缺的形式元素,具有较强的形式感、表现力和审美特征。生活中的客观实体均有其外在的线条形式,比如地平线、道路、河川、树木、山脉、楼阁及人体的轮廓线等。依据形状的不同,线条大致可分为直线条和曲线条两大类型。

直线条又分为水平线条、垂直线条和斜线条三种类型。

水平线条可牵引人们的视线左右移动,给人以广阔、宽大、延伸、平稳的感觉,在拍摄大地、海洋、湖泊、平川、原野等外景时,常以水平线作为构图的主线条。自然风光画面中的地平线就是典型的水平线条,在构图中具有极为重要的形式意义,如图2.20所示。

图2.20　水平线条可彰显广阔、宽大与平稳

垂直线条具有牵引人们的视线上下移动的效果,适于表现物体的高度与气势,可强化事物高耸、雄伟、刚直的态势和特征。拍摄林立的楼群、成排的杨树、险峻的巨石等景物时,常以垂直线条作为构图的主导线条。电视广告中采用垂直线条构图的镜头相对很少,图2.21是《中国银行·竹林篇》电视广告中的两幅截图,由竹林形成的垂直线条给人以刚直、挺拔、富有气节的精神力量。

图 2.21　垂直线条有利于表现高度和气势

斜线条和屏幕画框的某一条对角线基本呈平行状态,具有活跃、流动、紧张、不安的特点,并给人以运动感、纵深感和透视感。像大型桥梁、道路、生产线及整齐有序的楼群、林木、大型人群阵列等,只要在斜侧方向拍摄,均可形成明显的斜线条构图特征,如图 2.22 所示。

图 2.22　斜线条适于表现透视感和运动感

以曲线条为主要外部特征的构图,画面生动活泼、起伏舒展,具有很强的流动感、韵律感和形式美感。常见的曲线条有圆形线条、S 形线条、弧形 (C 形)线条及放射状线条等。其中 S 形线条在广告画面构图中具有一定的代表性,特别适合表现优美的女性形体及蜿蜒的道路与河流等,画面优美,富于变化,多见于汽车类广告中,如图 2.23 所示。

以上所说的均为实线条(actual line)。在电视画面中,还有一种不是用眼睛看见,而是通过想象而存在的虚线条(implied line)。画面中常见的虚线有人物的视线、用手或箭头指向某目标形成的心理线(psychic line)、人或事物的运动轨迹线及两个人物形象之间的关系轴线等。虚线条虽然是虚拟的,但却在电视画面构图中有着非常实际的作用,往往影响到机位的设置及人物的调度。

图 2.23　S形线条形式优美,富于变化

　　在电视广告画面中,线条还具有将观众的视线"牵引"到某一区域或某个方向的作用。人们的视线往往会随着线条移动,无论是由道路、树干等构成的明线条,还是存在于动势、视线或关系线中的虚线条、心理线条等,莫不是如此。因此,在拍摄广告时,可以有意识地利用线条对视线的引导作用,通过精心安排画面构图,把人们的注意力引向广告的主体形象或重要元素。人的眼睛首先注意的是画面中的长线,然后沿着这根长线移动,垂直线引导视线向上看,因而使人产生高度感;水平线则引导视线向两边看,因而使人产生广度感。两条或两条以上的线条相交叉或形成汇聚的点,是引起人们视线注意的视觉焦点,在画面构图中应该充分注意对这类视觉强势点的设置、选择和利用。

　　线条在电视画面中还有一个非常重要的作用,那就是表现物体的立体感及场景的空间感。不管是印刷用的纸张,还是电视屏幕,都是两维的平面介质。在平面介质上可以表现具有一定纵深的场景空间和物体的立体特征,这种现象叫做线性透视(linear perspective),又叫线条透视或几何透视。

　　线条透视是由物体在纵向空间上的体积变化而形成的一种视觉现象,特点是景物的纵向轮廓线条越向空间纵深延伸就越集中,使物体看上去近大远小、近宽远窄,最后汇聚于消失点或灭点(vanishing point)。充分利用线条透视特点可以明显地增强物体的立体感和场景的纵深感,这也是用镜头对广告所要表现的视觉形象进行夸张处理的艺术手段。决定线条透视强弱的因素主要有拍摄角度、拍摄距离、镜头焦距和对照明光线的处理方式等,这些内容在后面的有关章节中再陆续介绍。线条透视的造型特点如图 2.24 所示。

图 2.24　线条透视的造型特点

从以上几个图例我们发现,在电视广告中,具有明显线条特征的画面基本都是在外景拍摄的。由于绝大多数电视广告都是以室内场景为主,所以很难有明确、统一的线条特征。另外,很多产品在构图形式上也没有必要过分追求线条元素。

2.4　画面结构

前面介绍的色彩、影调、线条等,是构成电视画面的基础元素。将这些基础元素进行组合与布局,可形成画面中的主体、陪体、前景、后景等一个个形象的、具体可见的结构成分。如果说基础元素是构筑画面的"原材料",那么主体、陪体、前景、后景等就是组成画面的"半成品"。我们把这些构成电视画面的"半成品"叫做电视画面的结构元素,又称实体元素。电视广告画面构图,就是有目的地对上述实体元素进行组织和布局,以更好地表现主题、表达诉求、抒发情感、渲染场景气氛。

衡量一幅电视画面构图好坏的因素有很多,如色彩基调的确立及画面影调的处理等。但是,最根本的因素还是主体的塑造是否明确、突出以及主体与陪体等的关系处理得是否得当。因此,电视画面构图应该紧紧围绕塑造和突出主体形象这一核心任务,同时对陪体、前景、后景等进行选择和布局,以创作出立意明确、简洁优美、利于传播的一个个视觉形象。

2.4.1　主体

主体即电视画面中所要表现的主要对象,是电视画面的结构中心,其他的视觉元素都以其为核心,与之关联、呼应,形成一个统一体。同时,主体又是画面的内容中心,承载着画面的主题信息。没有了主体,就谈不上主题思想的表达和表现。主体一方面在内容上居于核心地位,另一方面也在构图结构上起到了主导作用。一般而言,画面中的主体是取景、构图、调焦、曝光的主要对象和主要依据。在构图时往往首先考虑主体在画面中的位置、角度、景别和照明状况,然后再对陪体、前景等进行设置与布局。

主体可以是单主体或多主体,可以是产品、人物或动物,也可以是植物、楼房等任何事物,如图 2.25 所示。

图 2.25 产品、人物、动物等均可作为构图中的主体

广告画面中的主体形象是广告设计与创作人员根据自己的主观意图强加给观众的一种镜头表现手段。主体的选择和运用首先要做到准确、得体,符合广告主题,另外还要做到充分突出主体的内容中心和结构中心的地位。突出主体形象有直接表现法和间接表现法两种。

直接表现法又叫强势造型法,就是在画面中给主体以最大的面积、最佳的照明、最突出的色彩、最清晰的聚焦和最有利于牵引视觉注意的位置,将主体以最明显的结构形式直接表现在观众面前。上图中表现的人物、汽车等都属于采用强势造型方式的直接表现法。

有时候画面中的结构元素较多,主体在画面中所占的面积相对较小,难以引起观众足够的视觉注意,这时候就要采取间接突出主体的方法。所谓间接表现法就是充分利用主体所处的环境或动作姿态等,着重其神韵、内涵和动作的表达,或者通过画面中线条、影调、光线和色彩配置的引导,将人们的视线吸引到主体上。概括起来,间接表现主体的主要手段有如下一些。

1. 通过动静对比突出主体

在静止的环境中,运动着的形象,即使在屏幕上所占的面积相对很小,也特别能够吸引眼睛的注意。比如汽车广告中,我们经常看到汽车在一个大景别的场景中车飞驰的画面,虽然主体在屏幕上占的面积很小,但依然能够强烈地吸引观众的视觉注意。

2. 利用色彩、影调和亮度对比,突出主体

虽然主体的面积很小,但是如果主体和其他结构元素在色彩、亮度等方面存在着明显的反差,也能达到突出主体的目的。特别是画面中视觉元素较多,同时商品形象是画面中的主体时,最好使主体的颜色或亮度等明显地区别于其他视觉形象,否则主体很容易淹没在整个画面中。

3. 利用虚实对比突出主体

采用长焦距和大光圈,基于景深原理,将焦点对准主体,使其处于实焦状态,将其他形象作虚焦处理,观众会很自然地将实和虚的对比转化为视觉形象的主、次对比关系,从而达到确立主体地位、突出主体形象的目的。利用虚实对比突出主体,要求场景中的主体形象和其他形象具有一定的纵深关系,其前后距离要大于摄像机的实际景深。另外,通过焦点虚实的转换也可以实现主体和陪体的角色互换。图 2.26 是某广告一个结尾镜头中的两幅截图,左图中处在前景位置的商品为虚焦,远端的人物为实焦,人是主体;右图是通过镜头变焦,将焦点移至商品位置,使其清晰可见,由前景变为主体,同时刚才为主体的人物变为虚焦状态,由主体变为背景,并以此为结束的标版画面。

图 2.26　利用虚实对比转换并突出主体

突出主体的手法还有很多,比如通过线条、箭头及人物视线的引导作用突出主体,通过周围空间突出主体(在一个群体中,周围空白大的对象更能引起眼睛的注意)等。

2.4.2　陪体

广告画面中的陪体是指在形式、内涵或逻辑上与主体构成特定的关系,可辅助主体表达

广告主题、深化卖点诉求的视觉对象。陪体对主体的形象与内涵具有陪衬、烘托、突出或解释的作用,可帮助观众理解主体的功用和内涵。另外,有时候陪体还具有美化和均衡画面的作用。在电视画面中,人与人之间,人与物之间,物与物之间,都存有主体与陪体的关系。比如,人在看书时,人是主体,书是陪体;医生给患者检查身体时,医生是主体,患者是陪体;"红花配绿叶"时,红花是主体,绿叶是陪体。和主体一样,陪体可以是一个人或多个人,可以是动物、建筑物及其他任何事物。图2.27左图中,牛奶科研人员是主体,显微镜是陪体,右图中洗洁精是主体,盘子是陪体。

图 2.27　显微镜和盘子作为陪体对广告主题具有深化和阐释的作用

在对主体与陪体的定义和理解上,电视广告与剧情类影片有本质的不同。在影视剧甚至新闻片、纪录片中,一般来说,主体都是人或动物这类有生命的对象,一些常见的生活用品多是以道具的性质出现在画面中。在电视广告中,如果忽略了对广告主体——商品的塑造和表现,那广告主恐怕是第一个不答应的。图2.28中,很明显,主体应该是商品,人是陪体。

图 2.28　广告画面中,商品是主体,人是陪体

即使如图2.29所示的四个画面中,商品的形象远比人小得多,我们也认为商品是主

体,人是陪体。因为不管人在画面中占有多么突出的位置,具有多大的面积,广告的主题中心永远是商品,人只是服务于广告商品的模特,在整个广告主题和广告诉求中处于从属的地位。

图 2.29　虽然商品在画面占的面积相对很小,但仍然是广告表现的主要形象

这种观点适用于广告模特和广告商品同时出现在一个画面中的情况。当某一镜头中只有人而没有商品时,人当然可以是主体,如果下一个镜头中人和商品同时出现,我们才认为商品是主体,而人变为陪体。图 2.30 是某广告中前后组接在一起的两个相邻镜头,镜头 1 中只有人物形象,人当然是主体,下一个镜头中人与商品同时出现,此时商品是主体,人转而成为陪体。

2.4.3　前景

对于通用镜头语言,前景是指位于主体和镜头之间的人或景物,是环境的一个组成部分,有时也兼作陪体。前景在画面中的作用有很多,如突出主体、衬托主体、丰富主题信息、增强场景的纵深感以及均衡构图、美化画面等。不同的镜头语境下,前景的作用有所不同。

镜头1　　　　　　　　　　　　　　　　　　　镜头2

图 2.30　左图中人是主体,右图中商品是主体,人是陪体

对前景的选用原则是宁缺毋滥,如果前景可有可无,就不要用前景,以免对主体形象形成干扰。图 2.31 中人物前面的蜡烛(左上图)、骑自行车者一侧的树木和行人(右上图)、打车者前面的出租车(左下图)和背侧身位的人物(右下图)均为画面构图的前景元素。

图 2.31　电视广告构图中的几种前景元素

2.4.4 后景与背景

后景是指画面中位于主体后面的景物,背景是指离镜头最远的视觉元素,摄像机的镜头可以绕到后景的后面,但永远也绕不到背景的后面,这就是两者的最大区别。由于在实践层面中,后景和背景通常并没有太多的区别,为了描述上的方便,下面我们将后景和背景统称为背景。

背景可以是山峦、蓝天、建筑,也可以是一面墙壁或一块幕布;可以是实焦背景,也可以是虚焦背景;可以是实拍的有形背景,也可以是纯色背景。背景的有些作用与前景类似,比如交代主体所处的地点与环境,帮助主体阐明观点和意图,强化主题思想及场景空间的纵深感等。由于背景在画面中通常面积很大,所以背景的亮度和色彩还举足轻重地决定画面的影调高低和色彩倾向。因此,运用和处理背景时,应首先注意背景亮度与色调的正确选择。背景的影调和色调应与主体形成一定的反差,避免亮度和色彩与主体相近或相同,以利于观众辨清主体形象。一般来说,处理背景和主体的关系时要本着主体亮背景暗、主体暗背景亮、主体颜色深背景颜色浅、主体颜色浅背景颜色深的原则,确保主体不要融入到背景中去。

电视广告画面的背景还务必要简洁、明快,切忌杂乱,以免除干扰主体,破坏画面美感。背景的清晰度和趣味性一般也不要超过主体,必要时可采用纯色背景或虚化背景。图 2.32 左图中的汽车是主体,其后面的建筑物是背景;右图中处于实焦状态的商品是主体,后面经虚化处理的人物等是背景。

图 2.32 实焦背景和虚化背景

2.4.5 空白与环境

空白是指画面中处于实体区域之间、呈单一色调的区域,通常是天空、地面或水面等。另外在画面中色调相近、影调单一,用于间离和衬托实体部分的区域,如水面、雪地、沙漠、草地、墙壁等,也都可以称为空白。空白虽然不是实体的对象,但在画面上同样是不可缺少的组成部分。空白可以突出主体,使主体轮廓鲜明突出,格外醒目。空白令画面更为简洁,给观众的视线以舒展、回旋的余地。空白还可以创造意境,给人以想象的空间。保留适当的空白是画面造型艺术的常用手法和基本规律,在电视广告摄像中也不例外。

环境即画面中处于主体四周的人物、景物和场景空间,包括陪体、前景、背景、空白等景物。电视画面是由主体及其所处的环境构成的,环境除能刻画、渲染主体的形象和内涵外,还具有加强画面的空间感和概括力等作用。要取得满意的构图效果,必须通过场景的选择、布局以及镜头调度等,处理好各环境元素,使其发挥交代场景、深化主题、渲染氛围及美化画面等作用。图2.33人物周围的各视觉形象构成了主体所处的环境。

图 2.33　画面人物处在丰富的环境元素中,生活气息浓郁

上面所说的陪体、前景、背景等结构元素,经常会以"双重身份"出现,比如某元素既是前景又是陪体,或者既是背景又是陪体。图2.34左图中,人物后面的玩具既是背景的一部分,同是又起到陪体的作用;右图中人物前面的餐桌及餐桌上的杯盘、菜肴、饮料等,既是画面中的前景,同时又是陪体。

图 2.34　陪体同时也可充作背景或前景

图 2.35 两幅画面,如果在影视剧或纪录片中,毫无疑问人是主体,人前面的饮料、食品前景,同时又是陪体。但在广告画面中,商品是主体,其后面的人是背景或背景的一部分。这是广告片和剧情片、纪录片在镜头语言上的一个重要区别,也是广告创作时要以商品为核心而不是"以人为本"的具体表现之一。

图 2.35　在广告画面中,商品是主体,后面的人是背景的一部分

2.5　镜头视点

在广告摄像实践中,摄像机与被拍摄对象都处于三维空间中,两者之间的关系是一种三维空间关系。所谓镜头的视点(viewpoint)就是摄像机"观看"外部世界的位置和出发点,由拍摄角度、拍摄高度和拍摄距离三个维度构成。任何一个维度发生变化,都意味着摄像机的视点发生了变化,最终表现为构图形式和造型效果的变化。

2.5.1　拍摄角度

拍摄角度(shooting angles)是指摄像机镜头光轴在水平面上与被摄主体形成的方位关系。典型的几种拍摄角度是正面拍摄、正侧拍摄、斜侧拍摄和背面拍摄。其中,斜侧方向又分前斜侧和背斜侧各两种情况。拍摄方向不同,将导致画面中的形象布局、结构特征和表现意境随之发生变化。

1. 正面拍摄

正面拍摄即摄像机镜头对准拍摄目标的正面形象进行拍摄,是旨在反映人或事物正面特征的一种拍摄角度。正面拍摄简称正拍,是一种基础性的、最常用的摄像角度。

在构图特征上,正面拍摄的最大特点是庄重、稳定、自然。正拍人物时,可以表现人物完整的面部表情与特征,特别是近景平拍时,感觉就像与画面中的人物平等地、面对面地交流,亲切而自然。正面拍摄的缺点是画面相对比较平淡、呆板,拍摄楼房、街道等对象时透视效果弱,立体感不强。另外,正面拍摄也不利于表现事物的运行速度和态势。

在电视广告中拍摄人物时,正拍是最为常见的拍摄角度,特别是在标版画面中,人物大多都是正面形象示人,给人以亲切自然的印象,如图2.36所示。

图 2.36　正拍的特点是自然、稳重,但略显平淡、呆板

2. 正侧面拍摄

正侧方向是指摄像机镜头光轴与被摄主体正面方向呈大约90度的方位关系,分正左方向和正右方向两种情况。对于以人物为主要对象的正侧面视角,正侧构图的特点是有利于刻画人物的动作姿态和富于变化的轮廓线条。正侧面拍摄给人很强的方向感,有利于表现人或事物的运动特征和对象之间的空间与方位关系,当需要强化人或车辆等的运动态势时,正侧面拍摄具有最好的表现效果。和正面拍摄一样,正侧方向拍摄的缺点也是不利于表现物体的立体感和透视感。包括电视广告在内的各类影片中,正侧面拍摄都较为少见。图2.37是两幅正侧拍的广告画面。

图 2.37　正侧拍画面

3. 斜侧面拍摄

摄像机镜头处于拍摄对象的左前方、右前方和左后方、右后方这四个位置上时统称为斜侧面拍摄。斜侧拍可兼有正拍(或背拍)和正侧拍的优点,综合兼顾了拍摄对象的面貌、形象与姿态,可以涵盖对象更多的侧面,可以表现更多的画面信息,有利于人物性格和形象的综合刻画,具有更为广泛的适用性,是出现频度很高的一种拍摄角度。图 2.38 左图为背斜侧画面,右图为前斜侧画面。

图 2.38　背斜侧和前斜侧画面

斜侧方向拍摄的画面中,物体的横向线条变成斜线条,因而具有强烈的透视效果,画面活泼生动,特别有利于表现物体的立体感和场景的空间纵深。比如拍摄一座建筑物,如果用正面或正侧方向拍摄,难免给人以平淡、呆板和过于静寂的平面感,如果采用斜侧方向拍摄,不但富有生气,而且可以产生明显的透视效果和空间感,使建筑物更有气势,场景更为空阔。在汽车类广告中,斜侧方向是最为常见的拍摄角度,此时道路呈现为一条清晰的斜线条,使得整个画面更富有动感和美感。图 2.39 是某汽车广告中前后两个相邻的镜头截图,前者为背侧方向拍摄,后者为前侧方向拍摄。

图 2.39　汽车广告中常见的背侧拍和前侧拍画面

大部分饮料类广告中,在标版出现之前几乎总能看到广告演员手拿饮料尽情畅饮的"标准"镜头。出于兼顾人和商品的原因,这种镜头中的人物基本都是前斜侧拍摄或正侧拍摄,如图2.40所示。我们知道,广告诉求是讲求差异化的,同样,广告的表现形式也应该讲求差异化、个性化。像这种千篇一律、令观众熟视无睹的画面,是不利于对广告画面形成深刻记忆的。当然,在一个阵容庞大、分工明确的制作队伍里,这个现象一般不主要是摄像师的问题。但不管怎么说,每一个参与策划和制作的人员,都应该在镜头的运用上作一些探索和创新,以避免表现形式上的滥化和雷同。

图 2.40　饮料类广告中的常见镜头

4. 背面拍摄

背面拍摄简称背拍,摄像机的光轴方向和正面拍摄正好相反,画面中没有主体的正面形象,突出了陪体和环境。观众观看背拍的人物画面时,画中人物的视线和观众的视线方向基本一致,画中人物和观众所看到的景物也基本是一样的,给人一种强烈的主观参与感,具有很强的纪实效果。当然,电视广告是不需要追求纪实的,在电视广告中采用背面拍摄,主要是通过"背面"这种表现形式,刺激观众的好奇心、想象力和参与意识。背面拍摄多见于有一定叙事情节的广告中,借助这种主观性视角,观众犹如身临其境,有利于融入广告设定的情境之中。总体而言,背拍镜头在电视广告中非常少见,其构图特点如图2.41所示。

图 2.41　对观众而言,背面拍摄在视角上具有主观色彩

2.5.2　拍摄高度

拍摄高度是指摄像机相对于拍摄主体在垂直方向上的视点位置。根据摄像机和被摄主体在高度上的相对关系,摄像机的垂直视角有平、俯、仰三种,对应的拍摄方式有平拍、俯拍和仰拍三种。镜头视点的高度不同,画面中的主、陪体的相互关系和地平线的位置(外景拍摄时)及画面所呈现出的透视关系等都将发生相应的变化。拍摄人物时,视点的高低和人物的造型效果有很大的关系。

1. 平拍

平拍(at-eye's level)是指镜头高度与画中主体的主要部分(如人的面部)基本处于同一高度的视点位置。平视是生活中最习以为常的视点高度,具有对等、亲切、自然、冷静、客观、公正的构图特点,是电视摄像最常用的视点高度。在外景采用平拍时,要特别注意对地平线的处理,除拍摄具有水中倒影的画面及某些特殊情况外,尽量不要让地平线处于屏幕的中间位置,即不要让地平线将屏幕分割为上下等大的两个区域,以免画面构图流于呆板、单调、平淡。地平线居中还容易导致"天"和"地"没有主次之分,导致视觉上没有侧重,表现意图不明确。前面给出的大部分图例都属于平拍画面。

2. 俯拍

俯拍(above-eye's level)是摄像机位置明显高于拍摄对象的一种拍摄方式。俯拍时,摄像机的镜头轴线由上而下,给观众以居高临下的俯视效果。在足够高的视点上拍摄城市建筑或自然风光时,则给人"鸟瞰"全局的视觉体验。航拍(bird's eye shot)是一种典型的俯角拍摄,视角开阔,气势恢宏。俯拍有利于展现地面景物的层次及对象之间的空间关系,在表现运动和车辆驰骋的电视广告中,通常会出现俯拍镜头,以充分表现场景空间、环境气氛和车辆运行的态势等,如图 2.42 所示。

图 2.42　俯拍画面有利于展现事物的态势和空间关系

俯拍可以弱化人物的形象,使被摄主体的视觉分量降低,具有丑化、矮化人物的外部特征和内涵的象征性意味,配以广角镜头的几何变形作用,是刻画坏人、恶人和"小人"的有效表现手法。在电视广告中,也可以利用这一造型特点,塑造怪异、幽默的人物形象,以增强视觉刺激和记忆。

3. 仰拍

摄像机镜头在明显低于拍摄对象主要部分(如人物、动物的面部或汽车的前脸等)的位置上进行的拍摄叫仰拍(below-eye's level)。在外景仰角拍摄时,近处景物高耸于地平线之上,后面的景物被前面的景物所遮挡,背景元素减少,突出了主体的视觉强势地位。仰拍还能强化物体垂直线条的透视感,产生一种由下而上的线条汇聚特征,强化了画面实体形象在垂直空间维度上的表现力度,有利于营造高大、伟岸、气派的形象和气势。图2.43是两个仰拍画面,左图富有力量和气势,与"红牛"的卖点诉求相吻合;右图中的摄像机镜头紧贴地面,有利于将一辆小型轿车的前脸表现得更饱满、大气。

图2.43　仰拍有利于表现事物的高大和气派

仰拍能使画面的视觉分量加重,常用来塑造庄严、正义的画面形象,具有敬仰、赞颂、自豪、骄傲、夸张等感情色彩。特别是用短焦距的广角镜头仰拍时,背景压缩,前景突出,具有很强的空间感、透视感和视觉冲击力。但需要清楚的是,仰拍只适于近距离拍摄,如果拍摄距离偏远,不管是采用广角镜头拍摄大景别画面,还是用长焦距镜头把拍摄对象"拉"过来,仰拍的表现力都将大大减弱。

2.5.3　拍摄距离

拍摄距离是摄像机相对于拍摄对象远近关系的视点位置。在光学镜头焦距固定不变的情况下,拍摄距离的变化,将导致主体对象在画面中的影像大小和取景范围发生相应的变化。这个取景的范围叫视场(field of view),习惯上叫做景别。拍摄距离远,主要对象的影像小,画面中容纳的环境元素多,景别大;拍摄距离近,主要对象的影像大,画面中容纳的环境元素少,景别小。决定景别的另一个因素是镜头的焦距,在距离不变的情况下,镜头的焦距越长,视场角越小,景别越小;镜头焦距越短,视场角越大,景别越大。这就是变焦镜头通过连续地改变焦距可实现景别连续变化的原因。有关变焦镜头的问题在后面的章节中再作介绍,下面只讨论由拍摄距离决定的不同景别的表现特征。

景别是以主要对象在画面中的影像大小和取景范围来划分的,不同的景别给人不同的距离远近之感。传统上,景别通常按五级分类法,即远景、全景、中景、近景和特写,简称远全中近特。

1. 远景

在景别的五级分类法中,远景(extreme long shot)是视距最远、视角最大、表现范围最广的一种景别。远景视野深远、视角广阔,以表现地理环境和自然风光为主,画面中的人物比例很小,也可以没有人物。远景构图注重对景物和事件的宏观表现,追求将观众的视线向远方牵引的视觉效果。在具有抒情或叙事情节的电视广告中,远景画面通常在影片的开始处介绍“故事”的环境,给观众一个总的场景印象,使观众对后续情节产生想象和期待。外景拍摄时,远景画面所呈现的环境及景物通常与产品的属性或内涵具有紧密的关联,借助绿草、清泉、蓝色、大海等景物达到说明、象征或隐喻等目的。图 2.44 是两幅远景画面,主要作用是交代环境,为后面的情节和诉求进行必要的铺垫。

图 2.44　远景画面视距远、视角大,适于表现生活及自然环境

2. 全景

在电视广告中,全景(long shot/full shot)主要用来表现一个完整的场景空间或商品的整体形象,同时保留一定范围的环境和活动空间。全景构图中,如果主要对象是单一的个体,该个体的形象必须完整地呈现在画面中,当群体作为主要对象时,群体中的每一个体都必须完整地出现在画面中。全景中的人物、动物或其他物体,不管是个体的还是群体的,所构成的完整形象在屏幕上的大小一般要大于屏幕尺寸的一半,以区别于远景。同时,屏幕四周要留出一定大小的空间环境。

拍摄全景时,不但要注意空间深度的表达,还要兼顾对环境的渲染和烘托。要充分表现出被摄主体的主要特征,使其处于最恰当的空间位置。再就是要充分而明确地交代出主体与周围环境的空间关系,要注意前、后景的选择和利用,使其充分发挥衬托和突出主体的作用。图 2.45 是两幅全景截图,既有远景的交代场景作用,又能更好地表现人或产品的整体形象,是电视广告的常用景别之一。

图 2.45　全景画面可交代场景、展现商品的整体外观,并保留一定的环境信息

3. 中景

中景(medium shot)是表现主体对象主要部分的一种画面景别。中景虽然不能像全景、远景那样反映和体现事物的全貌,对环境的表现也不够丰富、全面,但却比全景及远景具有更强的突出人物表情、动作及景物细节的表现力。中景画面对于人物手臂及上半身的活动,包括形象特征、动作姿态等,都具有完整而突出的表现能力,非常适于表现人与人及人与环境之间的关系,在有人物交流的场景中,常以中景表现人物的形态、神情、行为目的和相互关系。

中景画面通常涵盖主体形象最主要的大约 2/3 部分:对于人,表现的是其膝盖以上的部分;对于群体场面,是群体的一大部分;如果是一棵树,是部分树干和枝叶;如果是一辆车,则是其前面大半个车身,如图 2.46 所示。

习惯上,将大于中景的景别,如全景、远景等,叫做大景别,将小于中景的景别,如近景、特写等,叫做小景别。因此,中景是大景别和小景别的分界线,是一种"不大不小"的景别。

4. 近景

近景(medium close-up)即"中等特写",介于中景和特写之间,画面表现的是人或物体最具代表性的核心部分:对于人,是胸部以上的部分;对于一般的物体,应该是最能体现其风格、内涵和特征的部分,比如汽车的头部、房屋的一角等,如图 2.47 所示。

近景特别适于表现人物的面部神态和情绪,是刻画人物性格及情节叙事的主要景别,也是电视广告使用频率最高的一种景别。近景画面中人物的表情和神态清晰可见,容易给人

图 2.46　中景画面适于表现人的上半身动作和姿态,并兼顾小部分环境和面部表情

图 2.47　近景表现人或商品最富内涵和特征的一小部分,环境元素很少

留下深刻的印象。与中景相比,近景画面中空间范围进一步缩小,环境和背景的作用进一步降低,画面内容更趋单一,人物形象的局部或其他被拍摄物体的精髓部分,成为主导视觉的核心元素。因此拍摄近景画面时要力求背景简洁,色调统一,一般不要前景,并弱化背景,要确保主体形象的清晰、生动和突出。

5. 特写

特写(close-up)表现的是人或物体的局部,对于人,可以是肩膀以上的整个面部,也可以是一只手或一只脚;如果是商品,则是其更小范围的某一局部,比如钟表的一根指针、汽车前脸上的商标或一只轮胎等,如图 2.48 所示。

特写画面内容单一,具有强化内容、放大形象、突出细节等作用,常用来从细微处揭示人或商品的典型特征或本质内涵。特写画面在空间上离观众的距离很近,有时能给人以强烈的心灵震撼和感染,产生深刻的印象和记忆。特写是一种强有力的构图语言,在表现人物面部时,可以揭示其复杂多变的心灵世界;在表现商品的质感、纹理和色彩等方面,与远景擅长"量"的表现相比,特写更长于对"质"的描写。特写就是对人或事物的"特别写照"和"重点强调",如果说中景、全景等景别的画面是观众用眼睛来看的,那么特写有时候是需要用心灵来

图 2.48　特写画面离观众的距离很近,具有很强的穿透力和感染力

阅读的。富于质感的特写特别具有艺术的穿透力和震撼力,能引起观众的强烈共鸣,具有极强的画面造型和表现力量,是电视广告中不可或缺的景别之一。

　　对于图 2.45 右图中表现空调完整形象的画面,也有人认为是一种特写景别。这种观点也是正确的,但有一个前提条件:那就是在这个镜头之前有一个大景别(比如全景)的镜头,在这个大景别的镜头中,商品形象相对很小,表现力微弱。为了充分表现商品的形象特征和感染力,下一个镜头通常会出现商品的完整形象,这个镜头我们认为是一个不折不扣的特写镜头。因为在景别上它"衍生"自上一个全景镜头,在此基础上,商品形象被充分放大了,所以和全景中的形象相比,当然就称得上是特写了。如果一开始就出现商品的完整形象,就不宜定义为特写,而应该叫全景。图 2.49 是某压力锅广告中的两幅截图,左图是厨房的全景镜头,在这个画面中压力锅形象很小,当然不属于特写景别。接下来的镜头出现的是压力锅的整体外观,且形象饱满,如同在观众的眼前。基于对上一个镜头景别的参考和继承,这个

镜头1　全景　　　　　　　　　　　　　　　　镜头2　特写

图 2.49　商品在当前镜头中的景别决定于它在上一个镜头中的形象和景别大小

画面当然属于特写景别。如果没有上一个镜头对起始景别的确立,这个画面就应该属于全景景别(很多电视广告中,商品的外观并不是来自实拍视频,而是电脑图形的产物,但景别理论是通用的)。

同样的道理,图2.50是某轮胎广告的两幅截图,左图中的重型汽车是主体,因此是一个全景镜头。由于通过前一个镜头观众已经知道轮胎是整个汽车的一部分,因此下一个只有轮胎完整形象的画面,在景别上就属于针对轮胎的特写镜头了。

镜头1 全景　　　　　　　　　　　　　　　镜头2 特写

图2.50　镜头的先后顺序决定了轮胎是汽车的一部分,所以右图的景别为特写

6. 其他景别

现代电视广告在景别的运用上,早已超出了传统的远全中近特五种景别,具体表现为景别的范围向两极延伸和进一步细化。比如,出现了比远景具有更大视角和更远视距的大远景(如航拍画面,画中可以没有人物形象),比一般的特写视角更小、视距更近的大特写,再就是在远景和全景之间增加了大全景(又叫小远景),在中景和近景之间增加了中近景(对于站立姿态的人物,裁身点大约在腰部)。注意,中近景不是中、近景,它并不是指涵盖中景和近景的两种景别,而是介于中景和近景之间的一种具体景别,兼具中景和近景的表现力,在电视广告中应用较为普遍。图2.51中的景别分别是大远景(左上)、大全景(右上)、中近景(左下)及大特写(extreme close-up,右上)。

这样,在原来五大景别的基础上,通过向两端延伸和细分之后,就可将视角大小和距离远近用九种景别来描述。不过,对于一幅电视画面,景别之间并不存在绝对的、精准的划分尺度,也没有统一的划分标准。不同的国家或个人对景别的理解和把握都不尽相同,比如像图2.40、图2.47的景别,在我国一般认为是近景,而在美国的教科书上,通常叫特写,足足相差一个景别等级。

景别有几个基本特性:相对性、客观性、主观性和节奏性。

相对性是指景别的大小是相对的,这种相对性源自对全景的界定。比如,以人的整体为全景时,单独表现一只手属于特写,如果将手作为一个完整的对象,则为全景画面。类似地,

大远景

大全景

中近景

大特写

图 2.51　大远景、大全景、中近景和大特写

一只轮胎之于一辆汽车、一片树叶之于一棵大树等,轮胎和树叶的具体景别,都存在对全景的界定问题,两者形成一定的相互关联和双向继承关系,这就是景别的相对性。图 2.35 右图的景别之所以可以称为是特写,也是缘于这种景别的相对性。

客观性和主观性是指景别是客观的,也是主观的。景别的客观性是指景别在运用上具有客观依据,采用什么样的景别是由客观事物的内在规律和表现要求决定的。比如浩瀚的海洋、莽莽的群山和浩大的集会场面,其本身蕴含着的深远意境和宏大气势,是非远景或全景不能表达的。而人物之间交流时的面部表情等则必须用中景、近景甚至特写才能充分地表现。一般来说,大景别(如远景、全景)给人以旁观感和审视感,容易带动观众的理性参与;小景别(如近景、特写)给人以接近感和参与感,容易激发观众的感性参与。这就是构图语言对画面景别的必然要求,也即景别的客观特性。景别的主观性,则是指导演、摄像人员在对景别的理解和把握上,总是难免带有比较浓厚的个人色彩,不同的人可以结合内容、主题以及表现与传播的具体特点,综合考虑采用何种景别。不同题材和类型的影片对景别的要求有所不同。包括电视广告在内的艺术类影片中,小景别多一些,而新闻类节目中,大景别的比例相对更高一些。

电视画面的景别不同,其节奏感不同。大景别的视角大、视距远,小景别的视角小、视距近。这种因景别不同而形成的空间大小差异,表现为不同景别具有不同的节奏性。在横向空间上,大景别的空间距离大,物体运动的速度感弱、节奏慢;小景别的空间距离小,物体运动的速度感强、节奏快。一辆自远处开来的汽车,在远处时感觉其速度较慢,而行至眼前时,感觉是呼啸而过,就是这个道理。在纵向上,大景别因视距远,包含的画面信息量大,人们接受和理解这些信息所需要的时间也就相对较长,所以大景别的节奏会显得较慢;而小景别因内容比较单一,环境和背景因素较少,所以观众接受和理解画中内容所需的时间短,画面的节奏感强。一般来说,越是大的景别,完成一个镜头需要的时间相应也越长,随着景别由大到小,镜头的持续时间相应地变短,这进一步使不同景别的镜头形成节奏上的明显差异。

总体而言,大景别和小景别具有很强的互补性,分别适于满足人们不同的心理和视觉需要。在拍摄时,应该结合具体的场景内容和表现目的作交叉运用,以大景别给观众以场景、环境的总体印象,以小景别给观众以人物、情节的入微感知。

镜头视点的三个组成要素——水平角度、垂直高度和纵向距离的不同组合会产生一系列不同的构图形式和造型效果。视点选择是否得当,对画面结构和表现力有着举足轻重的影响。比如,采用近距离、斜侧方向、仰拍角度并辅以较短的镜头焦距,可以近乎夸张地表现一座大楼的高大与宏伟,拍摄对象的透视感和场景的空间感都十分强烈。如果采用远距离、正面方向、平角或俯角拍摄并辅以较长的镜头焦距,则透视感和空间感将明显减弱,高的不显高,远的不见远,画面看上去安稳、平淡。因此,在实际拍摄前,必须先确定机位,也就是先确定镜头的视点。

最后,用表 2.1 对摄像机的镜头视点和画面构图的关系作一简单总结。

表 2.1　镜头视点的三个维度和画面构图的关系

镜 头 视 点	构 图 特 征
水平视点	决定拍摄角度(正拍、侧拍、背拍、斜侧拍)
垂直视点	决定拍摄高度(平拍、俯拍、仰拍)
距离视点	决定景别大小(远、全、中、近、特等)

本章主要内容:

1. 屏幕显示领域采用的三个基本色是红、绿、蓝,三种颜色在色调上彼此相差 120 度。彩色三要素是亮度、饱和度和色调,饱和度与色调合称色度。

2. 混色模式有相加模式和相减模式两种,屏显领域采用相加模式,这种模式下的混色亮度随参与混色的颜色数量增多而增高。

3. 色彩的色性有冷暖之别,红色、黄色及介于红、黄之间的橙色为暖色,色温低;青色、蓝色及介于青和蓝之间的青蓝色为典型的冷色,色温高。橙色和青蓝色是一对互补色,分别处于冷暖的两极。

4. 色彩、影调、线条是构成电视画面的基础元素,又叫形式元素;主体、陪体、前景、背景及空白等是构成电视画面的结构元素,又叫实体元素。所谓构图,就是对这些元素进行选择、组织和布局,以更好地表现主题、抒发感情、表达诉求。

5. 色彩基调也是一种重要的视觉识别语言符号,由某一色彩在屏幕上所占的面积大小、出现的频度高低及持续的时间长短等因素决定。

6. 在广告摄像中,对色彩的运用主要基于两个原则:一是要追求色彩属性的对比,特别是色调的强烈对比,以形成足够的视觉冲击力;二是在必要时,确立一个明确而恰当的色彩基调,用来统领其他色彩,实现色彩的多样统一。

7. 主体即电视画面中所要表现的主要对象,通常是电视画面的结构中心、内容中心和注意中心。在塑造主体形象时,一要主体明确,二要主体突出。

8. 陪体是在画面中与主体构成特定的形式、内涵或逻辑关系的实体形象,其作用是对主体进行陪衬、烘托、突出或解释等。

9. 前景的主要作用是突出、衬托主体,丰富主题信息及均衡、美化画面等。前景要宁缺毋滥。

10. 背景是位于主体之后的实体形象,主要作用是交代地点、环境,强化主题思想,另外还是决定图像影调高低的重要因素。背景宜简洁,忌杂乱。

11. 摄像机的视点就是摄像机在三维空间中相对于被摄对象所处的空间坐标点,由拍摄方向、拍摄高度和拍摄距离三个因素共同决定。人物形象的正、斜、侧决定于拍摄方向,俯、平、仰决定于拍摄高度。

12. 传统的五大景别是远景、全景、中景、近景和特写,对景别进一步细分,又有大远景、大全景、大特写及中近景等。在镜头焦距和拍摄对象基本固定的情况下,景别由拍摄距离决定。

13. 特写表现的是人或事物某一特定的局部,人物面部的特写具有揭示其内心世界的表现力。

14. 景别具有相对性、客观性、主观性和节奏性。

本章思考:

1. RGB 模式为什么又叫相加混色模式? CMYK 混色模式为什么又叫相减混色模式?

2. 互补色有哪些特点? 给出三对典型的互补色。

3. 彩色有哪几个基本属性?

4. 确立色彩基调的目的和原则是什么？

5. 摄像机的镜头视点由哪几个因素决定？

6. 如何理解景别的相对性、客观性、主观性和节奏性？

7. 对于电视广告画面，图 2.52 左、右两幅截图的主体分别是什么？

图 2.52　左图只有人物形象，右图中人物前面还有产品形象

8. 图 2.53 中的电热水器属于什么景别？

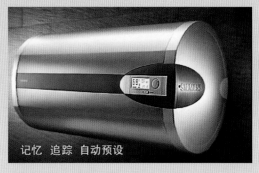

图 2.53　画面中热水器的形象完整而饱满　　　图 2.54　国家体育场是画面中的后景

9. 图 2.54 中的后景在画面具有什么作用？

第3章 广告摄像的构图形式与法则

摄像构图是借助摄像机镜头塑造视觉形象的一种创作活动,也是通过电视画面表达思想和情感的一种艺术手段。具体地说,摄像构图就是把主/陪体、前/后景、线条、色彩等各构图元素有机地组织、布局为一个集思想性和艺术性为一体的电视画面。广告摄像构图要紧紧围绕广告主题、广告目标和创意构想,舍弃那些一般的、次要的视觉元素,全力突出产品的性能和功能优势。另外,还要运用摄像造型手段,生动、鲜明地表现出产品所蕴含的人性化元素,让产品成为情感的载体,以独特的艺术魅力打动消费者,以期实现产品诉求的最佳传播效果。

3.1 广告摄像的构图形式

由摄像机和被拍摄对象的动、静组合及各视觉元素的变化与布局,可以形成多种多样的构图形式。比如,根据构图形式内在性质的不同,可将构图形式分为静态构图、动态构图、单构图、多构图等若干类型。根据画面结构的外在形式和主体所处的位置,构图形式又可分为中心位置构图和三分法构图两种类型。另外,根据画面内的情节和动作是局限于屏幕框架内部还是突破了屏幕框架的约束,电视画面构图又分为封闭式构图和开放式构图。下面介绍中心位置构图、非中心位置构图、封闭式与开放式构图的外在特征及其艺术表现力。

3.1.1 中心位置构图

将主要形象置于屏幕中心位置的构图形式叫做中心位置构图。中心位置构图既可用于人物形象,也可用于产品形象,如图 3.1 所示。中心位置构图特别适于静态的或动作幅度不大的情形,优点是平实、亲切、自然,缺点是造型稍显呆板、动感弱、缺少形式美感。在多主体构图中,当各主体形象以屏幕中轴线呈对称或均衡分布时,也属于中心位置构图。当正面拍摄人物或产品时,如果画面中没有其他参与均衡画面的视觉元素,通常采用中心位置构图,否则会导致画面在水平方向上的视觉失衡。

图 3.1 中心位置构图的优点是庄重、自然,但形式美感稍有欠缺

3.1.2 非中心位置构图

简单地说,非中心位置构图就是有意识地将主体置于屏幕一侧的一种构图形式。常用的非中心位置构图有黄金分割构图、三分法构图和九宫格构图三种。黄金分割原理是非中心位置构图的理论基础,三分法和九宫格构图派生于黄金分割构图。

视觉的美学养成是人们在认知自然的过程中不断演化和积累的结果。长期以来,人们不断地探求视觉艺术的审美规律,其中,黄金分割已成公认的衡量事物之间或事物内部尺寸与大小比例最富美学价值的审美标准,被越来越多的人确立为视觉造型艺术的美学标准之一。所谓黄金分割构图就是将主体形象安排在屏幕的某一侧上,将屏幕分割为一大一小两个版面,并且两个版面的宽度之比为 1.618∶1(约等于 1∶0.618 或 8∶5),这个比例被称作黄金分割率。很明显,在摄像实践中,要精确地按照黄金分割率进行构图是不现实的,也是不必要的。

在实际拍摄时,通常将黄金分割率由 1.618∶1 近似为 2∶1,也就是将电视屏幕在水平或垂直方向上进行三等分切割,使主体居于水平或垂直方向的三分线上,这就是画面构图的"三分法则"(rule of thirds)。基于三分法则的构图方式叫三分法构图,是黄金分割构图的简化和近似,在拍摄实践中,比精确的黄金分割构图更容易掌握,具有很强的可操作性和实用性,可称为黄金分割构图的"简化版"或"实用版"。

不管是黄金分割构图,还是三分法构图,都是指在水平方向或垂直方向上的一种比例关系。如果在水平和垂直方向上同时进行三等分切割,可将画面切割为九个小方格,即九宫格。九宫格形如汉字的"井"状,如果将主体形象安排于横、竖线形成的四个交叉点中的某一点上,即为九宫格构图,又称井字型构图,结构布局如图 3.2 所示。

很明显,在九宫格构图结构中,由四条切割线交叉形成的 A、B、C、D 四个点均同时处于水平和垂直三分线上,堪称是在水平和垂直两个方向上同时满足三分法则的一种构图形式。

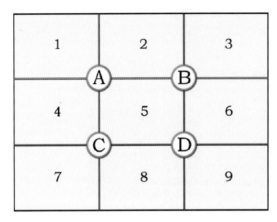 

图 3.2   九宫格(井字型)构图的布局形式

　　黄金分割构图、三分法构图和九宫格(井字型)构图虽然在理论上的含义稍有不同,但在画面布局及实际拍摄中的指导意义是完全一样的。为方便描述和应用,以后统称为三分法构图。

　　在垂直方向上,三分法构图理论在拍摄具有地平线的外景画面时具有重要的指导意义。特别是采用平角拍摄时,通常要根据地平线上、下两部分的表现侧重,有意识地将地平线安排在屏幕上方或下方的三分线上。这样的构图结构不但画面的上下两部分主次有别,而且看上去也更有形式美感,如图 3.3 所示。当然,这也不是绝对的。比如,当地平线的上下两部分具有对称或相似的视觉元素时(如水中倒影),通常将地平线置于屏幕的中间位置。

图 3.3   一般情况下,地平线处于屏幕的上方或下方三分线上,画面更具形式美感

　　从理论上讲,就主体所处的位置而言,如果不是采用中心位置构图,就一定是非中心位置构图。在实践层面上,非中心位置构图其实就是三分法构图。和中心位置构图相比,三分法构图不但更富形式美感,而且在版面布局上也更方便、更灵活,是电视广告中普遍应用的一种构图形式,如图 3.4 所示。

图 3.4　典型的三分法构图

3.1.3　三分法构图的画面均衡

由于采用三分法则的画面中,主体形象不在屏幕结构的中心,而是居于屏幕某一侧的垂直三分线位置,这势必造成视觉重量(visual weight)的左右失衡,给人以不和谐、不稳定的感觉。因此,必须对其进行均衡处理,以满足观众视觉审美的需要。所谓均衡就是通过实体元素或借助人们的视觉心理,使画面左右两侧的视觉重量达到基本相等的一种形式和状态。均衡也就是平衡,是形成和谐、优美画面的重要前提。

概括起来,在水平方向上,对三分法构图进行画面均衡的常用方法有三种:一是用实体元素均衡画面;二是借助人物的视觉力、事物的运动态势等这类"虚拟"的元素均衡画面;三是将以上两种方法结合起来,虚实并用,实现画面的均衡。

1.用实体元素均衡画面

这里所说的实体元素包括图形、文字、前景、后景、陪体等。

图 3.5 中的人物和产品均处于屏幕一侧的大约三分线位置,属于典型的三分法构图,如果屏幕另一侧呈空白状态,画面就严重失衡了。实际情况是在画面的另一侧添加了文字或图形元素(含企业或产品的 logo),既丰富了画面信息,又起到了均衡画面的作用。

图 3.5　文字、图形、图案等是三分法构图中均衡画面的常用元素之一

当人物处于垂直三分线上且面对镜头时，也可以用前景、后景或其他环境元素实现画面均衡。图3.6所示的四幅广告截图中，人物均处于屏幕的一侧且面对镜头，在屏幕的另一侧安排产品、后景、环境等实体元素，实现了画面左右两侧视觉重量的均衡。这种构图结构的实质是将电视屏幕分割为左右两个"版面"，然后将广告演员、产品形象、文字及其他视觉元素分置于两个"版面"中，在同一个画面中既充分表现了广告演员、产品和场景之间的关系，又丰富了视觉元素，增大了画面的信息量。

图3.6　人物为正面拍摄的三分法构图中，常用产品或其他环境元素均衡画面

2. 用"虚拟"元素均衡画面

人或动物的视觉力、事物的运动态势及其方向性、指向性等，虽然是无形的，是以非物质形态出现的"虚"的元素，但却蕴含着一种力的态势，给人以视觉的重量感，借助人们的视觉心理和生活经验，这种态势具有并不逊于实体元素的画面均衡作用。

人物或动物的视线一侧、事物的运动方向一侧以及物体具有方向性和指向性的一侧对应的空间叫做前向空间。由于视觉力、运动态势和物体的指向性会给人以视觉的重量感，所以当侧拍或斜侧拍的主体形象处于屏幕一侧的三分线上时，虽然前向空间明显地大于后向空间，但并不会造成画面的失衡现象，这就是视觉力、运动态势和事物的指向性这类"虚拟"

元素所具有的画面均衡作用。在电视广告中,利用人物的视觉力及手势等形成的视觉重量感进行画面均衡的情况非常普遍,如图3.7所示。

图3.7　人物的视觉力及手势等在三分法构图中具有均衡画面的作用

3. 以虚实并用的方式均衡画面

所谓虚实并用,就是将以上两种均衡画面的元素综合起来,既用前景、后景、陪体、环境等实体元素均衡画面,同时又用人物的视觉力等虚拟元素均衡画面,虚实结合,双管齐下,使画面最大限度地获得均衡效果。事实上,采用三分法构图的广告画面中,以虚实并用的方式实现画面均衡的情况是最为常见的,如图3.8所示。

图3.8　三分法构图中,以虚(视觉力)、实(前、后景)并用的形式均衡画面

三分法构图及其画面的均衡,就人物的面向而言,还有一种和图3.8相反的构图方式,那就是人物面向屏幕的外部,与其构成画面分割和视觉均衡关系的产品处于人物的后方,如图3.9所示。和人物面向产品的构图形式相比,画面结构的重心和焦点不是向屏幕内部会聚,而是向屏幕外部呈发散态势,是一种比较特别的"外向型"构图结构,多见于商业摄影和广告摄像中。

以上所说的均衡是在水平方向上的均衡,那么垂直方向上的均衡如何处理呢? 其实垂直方向上一般是不需要均衡的,这是因为我们生活的这个世界,不管是人、动物还是其他物体,诸如稳定、倾斜、对称、平衡、左摇右晃、东倒西歪、前仰后合等,几乎都是建立在水平面上

图 3.9　人物和产品背向而立的三分法构图及其均衡方式

的,在垂直方向上的不对称、不均衡,比如上轻下重、上虚下实等,是正常的,不会产生不和谐的感觉。当然,如果在垂直方向上出现上重下轻或上实下虚的情况,就会给人以不稳定、不和谐的感觉,不过这种情况即使在电视广告中也极为罕见。

　　另外,即使是在水平方向上,对于大景别的画面,当采用三分法构图时,由于主要形象在画面中所占的面积很小,所以即使不对画面进行任何均衡处理,一般也不会给人以画面的失衡感。

　　除静态构图外,均衡是一个连续的、动态的过程,不管是画面内部的人物运动,还是画面外摄像机的镜头运动,都会造成均衡的动态性变化。因此,在构图结构多变的一个镜头中,考虑到镜头的整体性特点,在短时间内出现一帧或几帧画面失衡的情况是在所难免的,甚至是正常的。

　　三分法构图的画面均衡是等量不等形的均衡,是一种视觉和心理上的双重均衡。这种视觉重量上的均等通常是有意识地通过对场景或镜头进行调度的结果,而不是由场景中的实体对象或人物的视觉力、运动态势等自然形成的。在电视广告中,为了形成视觉上的差异化,给观众以更深的印象,有时会故意地使画面失衡或倾斜,以营造一种不和谐、不优美、不稳定的态势。但是,这样的失衡镜头以及故意不作均衡处理的画面,是来自前期策划、创意和后期拍摄、制作的有目的行为,而不是无意识的低级失误。

3.1.4　封闭式与开放式构图

　　根据表现空间及人物的行为动作、故事情节等是否约束于屏幕框架内部,可把构图分为封闭式构图和开放式构图两种形式。

　　1. 封闭式构图及其美学特征

　　封闭式构图中人物的一切活动都被约束在电视屏幕框架这一有形的空间中,人物占主导地位的关联、交互或动作、情节等一般都有一个居于屏幕内部的“会聚点”,即人物活动的流向终点。"会聚点"也是画面中的平衡点和构图结构的"支点",虽然是无形的,但却最能吸引观众的视线,是观众的视觉中心和兴趣中心。由于封闭式构图中人物活动的流向具有向屏幕内部会聚的特点,因此封闭式构图也叫会聚式构图。比如,在封闭构图中,当两个人面对面地交流时,两人的视觉力均指向对方,并在两人中间的某一点相聚而形成画面的平衡态势,画面结构也因此趋于稳定和完整。封闭式构图追求画面的均衡与和谐,讲究主体形象的相对完整和画面的形式美感,符合大众的审美习惯,是应用最为普遍的主流构图形式。到目前为止,我们所谈及的构图类型,基本都属于封闭式构图,对构图的特点、定义和要求等论述,也多是针对封闭式构图而言的。

　　图 3.10 四幅广告截图中,不管是人物对话所产生的视觉力支点,还是场景的情节与内容,都存在于屏幕框架的内部,观众不需要去探求屏幕外部空间的情景,甚至感觉不到外部空间的存在,这就是封闭式构图的最大特点,也是封闭式构图与开放式构图的本质区别。

图 3.10　封闭式构图中,人物行为的流向会聚于屏幕画框的内部

　　以正侧方向或斜侧方向拍摄人物时,封闭式构图通常采用三分法则构筑画面,并使人物的前向空间明显地大于后向空间。由于人物离屏幕的另一侧较远,其视觉力被较大的视向空间所消解,意味着人物心理活动的空间仍然被封闭于电视屏幕的框架内部。图 3.7 和图

3.8中的人物均采用正侧或正斜侧方向拍摄,人物的前向空间明显大于后面的空间,属于标准的封闭式构图,画面既可采用人物的视觉力自然获得均衡,也可在画面空间大的一侧添加文字或产品等实体形象,在丰富画面信息的同时,进一步增强均衡效果。

在垂直于画平面的方向上,如果画中人物是面对观众,则和观众形成一种交流的态势;如果是背向观众,则具有牵引观众的视线朝着屏幕纵深方向探求的作用。只要观众的视线方向和画平面基本呈垂直关系,那么这种视觉力的"支点"就仍然处在屏幕的框架之内。所以正面或背面朝向观众的画面,都没有突破屏幕框架的束缚,因而也属于封闭式构图的类型。另外,像城市、草原及山川、湖泊等画面,通常也归入封闭式构图的范围,如图3.11所示。

图3.11　正拍、背拍的人物及自然风光类画面也属于封闭式构图

总之,把屏幕框架当成一个相对完整的、本身具有一定独立性的封闭空间,突出主体的完整性,注重框架内部画面布局的均衡与和谐,符合人们的观赏和审美习惯,使观众的视觉注意力完全集中于屏幕内部这一有限空间中,是封闭式构图人物造型和情景表现上的基本特征。

2. 开放式构图及其美学特征

开放式构图理论认为,电视机的屏幕就好比是房间的窗户,屏幕上显示的画面仅相当于透过窗户看到的外部世界的一部分,还有一部分是我们从屏幕这扇"窗户"看不到的,这一部分存在于屏幕之外的空间中。采用开放式构图的目的是既能让观众看到电视屏幕这一"实"空间中的内容,又能意识到屏幕外客观世界的存在,进而借助想象感知到屏幕外这一更为广阔的"虚"空间中的情节。开放式构图的这一理论运用到实践层面的具体做法,就是打破屏幕边框对情节表现的限制,不再把屏幕框架看成是隔断屏幕内外的一道"城墙",使观众的视觉感受突破屏幕画框的束缚,产生更为广泛的对画外空间的联想和探求,借助画外空间表现事件与情节,最大限度地追求画外空间的扩展与利用。

在开放式构图中,人物在屏幕画框内的前向空间一般会明显小于后向空间。开放式构图有意识地将主体形象安排在屏幕的一侧或边角处,并使其前向空间小于后向空间,画中人物呈"面壁思过"状,而且刻意不去借助其他视觉元素去对画面作均衡处理,这样就会在屏幕的另一侧留下大片空白,导致画面结构明显不均衡、不协调、不美观。

图 3.12 中的四幅广告截图,人物均居于屏幕的左侧,如果将人物形象移到屏幕的右侧,其视觉力将被屏幕的左边框抑制并化解,视线的"支点"将被约束在屏幕框架之内,并且在构图上借助视觉力自然地形成画面的均衡,那就属于标准的封闭式构图了。而图中的人物均处于屏幕的左侧,同时其视线也是朝向屏幕的左侧,视觉力将不能被化解于屏幕之内,而是突破了屏幕框架的制约,视觉力的"终端"落在了屏幕的左边框之外,并且在屏幕的右半部分留下了较大的空白区域,致使画面左右失衡。这是开放式构图的典型特征之一。

图 3.12　开放式构图中的人物居于屏幕一侧,前向空间小,呈"面壁思过"状

开放式构图中人物的行为及交互活动等形成的"流向终点"冲破了屏幕边框的限制而落在了屏幕画框之外,从而扩展了人物的交流和活动空间。图3.13中,人物处于屏幕的一侧的边框处,并向同一侧的画外空间观看或说话,由于人离屏幕边框很近,画中人物的视觉力不能完全被屏幕的边框所阻挡,而是"穿"过了屏幕的边框,"落脚"于屏幕之外的某一位置,从而引发观众对画外空间联想与参与的心理活动。当人物的身位和视线均处于屏幕的同一侧且和画外人物有语言交流行为时,就形成了画内人物和画外人物的呼应关系,特别是当有来自与画内人物形成交互的画外音时,观众势必会更加强烈地感受到画外空间中人物与情节的存在,具有很强的参与性。因此,在突出和强调画面内外的交互性这一点上,开放式构图有其独到的画面表现力。

图3.13　画内和画外形成关联与交互,观众强烈地感受到画外空间及情节的存在

开放式构图的另一个结构特征是主体形象不完整,相当一部分形象被处理到屏幕之外的画外空间中,以寻求对画外空间的利用以及画内与画外空间的某种关联。图3.14中的人只有大半个脸庞,那么其他的部分呢? 很明显,其他部分处于屏幕框架之外的画外空间中,这就需要我们借助想象来"补足"了。那些虽然处在画面之外,但和画内人物形成密切关联的、我们可以基于生活经验或借助逻辑推理而"猜想"出来的画外形象,叫构想图(mental map),是开放式构图的有机组成部分。

开放式构图被认为是不讲求屏幕框架内画面的均衡与和谐,因而缺乏形式美感的一种

图 3.14　开放式构图扩大表现空间的另一种方式是有意使画内空间中的主体形象残缺不全

"非主流"构图形式,这在很大程度上是由于"套用"封闭式构图的均衡原则所致。均衡即平衡,是指画面内各构图元素呈现出左右对等的视觉重量。对于封闭式构图,将画面分为左、右两半部分的分界线就是垂直分割屏幕的那条"中轴线"。对于开放式构图,如果均衡仅仅是针对电视屏幕这一有限空间而言的话,那么,开放式构图的形象不全、人物居于屏幕一侧或视觉力"支点"处在屏幕边框之外等这些特点,决定了画面确实存在不均衡、不和谐的现象。但是,开放式构图除了具有一个能用眼睛看到的屏幕空间外,还有一个可以通过想象而存在于屏幕之外的画外空间。因此,决定开放式构图的画面是否均衡的那条分界线并不是垂直等分屏幕的"中轴线",或者说,开放式构图的"中轴线"应该是处在屏幕的左边框或右边框附近,线的一侧是用眼睛看到的画内形象,线的另一侧是想象出来的画外场景。因此,只要"中轴线"的定位准确,画面总可以是均衡的,甚至是和谐而优美的。也就是说,开放式构图讲求的不是电视屏幕框架内这一局部区域的画面均衡,而是追求更大意义和更大范围的一种均衡与完美,这就是开放式构图的画面均衡理论,也是其最本质的美学特征。

根据开放式构图的这些特点,人们也将开放式构图称为不规则、不完整构图或残缺式、发散式构图。需要注意的是,开放式构图表现的不规则、不完整和所谓的破坏美学,其实并非完全没有规则和不注重美学。它打破的是传统的构图规则和美学观念,所表现出的某种不规则、不完整或某种随意性,其实是建立在不同于传统表现理念基础之上的一种新的规则。开放式构图对画面的这种不完整处理,不过是局部的或表面的不完整,其实质是追求更大意义上的一种完美。同样,开放式构图这种对画面形式上的平衡与和谐的破坏,其本意不过是利用这种构图形式上的特点,达到新的完整,追求新的平衡。开放式构图的倡导者和实践者,通过对表现手法的挖掘和运用,使得画面构图形式更加多样,也赋予了画面更广阔的表现空间和更具特色的表现形态。

综上所述,开放式构图除了充分利用电视屏幕这一有形空间之外,还致力于经营电视屏幕之外这一更为广阔的无形空间,努力让观众感受到屏幕外部空间的存在,引导观众对画外空间与情节产生联想和参与,并以其反传统和"破坏"艺术美感的不规则、不完整的形式特征,常给人新颖、特别甚至"另类"的感觉,从而更容易留下深刻的印记,所以在电视广告中得到了普遍应用。当然,开放式构图毕竟不太符合大众的审美习惯,不应过度使用,否则其"另类"优势将不复存在。

封闭式和开放式构图也并非是互相排斥的,更不是水火不容的,在同一部广告片中很少全部采用开放式构图,而是和封闭式构图互为补充、交叉存在,以充分发挥两种构图类型的各自优势。另外,还有些电视广告,为了形成独特的构图风格,有意识地在构图形式上融合封闭式和开放式构图的特点。比如,由陈好代言的自然堂弹力紧致系列化妆品广告中,采用富有动感的镜头技巧,人物在画面中的位置呈大范围运动状态,构图时而封闭,时而开放,时而均衡、和谐,时而失衡、"别扭",有些构图形式甚至很难界定是封闭式还是开放式的,构图风格较为独特,部分截图见图 3.15。

图 3.15　封闭式和开放式两种构图形式交叉、融合的构图风格

总之,封闭式构图中人物的一切活动(行为、交流、关联和呼应等)都被约束于屏幕画框这一有限空间中,画面内的主要形象完整,讲求画面的均衡、和谐与优美。而开放式构图中

人物的一切活动同时表现在电视屏幕这一有限空间和屏幕外的无限空间中,不讲求画内形象的完整及构图结构的均衡、和谐与优美。

表现空间的有限性和无限性及构图结构的会聚性和发散性是封闭式构图和开放式构图的根本区别。

当然,任何构图形式都有其适宜的表现内容,也都有其局限性。不管什么时候,都要牢记:构图只是一种形式和手段,永远是为内容服务的,形式要与内容相适应,要有利于内容的传达和表现,这才是研究构图形式的主要目的和运用构图手法的基本原则。

最后结合三分法构图的画面均衡问题再作一点补充和强调:对于封闭式构图,和谐、优美是其画面特征之一。所以,封闭式构图在采用三分法结构画面的同时,往往还存在一个如何对画面左右两侧的视觉重量进行平衡处理的问题。对于开放式构图,由于它本身就有不和谐、不优美、不平衡的特点,所以不需要对画面作均衡处理。因此,所谓三分法构图的画面均衡,完全是针对封闭式构图而言的。

3.2　广告摄像的构图法则

尽管电视画面构图具有很强的创造性和感情色彩,每个人也都会有个性化的理解和习惯,但是通过长期以来对构图理论和实践的不断研究和探索,人们已经对广告构图的形式特点和表现作用形成了一种普遍的共识。我们把这种经过时间验证的共识叫做构图法则(principles of composition)。这些法则反映了视觉艺术造型手段的普遍规律,既具有形式上的意义,也具有美学表现和信息传播的价值,具有广泛的适用性和指导性。因此,了解、掌握这些构图规律,对于电视画面造型能力的提高具有十分重要的积极意义。

除前面所说的三分法则之外,常用的构图法则还有空间法则、奇数法则、平衡法则、对比法则、集中法则及统一法则等。

3.2.1　空间法则

当摄像机的镜头视点和焦距确定下来后,还需要对主体所处的空间环境进行谋划与布局。所谓摄像构图的空间法则(rule of space),就是对主体、陪体、前景、后景及空白区域等各视觉形象进行空间布局,使其疏密有致,空白得体,以实现创作者的表现意图,满足观众的审美习惯。其中,在与空间法则有关的诸多因素中,最关键、最重要的一点是通过控制镜头光轴的水平和垂直指向,构筑主体形象最佳的前向空间和头顶空间,以达到形式优美、利于传播的目的。

在水平方向上,除采用正面拍摄的中心位置构图外,对于侧面拍摄和斜侧面拍摄,应通过控制摄像机镜头光轴的指向,对被摄主体在屏幕水平方向上的位置进行合理的控制。概括地说,就是对人物的前向空间进行合理的控制。前向空间包括人或动物的视向空间(eyeroom)、人或事物运动方向上的引导空间(leadroom)及有方向性或指向性物体前方的向量空间(vectortroom)。一般来说,要获得和谐、优美的构图效果,当主体为侧拍和斜侧拍时,应使其前向空间大于后向空间。比如图3.16及上面的图3.7、图3.8中,通过有意识地控制镜头光轴的水平指向,使车辆或人物的前向空间明显地大于后向空间,最终形成符合三分法则的构图形式,画面看上去和谐、优美,富有均衡感。

图 3.16　通过控制镜头光轴的水平指向,可获得最佳的前向空间

当然,也可以根据创作意图、表现空间和信息传播的需要,使主体的前向空间小于后向空间,以形成开放式的构图形式。在人物空间布局上,当侧拍或斜侧方向拍摄时,没有特殊情况,最好不要将人物居中处理。因为这样的构图形式既不是主流的封闭式构图,也不是标准的开放式构图,给人以呆板、别扭甚至是不伦不类的感觉,如图3.17所示。幸好,这种情况即使在电视广告中也比较少见。当然,由于摄像是一个动态的过程,某一个不理想、不完整的构图结构可能只是整个镜头的一个过渡画面,最终的构图形式会达到理想的状态。上面关于尽量不要将侧拍或斜侧拍的人物形象布置于屏幕的中间位置,是针对固定镜头或运动镜头的落幅画面而言的,而不是指一个运动镜头的过渡画面。

图 3.17　没有特殊原因,不要将侧拍或斜侧拍的人物居中处理

条件许可的情况下,一定要注意选择摄像机的最佳水平位置和镜头的水平指向,处理好主体、前景、后景等实体元素在空间位置上的合理布局,确保前、后景不要和主体形象重叠在一起。对于广告摄像,想同时表现广告演员及产品形象时,最好优先考虑三分法构图,将侧拍或斜侧拍的人物和产品形象分别置于画面的两侧,既在形式上保证了画面的生动和美感,又自然地实现了构图的均衡。前面包括图 3.8 在内的许多图例就是这样处理的。

特别需要说明的是,当侧拍或斜侧拍人物形象时,其前向空间决定于视线方向而不是身位的状态。比如图 3.18 中,由于人物有"回眸一笑"的行为,所以应将其身后的视向空间作为前向空间,虽然身后空间较大,但由于视觉力产生的画面均衡作用,整个构图仍然不失均衡、和谐、优美的效果。

图 3.18　当人物有回头观望动作时,应将其视向空间作为前向空间

除在水平方向上经营好人物的前向空间外,还要控制好镜头光轴的垂直指向,在垂直方向上,处理好画面中主要人物的头顶空间(head room)。

头顶空间的大小没有一定之规,更没有量化的"指标",其大小主要决定于构图的景别。一般的规律是:对于大景别构图,因主体形象在屏幕上所占面积较小,为防止出现头重脚轻的视觉效果,头顶空间通常要控制得大一些。随着景别的逐渐变小,头顶空间也要相应变小——近景景别可以不要头顶空间,特写、大特写画面中,通常表现为"负"的头顶空间。

图3.19四幅广告截图中,随着景别由大到小,相应地,人物的头顶空间分别由"大空间"、"小空间"过渡到"零空间"和"负空间"。

大景别——大空间

中景别——小空间

近景——零空间

特写——负空间

图3.19　通过控制镜头光轴的垂直指向,可获得恰当的头顶空间

一般来说,头顶空间过小,由于主体形象偏于屏幕的上方,导致画面的结构中心上移,有损构图的形式美感。头顶空间过大,主体形象下移,画面的结构中心偏下,不但有损构图的美感,而且人物形象也有被压缩、贬损和弱化的造型效果。拍摄人物时,头顶空间过大是初学者普遍存在的问题,应通过多观摩好的构图画面,通过大量的拍摄练习,尽快克服这一不足。不过,在电视广告中,给主体人物头顶留下大片的空间,使其形象严重下坠,并不是个别现象,更不是初学者的无意行为,而是一种有意识行为。原因不外乎两个:一是将人物形象作为次要对象处理,给产品形象或产品信息留下更多的表现空间;二是以这种特殊的人物造型方式,形成差异化的构图结构,作为广告的记忆点之一。电视广告中,人物形象严重下移以获取较大头顶空间的构图结构如图3.20所示。

图 3.20　头顶空间偏大可弱化人物形象，强化产品信息

3.2.2　奇数法则

有实验表明，当画面中的主要形象为奇数个时，处于画面结构中心位置的视觉形象最能吸引观众的眼球，这就是在建筑、摄影、摄像等视觉艺术中采用奇数法则(rule of odds)的理论依据。比如，当一幅照片上有奇数个人物时，第一时间引起视觉注意的通常是中间的那个人，这也就是合影中习惯将孩子、老人、客人、领导等"重要"的人物安排在中间的原因之一。在广告摄像中运用奇数法则时，一般选择三至五个视觉形象，并且将最重要的人物、产品或与产品有某种关系的实体形象安排在中间的位置，以达到第一时间"抓住"观众眼球的目的。图 3.21 是采用奇数法则的几幅广告截图，每幅画面中的人物及与产品有关的视觉形象均为奇数个，不妨试一下哪个视觉形象最为醒目。

3.2.3　平衡法则

平衡也即均衡，是指屏幕两侧的视觉形象对等或相近的一种状态。运用平衡法则(rule of balance)的目的是通过各视觉元素合理的排列和布局，在观众视觉和心理上产生一种视

图 3.21　符合奇数法则的构图形式

觉力的统一与均等的感觉。前面关于三分法构图的画面均衡是专门针对三分法构图形式而言的,而摄像构图的平衡法则可以应用于所有的构图类型。如果不是刻意追求不平衡、不稳定的视觉效果,电视广告画面的构图结构应该遵从平衡法则。

平衡分对称平衡(symmetrical balance)和非对称平衡(asymmetrical balance)两种情况。对称平衡是指画面中占主导地位的实体对象在形态、布局、色彩、影调等方面在屏幕的两侧形成相同或相似的对应关系。在形式上,画面的对称有左右对称和辐射对称,在形状上又有完全对称和相似对称。

对称平衡又叫形式平衡(formal balance),特点是排列整齐,结构稳定、庄重,富有镜像式美感,不足的是在形式上稍显呆板、生硬。如图 3.21 这类满足奇数法则的构图,在水平方向上均具有相似对称的特点,因此很自然地也满足构图的对称平衡法则。非对称平衡又叫非形式平衡(informal balance),在其中轴线两端具有形状、明暗、色彩、远近、动静及方向、视线等方面的明显差异,在差异中寻求平衡,是非对称平衡的精髓所在。和对称均衡相比,在包括电视广告在内的大多数视觉艺术中,非对称平衡的画面结构更为活泼、生动、自然,因而更为常见。前面有关三分法构图的画面均衡,均是指非对称平衡。

对称一定是平衡的,而非对称平衡则在很大程度上依赖于场景的布局和对摄像机镜头视点的调度与控制。图 3.22 左图中的主要视觉元素基本呈对称状态,满足对称平衡的条件,构图效果平稳、庄重。右图则是典型的非对称平衡构图,图中的汽车(画面主体)和人(陪体)虽然分处于屏幕的两侧,不过两者在形态、面积等方面明显不同,但整幅画面依然具有良好的平衡效果,这与场景中视觉元素的形状、大小、方向、分布及摄像机镜头视点的刻意选择是分不开的。

图 3.22　对称平衡及非对称平衡

平衡还分静态平衡和动态平衡两种情况。静态平衡是指在一个画面中的若干对象处于一种平衡状态,多出现于静态的或动作幅度、范围很小的构图中。动态平衡是指在一个动态镜头中,前一帧或多帧画面可能在视觉重量上向屏幕某一侧倾斜,但接下来的一帧或多帧画面则向另一侧倾斜,这样在画面结构的不断变化中,通过前后互补和视觉平均,同样可以达到一种总体倾向上的平衡状态。因此,对于摄像构图的平衡,应该着眼于整体的或最后的结果,而不是每一帧画面都需要严格满足平衡法则。

平衡是现实世界中事物存在的一种常态,也是人们感受事物的一种普遍体验。如果说对称式平衡是一种天平式的平衡,那么非对称平衡则更像是中国杆秤式的平衡。一般来说,构筑具有良好平衡效果的画面是一个总的、基本的任务。但是,对广告摄像来说,为了更有力地吸引观众眼球,也经常有意地打破构图的平衡法则,比如采用开放式构图或故意令画面倾斜、摇晃等。

总之,画面均衡或不均衡只是构图的外在形式和表现手段,具体采用什么样的构图形式,很大程度上取决于表现什么和如何表现,也取决于广告的主题、内容和表现风格。

3.2.4　对比法则

所谓构图的对比法则(rule of contrast),就是将两个或两个以上的不同性质或具有一定形式差异的个体,置于同一画面中,使其外在形态和内在性质等形成互相比较的关系,进而达到某种艺术表现的目的。具体来讲,对比的形式有形态的大小高矮、形象的美丑胖瘦、色彩的浓淡冷暖、影像的明暗虚实、事物的动静快慢等。也就是说,在对比构图中,不同对象之间的差异性是实现对比构图的前提和基础。通过对比,可以凸显产品的本质属性或性能优势,是广告摄像中诉求产品功效或性能的常用手法。比如在大众高尔夫 GTI 轿车广告中,通过将轿车与直升机对比表现,生动地突出了轿车优异的速度及操控性能,如图 3.23 所示。在陈佩斯代言的一则立白洗衣粉广告中,通过后期特技手段,随着一袋洗衣粉从其胸前滑过,衣服上相应的区域立刻变得干干净净,与洗衣粉未滑过时满是污渍的区域形成了强烈的对比,充分表现了产品强劲的去污性能,如图 3.24 所示。

图 3.23　通过与直升机对比,突出轿车的性能优势

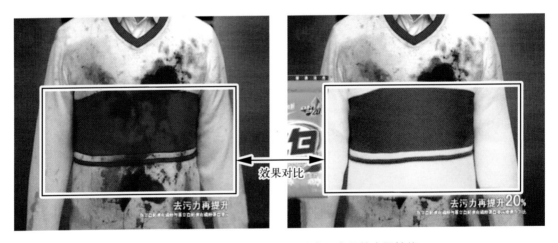

图 3.24　通过脏与净的对比,生动表现产品的去污性能

如果将同类产品或类似形象的尺寸处理得大小有别,从而形成一定比例的对比关系,是对比法则借助形象大小进行对比表现的一种构图形式,有时也将这种对比法则叫做比例法则(rule of proportion),如图 3.25 所示。与人物或产品形象以相同的尺寸在同一平面上并置处理相比,这种比例构图法则可以形成一定的场景纵深,画面看上去富有透视感,视觉效果更为生动。

运用对比构图,要注意舍得去掉那些与主题无关、相对次要或起干扰作用的视觉元素,

图 3.25　使相同或类似视觉形象形成大小对比,可产生明显的场景纵深感

将被比较对象的差异面尽可能地放大处理,以强化对比的效果。

需要清楚的是,这里所说的对比法则和对比蒙太奇有着本质的不同。首先,对比法则是针对画面构图而言的,而对比蒙太奇属于镜头剪辑的一种技法。另外,对比法则是将同一个画面中的主要视觉元素进行对比,而对比蒙太奇是将前后两个相邻的镜头进行对比,从而达到某种表现目的。

3.2.5　集中法则

集中法则(rule of converging)又叫会聚法则或聚焦法则,是指通过空间结构、运动趋势、视线方向、线条走向、影调差异及色彩反差等所形成的引导、对比、反衬、会聚等作用来安排和突出主体形象的一种构图法则。比如"万绿丛中一点红","一点红"是画面中的主体,"万绿"是陪体,通过"万绿"这一大面积的绿色反衬,突出了"一点红"的视觉中心地位,从而将观众的注意力引向"一点红",借助色彩重音形成集中效应。还有,当多个人同时向一个方向看去时,势必将观众的视线牵引并集中到这个"众目睽睽"的目标上。再比如,一条蜿蜒的公路以会聚的线条形式通向远方,在线条远端处的汽车、建筑、标志或风景等就处于视线聚焦的位置,进而成为观众的视觉兴趣点,这是利用线条走向和趋势所产生的集中效应。另外,像"千夫所指"、"众星捧月"等情景也可以利用事物的方向性或空间结构形成向画面中心区域会聚的集中效应。甚至,采用简洁的画面结构及纯色的背景等,也是借助集中效应将观众视线向画中主体牵引的有效方法。

图 3.26 中的四幅截图分别借助空间关系、运动态势、线条结构等,将观众的视线牵引到画面的某一局部,从而形成集中效应。很明显,借助集中法则产生"聚焦"效果,观众的视线很容易会聚于处在鲜花丛中及巷道深处的汽车、花瓣铺设的"小路"末端的小屋及放射性线条的中心区域,从而达到突出表现某一事物的目的。

3.2.6　统一法则

当画面中的多个视觉元素既相对独立,同时又和画面的整体结构及主题思想形成和谐

图 3.26　具有画内集中效应、符合集中法则的构图形式

一致的构图关系时,这些视觉元素在内容和形式上的共同取向就遵循了画面构图的统一法则(rule of unity)。因此,统一法则是多个视觉元素在多样变化前提下的统一,而不是指多个形象简单一致或相似。具体地讲,就是依据均衡、对比、主从、和谐等形式美的法则,把各个实体对象进行有机组合、布局,从而形成主体突出、内容和形式相统一的电视画面。

统一法则是在保持形式上的多样变化和独特性的基础上,寻求和表现事物本质上的整体性和一致性,其核心是构建一个主要的主题中心和注意中心,但同时又追求视觉元素的多样性与变化性(variety),唯有如此才能使画面丰满、生动,而不是单调、乏味。比如,以横线条为主的画面中,也可以有一些其他走向的线条并存,但其他线条不能破坏横向线条的统治地位。再比如,当以绿色为色彩基调时,画面中也可以同时出现其他的色彩,如黄色、红色等,但其他色彩不能破坏绿色的主导地位。另外,相似的形状或相似方向的重复,可使各部分结合为一个整体,从而表现出画面结构的统一性和节奏性,如整齐一致的队列、树木、建筑等。这就是多样统一法则的基本精髓。

统一是一切艺术形式美的基本规律,也是广告画面构图总的法则。广告摄像构图的统一法则可以针对一个画面、一个镜头组,也可以针对整部广告影片。凡是与构图总体造型和表现情节不相一致的视觉元素,要坚决地从画面中剔除出去,在后期剪辑时,也不要使用那些与广告的核心诉求无关或关系过于松散的镜头,确保每一帧画面、每一个镜头都为统一的广告主题而存在。

图 3.27 是两幅电视广告截图,左图中人物的动作、体态及画面上方重复的曲线条构成了形式上的统一与和谐。右图中的人物形象虽然在大小、位置及体态等方面各不相同,但却具有相同的外在行为和心理活动,因此在形式和内容上构成了统一与和谐。

图 3.27　相似的人物体态和行为是统一法则在画面构图中的表现形式之一

以上是电视广告中普遍适用的几个构图法则,应根据具体情况灵活运用。另外,不论是何种构图法则,都不是一成不变的,应在学习、继承和熟练驾驭这些传统构图规律的基础上,勇于寻求构图形式的创新与突破。"法则是用来打破的",对于需要不断求新、求变的广告摄像来说,尤其如此。

本章主要内容:

1. 与静态摄影的构图特点相比,电视画面构图具有动态性、时限性、整体性、一次性和多视点变化等特点。

2. 对广告摄像构图的基本要求是:广告主题明确、产品形象突出、画面简洁优美。

3. 根据主要形象在屏幕上所处的位置,构图形式有中心位置构图和非中心位置构图两种。

4. 非中心位置构图有黄金分割构图、三分法构图和九宫格(井字型)构图三种,三者在摄像实践中的意义是一样的,三分法构图是黄金分割构图的"简化版"和"实用版"。

5. 由于在三分法构图中,主要形象偏于屏幕的一侧,所以通常需要(在水平方向上)对画面进行均衡处理,否则会造成视觉重量的左右失衡,给人不稳定、不和谐的感觉。

6. 三分法构图的优点之一是画面结构富有形式美感,但通常需要在水平方向上对画面进行均衡处理,具体方法有:用实体元素均衡画面;借助人物的视觉力或事物的运动态势及方向性等这类"虚拟"元素均衡画面;虚实并用,更好地实现画面均衡。

7. 根据情节、动作等是否集中于屏幕画框内部,电视画面构图又可分为封闭式构图和开放式构图两种。

8. 在封闭式构图中,只用电视屏幕这一有限的空间表现情节和动作,注重画面的均衡与和谐,是一种基本的、主流的构图形式。

9. 开放式构图有意识地营造电视屏幕框架之外的表现空间,画面中的形象、活动、关联和呼应等突破了屏幕框架的约束,情节、行为和视觉力"终端"通常会延伸到屏幕框架的外部,画面结构不均衡、不和谐,是一种非主流的构图形式。

10. 广告摄像常用的构图法则有三分法则、空间法则、奇数法则、平衡法则、对比法则、集中法则及统一法则等。

11. 对主体人物前向空间和头项空间的合理布局是空间构图法则的主要内涵。前向空间包括人物的视向空间、人或事物运动方向上的引导空间及有方向性或指向性物体前方的向量空间。

12. 前向空间和头项空间的大小是除镜头视点外,决定画面形式美感的另一个重要因素。

本章思考:

1. 黄金分割构图、三分法构图、九宫格构图、井字型构图之间是什么关系? 在理论和实践层面上有何异同?

2. 图3.28 中的三幅画面分别采用的是何种构图类型?

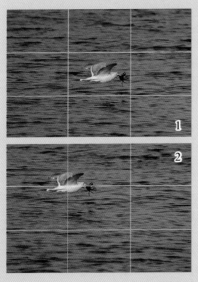

图3.28　两种构图类型在空间结构和形式美感上具有较为明显的差异

3. 为什么采用三分法构图的画面通常需要做均衡处理？

4. 封闭式构图和开放式构图分别有哪些形式特征？开放式构图有哪些特有的表现力？

5. 图 3.29 中的四幅画面分别采用何种构图类型？

图 3.29 典型的封闭式和开放式构图

6. 对于构图法则，如何正确理解"learn it before you break it"这句话？

第4章 广告摄像的镜头运用与机位调度

根据表现目的、拍摄手法、造型方式及效果的不同,电视摄像有固定镜头、运动镜头、空镜头、主观镜头和长镜头等多种镜头类型。电视摄像是用镜头再现生活的视觉艺术,长焦和短焦镜头具有完全不同的表现功能与造型特征。机位及其调度所涉及的内容有轴线、轴线规则、机位三角形布局及轴线问题的处理等内容。下面分别予以介绍。

4.1 固定镜头

在一次完整的拍摄中,摄像机的机位、镜头光轴指向和镜头焦距均不变时所拍摄的画面叫做固定镜头。由摄像机的机位、光轴或焦距变化而产生的画面运动叫做画外运动,由被拍摄对象本身存在运动行为所产生的画面运动叫做画内运动。用固定镜头所拍摄的画面虽然没有画外运动,但并不排除画内人或事物的运动。也就是说,固定镜头不但能表现静止的场面,也能记录动态的影像。

电视摄像和摄影照片的最大不同是运动和静止的区别,照片只能是静止的,而电视画面可以是静止的,也可以是动态变化的。如果画面是静止或相对静止的,同时摄像机的机位、光轴和焦距也是处于"三不变"的状态,画面看上去和照片基本没有太大的区别,这样的画面叫静态画面,当然也属于固定镜头。如果画面内部明显呈运动状态,但摄像机仍然是"三不变"的状态,这样的画面叫做动态画面,但仍然属于固定镜头。如果画面内部是静止或相对静止的,但摄像机的机位、光轴和焦距至少有一方面是变化的,这样的画面仍然是动态画面,而镜头类别则属于运动镜头。当然,既有画内运动,也有画外运动的画面,肯定既是动态画面,又属于运动镜头。画面内外的动、静变化可以组合为四种情况,对应的画面和镜头类型如表 4.1 所示。

很明显,只要画内或画外有一项是运动的,所拍摄的画面就一定是动态画面。因此,用固定镜头拍摄的画面不一定是静态画面,即固定镜头和静态画面不是一个概念。对于初学摄像者,毫无疑问,应该从固定镜头练起,通过大量地拍摄固定镜头,形成良好的构图素养和

表 4.1　画面内外动、静变化的四种组合

画面内(拍摄对象)	画面外(摄像机)	画 面 类 型	镜 头 类 型
静　止	固　定	静态画面	固定镜头
运　动	固　定	动态画面	固定镜头
静　止	运　动	动态画面	运动镜头
运　动	运　动	动态画面	运动镜头

拍摄技巧,这样才能顺利地过渡到对设备操作和艺术表现要求更高、更复杂的运动摄像阶段。

4.1.1　固定镜头的表现优势

虽然固定镜头的机位、光轴、焦距处于固定不变的状态,但和运动镜头相比,在人物造型、场景表现等方面仍然有诸多优势。

1. 固定镜头更富静物摄影的形式美感

用固定镜头拍摄的造型效果更接近静物摄影,和运动摄像相比,通常可获得更为精致的形式美感。用固定镜头拍摄静止或动势较弱、动幅较小的对象,特别是如山川风物、人文景观、名胜古迹及自然风光等,构图精当的固定镜头画面往往更能表现风光的旖旎、景物的优美、夜色的幽静,给观众以赏心悦目的视觉享受。

2. 固定镜头更适宜表现稳重、庄严、冷静、含蓄的内涵与气氛

固定镜头由于没有画外运动,更利于强化"静"的内涵,营造深沉、幽静、含蓄的场景气氛,给观众以优美的视觉感受。因此,应该充分利用固定镜头使人们心理上趋向于安静的表现特点,为所表现的产品和主题服务。在需要表现宁静、深沉等感情倾向、场景氛围和产品性能时,比如静思的表情、静谧的气氛、幽静的环境、庄严的建筑及以"静"作为冰箱、空调等产品的主要卖点时,应首先选择固定镜头。

3. 固定镜头更有利于镜头的流畅组接

组接即对分镜头的组合与连接,是后期剪辑的核心任务。如果镜头的组接不合理,不但会影响到内容的表达,可能还会导致画面的视觉跳动,破坏观众的观赏情绪。和各种运动镜头相比,固定镜头在组接时需要遵循的剪辑原则和注意事项要少得多。一般来说,只要前后两个镜头的主体、景别或摄像机的视点等明显有所差别,并且在影调高低等方面没有太大反差的话,对于电视广告,都可以直接组接在一起,一般不会引起视觉跳动或其他的视觉不适。

事实上,绝大多数电视广告,或者说电视广告中的大部分镜头都是采用固定镜头拍摄的。比如,图 4.1 中这些我们都非常熟悉的广告画面,采用的都是固定镜头拍摄,不但没有来自摄像机的画外运动,画面内部的人物动作幅度和范围也非常有限,但并没有影响观众对

画面的视觉注意程度和传播效果。因为这种近距离、小景别的电视画面,讲求的是观众和画内人物的心灵交流,主要传播的信息是广告演员与产品"息息相关"的话语和神情,唯有画面稳定的固定镜头才能更好地保证其传播效果。

图 4.1   采用固定镜头的广告画面

当然,固定镜头也有其不足和局限性。比如,受制于视点的单一,缺少视角、视域和景别的变化,在一个镜头内很难实现多角度、多视域的信息传递,表现为镜头视点和构图结构的固守和单调。再就是,表现场景空间和运动过程的能力有限,当空间狭小时,固定镜头往往不能将场景内容"一网打尽",让观众"尽收眼底"。另外,当广告的情节线索或场景是体育赛事或大型户外场所时,固定镜头很难满足全部场景内容和运动过程的表现需要。

再就是,在同等场景内容下,固定镜头的画面动感肯定不如运动镜头,这与追求快节奏、强动感的电视广告风格是不符的。不过,这已不是问题——节奏感可以通过后期剪辑来控制,即便是大量地采用了固定镜头,只要通过快速剪辑(fast cut,每个镜头持续时间很短,镜头的切换频率很高),依然可以获得很快的影片节奏;至于画面的动感,实际用固定镜头拍摄时,可以有意识地使画面轻微晃动(比如故意放弃使用三脚架,采用手持拍摄,或者使用三脚架时富有技巧地使镜头光轴轻微摇动等),这样拍摄出来的画面可增强画外运动感,在一定程度上更有利于吸引观众的视觉注意。不过,这种为了增强固定镜头动感的晃动,属于摄像技巧的范畴,在晃动特征和视觉感受上和初学者的"非故意"晃动有着本质的差别。另外要搞清楚的是,这种故意轻微晃动的拍摄方法仍然属于固定镜头,和下面所说的运动镜头完全不是一种镜头类型。

4.1.2　固定镜头的拍摄原则和注意事项

1. 要扬固定镜头之所长,避其所短

什么情形应该选用固定镜头进行拍摄,虽无固定的模式,但也不是无据可依,这个依据就是扬固定镜头之所长,避固定镜头之所短。对电视广告而言,固定镜头的突出优势是适宜表现静态的内涵和气氛,所以当画面内部已经具有较强的运动性或有丰富的蕴藏于静态形式下的内涵时,应首先考虑选用固定镜头拍摄。

2. 注意调动画面内的动感元素

运动性是电视画面区别于照片的最大之处,由于固定镜头画面没有来自镜头的画外运动,如果再没有明显的画内运动,那么,这样的多个镜头组接起来,视觉效果上就和幻灯片区别不大了。所以,用固定镜头拍摄画内运动不是很强烈的场面和景物时,除类似图 4.1 所示的情景外,应该注意选择和调动画面内部的动态元素,尽量让画面在静的基础上富有生机和动感,做到静中有动、动静相宜。所谓画面内部的动感元素,并不是指人或事物大幅度、大范围的运动特征,而是指诸如随风荡漾的涟漪、草地上摇曳的花朵、哗啦啦的小溪流水、跳动的钟表秒针、人物丰富细腻的表情和顾盼流转的眼神等。另外,使一瓶饮料、一件精雕细琢的雕刻作品或一桌丰盛的菜肴转动起来等,都是电视广告中惯用的典型动感元素。总之,当画面内部动幅较小、动感较弱时,充分捕捉和调动画面内部的动感元素,是加强固定镜头画面表现力的有效手段。

3. 要讲求固定镜头的艺术美感和表现力

固定镜头构图的好坏,是对摄像者构图技巧、造型能力、审美趣味和艺术表现力的综合检验,往往反映出摄像者的基本素质和工作态度。相对而言,由于运动画面的动态性和整体性,某些区域或时段上的构图问题可在一定程度上得到掩盖或纠正,观众的注意被画面的外部运动所转移或分散。但固定镜头画面由于机位、视域和背景的相对固定,构图中的不足会在观众眼中得到"放大",影响观众的收视情绪。特别是那些自然风光类以静物表现为主的画面,构图结构的形式美感就显得更为重要。

4. 要注意画面的"稳"与"平"

虽然在一般情况下,不管是什么镜头,稳定都是对电视摄像的基本要求,没人愿意看毫无意义的晃动画面。但是,固定镜头通常对画面的稳定有着更高的要求。不稳定的画面主要来自以肩扛、手持机器或摄像机处于交通工具上的拍摄,特别是在俯仰角度较大、变焦镜头推至长焦端等情况下,摄像机稍不稳定,就会在画面中表现出明显的晃动。在运动镜头中,如果短暂地出现画面的倾斜,一来观众的兴趣被镜头本身的运动所吸引,二来摄像者还可以在连续的拍摄过程中不着痕迹地对倾斜进行修正,所以画面的轻微倾斜不会引起观众的明显注意。但在固定镜头中,由于没有摄像机的运动成分,画面的倾斜很容易被感觉到,特别是以大景别表现具有地平线的自然风光时,画面的轻微不平都会表现为地平线的倾斜,给人以不稳定、不自然的感觉。

当然，电视广告毕竟是一种诉诸眼球经济的商业艺术，为了表现或强化某种激烈动荡或不平衡、不稳定的状态，经常故意地采用使画面晃动或倾斜的拍摄手法，这是为了吸引眼球和寻求差异化表现的需要，与毫无意义的倾斜或晃动完全不是一个性质。如果说力求"四平八稳"是一种摄像的功力和素养，那么有意识地晃动和倾斜则是一种特殊的拍摄手法和娴熟技巧。

固定镜头虽然在某些情况下具有一定的局限性，但在电视画面的镜头构成中依然占据着基础性、主导性的地位，其重要性绝不逊于运动镜头。在包括电视广告在内的几乎所有的影片类型中，固定镜头在数量上占据着统治性地位，这与固定镜头的优势是分不开的。

4.2 运动镜头

与固定镜头不同，运动摄像就是让摄像机"动"起来，以产生多变的视点和更为丰富的构图结构。有三个因素决定着摄像机是否处于运动状态：机位（视点）、镜头光轴指向和镜头的焦距。如果机位、光轴、焦距至少有一项是变化的，那么摄像机就处于运动摄像状态，拍摄的镜头即运动镜头。常用的运动镜头有推、拉、摇、移、跟几种——机位的变化可以产生移镜头、跟镜头，镜头光轴的变化可以产生摇镜头、摇跟镜头，而镜头焦距的变化可以在机身不动的前提下产生推镜头和拉镜头，至于机位、光轴和焦距的配合变化则可以产生更为复杂的综合运动镜头。

运动镜头由起幅、运动、落幅三个部分构成。起幅是从按下记录键到镜头正式开始运动之前的那一段画面，落幅是运动过程结束到记录停止的那段画面。起幅和落幅是整个运动镜头的有机组成部分，即使在后期剪辑时弃之不用，在拍摄时也必须完整地记录下来。起幅和落幅本身都属于固定镜头画面，如果时间足够长的话，也可以在后期剪辑时做固定镜头使用。

下面系统地介绍各类运动镜头的拍摄特点、外在特征及其画面表现力。

4.2.1 推镜头

在没有变焦镜头的早期阶段，推摄的方法是将摄像机放置于一个专用的 dolly（轨道车）上，朝着被拍摄目标作定向移动，所以这样的拍摄方式叫做推摄，相应的镜头叫推镜头。推摄可以产生视点前移的造型效果，相当于人们盯着前方的目标，目不转睛地边走边看。随着变焦镜头的广泛采用，又多了一种推摄的方法——通过使镜头的焦距变长，将被摄目标逐渐拉至眼前，给观众一种与拍摄目标距离变近的感觉。

使摄像机向前运动的推摄叫做移动推，使镜头焦距变长的推摄叫做变焦推。移动推和变焦推都可以使画面结构产生由大到小的景别变化,但两者具有一些本质的区别。首先,移动推的视点是真正前移的,其视场角保持不变,但拍摄对象的透视比例和透视关系随着镜头的向前移动而不断地发生着变化,被摄目标离镜头越近,其线条透视比例越大,透视感越强。这一特点与我们在客观世界中的生活体验是完全一样的,所以移动推具有真实自然的视觉效果。而变焦推的视点只是看上去"好像"是向前移动的,随着镜头焦距由短变长,其视场角由大变小,但拍摄对象的透视比例和透视关系在变焦的过程中是保持不变的,这势必造成拍摄对象在立体形态和空间关系上的失真,与我们在现实生活中的真实感受不符,所以在视觉效果上,变焦推不如移动推。但是,变焦推无需依赖复杂的摄像辅助设备,而且操作简便,控制灵活,在电视新闻节目中得到广泛的应用。

虽然移动推和变焦推都具有拍摄对象与观众距离变近的效果,但是移动推是物理距离的拉近,而变焦推是心理距离的拉近。在视觉效果上,移动推仿佛是观众走近拍摄对象,而变焦推则像是拍摄对象向观众"走来"。除此之外,不管是哪一种推摄手法,推镜头的表现力基本是一样的。

推镜头的最大特征是在推摄过程中观众与拍摄对象在距离上逐渐变近,画面的景别连续地由大到小,与此同时,周围环境也由多到少地作着连续变化。推镜头具有明确的推摄目标,在实际拍摄中,我们之所以进行推摄,绝不是为了推而推的无目的行为,视点的前移也不是泛向和随意的,而是具有明确的表现目的和推摄意图。这个目标就是要突出、强调起幅画面中拍摄对象的某一部分,正是这一部分"吸引"、"强迫"着观众的视点向前移动,并最终成为落幅画面中的结构中心。推镜头景别由大到小的变化对观众的视觉空间既是一种控制,也是一种引导,通过视点的前移给观众某种启迪,或者引起观众对某个形象、某个细节的注意。具体到画面的造型表现上,推镜头应该具有明确的推进目标和落幅形象,使视点的前移有一个落脚点,使景别由大到小变化的结果表现为画面构图中重点形象的转换。

推镜头以大景别画面为起幅,以小景别画面为落幅,具有先交代主体所处的环境,进而描写、揭示、突出局部与细节的画面表现力。在电视广告中,拍摄人物或产品形象时,推镜头主要适用于两种情况:一是以多主体为起幅,以多主体中的某一个体为落幅,推摄目的是从群体中突出某一个体;二是以单主体为起幅,以该主体的某一局部为落幅,目的是突出个体的局部形象和细节特征。比如某品牌的唇膏广告,就是借助推镜头来突出表现广告演员的局部形象和细节特征,并以此"佐证"其产品利益承诺的:先是出现广告演员的小远景镜头,随着画外音"即使靠近",镜头推到近景形象。接下来的画面以广告演员的中近景形象为起幅,随着画外音"再靠近",镜头推到特写形象。然后以广告演员接近特写的近景形象为起幅,伴随着画外音"心动的唇让你看不见唇纹,MAQUillAGE 丰润美形唇膏",镜头推至以广告演员嘴唇为画面结构中心的大特写景别,在这个落幅画面中,嘴唇细腻柔美的细节特征暴露无遗,充分证明了广告词"所言非虚"。整个广告中,推摄过程和广告词同步进行,堪称是推镜头在电视广告中的典型运用,部分截图如图 4.2 所示。

图 4.2　通过推摄表现重点区域,以揭示事物的细节或局部特征

推摄时需要注意以下几个事项:

首先要注意推摄的速度。推镜头的推进速度在很大程度上决定着影片的节奏快慢,如果推进的速度平稳而舒缓,则影片节奏慢,适于表现安宁、平和、幽静和抒情的气氛。如果推进的速度急促而迅速,则影片节奏快,适于表现紧张、不安、危险或激动的极端情绪。以手动方式控制镜头的变焦环急速推摄时,可产生极强的画面爆发力和视觉冲击力,具有令人震惊的揭示力量,给观众一种"触目惊心"的视觉刺激。总之,对推镜头推进速度的不同控制,可以通过影片节奏反映出不同的情感因素和情绪力量,应快慢得当,或"急风骤雨",或"和风细雨",以和广告主题、内容及表现风格相统一。

再一个注意事项是控制推镜头的落幅。推镜头的落幅是重点,必须保证落幅画面中构图结构的规范和准确。很多时候,落幅画面中主要形象在起幅画面中并不处于构图的结构中心位置,如果在推摄开始前就将落幅画面中的主要形象调整到构图结构或视觉兴趣的中心位置,就极有可能破坏了起幅画面的构图结构,当然在画面已经进入落幅状态时再去经营主要形象的位置更是不足取的。因此,在经营好起幅画面后,必须在推摄的过程中,表现出明确的目的性和倾向性,随着果断、利索地推至落幅画面,主要形象也正好以最佳的景别出现在最适当的位置上。

采用手动变焦方式推摄时,还要注意镜头焦点的调整和控制。很多专业级别的摄像机没有自动聚焦功能,只能以手动的方式调整焦点(专业以下级别的摄像机通常既能手动聚焦,也能自动聚焦)。由于镜头推至落幅画面时,镜头的焦距处在长焦状态,此时的景深范围很小,很容易出现虚焦现象,因此,应该先用预设好的落幅画面对落幅中的主体形象进行聚焦调整,主体最清晰后再将镜头调到短焦位置,用大景别拍摄起幅画面。这样不但可以保证在整个推摄过程中画面始终是清晰的,而且在推到落幅画面时,可以确保焦点落在主体上,使整个推摄过程不致出现虚焦现象。

4.2.2　拉镜头

拉镜头是摄像机逐渐远离拍摄目标或通过手动变焦使镜头焦距由长变短的一种运动镜头。摄像机逐渐远离拍摄目标的拉摄叫做移动拉,使镜头焦距由长变短的拉摄叫做变焦拉。不管是机位、镜头焦距的变化方向,还是画面的功用、表现力等,拉镜头和推镜头都是相反的。

如同移动推和变焦推具有一些本质的区别一样,移动拉和变焦拉也有一些本质的不同。移动拉的视点是真正向后移动的,其视场角保持不变,但画中主体形象的透视比例和透视关系随着镜头的移动不断地发生着变化。在变焦拉时,随着镜头焦距由长变短,其视场角由小变大,但透视比例和透视关系在变焦的过程中是保持不变的。由于视场角的固定不变,移动拉和生活中我们边退边看的感觉是一样的,具有真实的场景空间感、透视感和视觉美感。而变焦拉与我们在现实生活中的真实感受是不尽相符的,在视觉效果上不如移动拉,但是和变焦推一样,变焦拉也具有操作简单、控制灵活的优势。当然,不管是移动拉还是变焦拉,画面的表现力是基本一样的。概括起来,拉镜头的主要功用和拍摄注意事项有如下一些。

1. 拉出主体所处的环境,交代部分与全局的关系

拉镜头的外在特征是景别由小变大,主体形象由大变小,周围环境由少变多,给人以逐渐远离拍摄对象的感觉。比如,以产品或广告演员的特写为起幅进行拉摄,画面的景别从起幅的特写开始,历经近景、中景,最后以全景作为落幅,从而在一次连续的镜头运动中,表现出个体与整体或部分与全局的关系。和推镜头先交代整个场景,再近距离地对局部、细节或某一个体予以突出和强调的特点相反,拉镜头是先表现某一个体、局部或细节,然后随着场景空间逐渐展开,拉出主体所在的环境,交代各视觉元素的空间关系。这是一种由局部到整体、由个体到群体、由点到面、由近及远、由闭塞到开朗的表现方式,也是拉镜头最基本的画面表现力。

2. 通过拉摄改变构图结构和主体对象

拉镜头的视场角由小到大不断扩展,在拉摄的过程中,起幅画面中的原有形象和不断入画的形象构成新的组合,产生新的联系,每一次形象组合都可能使镜头内部发生结构性的变化。比如某个国外的电视广告,起幅画面中的主体是两个人和一只小狗,随着拉摄的进行,另一个人逐渐进入画面并在落幅中处于画面的结构中心位置。很明显,这个拉镜头在增加了场景纵深的同时,还从根本上改变了构图的结构——新入画的人物成为构图的主体形象,

而原来的主体退而成为后景的一部分,如图4.3所示。

拉摄

图4.3 通过拉摄改变主体对象

3. 通过拉摄表现场面的宏大或数量的众多

拉镜头具有由点到面、由少到多的表现特征,随着镜头缓缓地拉开,新的场景形象不断入画,场面不断变大,场景中拍摄对象的个体数量也不断增加,最后在落幅画面中出现令观众叹为观止的宏大场面和不计其数的个体数量。在现代电视广告中,通过大范围拉摄表现宏大场面或庞大群体的拉镜头已不多见,相对常见的是在后期编辑时,基于类似数字变焦的画面缩放原理,通过使画面逐渐放大,从而由点到面地表现场景的规模宏大或数量的众多。当然,这只是模拟摄像机变焦拉摄的一种画面处理方式,并非是真实拍摄的拉镜头。比如在一则福临门食用油的电视广告中,在标版画面出现前,为了表现产品用户群体的庞大,就利用后期编辑软件的画面缩放功能,模拟摄像机的拉摄特点,从个体开始,"拉"出了庞大的群体场面,如图4.4所示。

利用数字缩放原理模仿摄像机由个体到群体、由部分到全局的变焦拉摄效果

图4.4 在后期编辑时模拟摄像机的拉摄功能,表现事物的规模或数量

在影视剧中,推镜头和拉镜头还有一个表现功能,那就是表示事件、场景或影片的开始与结束——推镜头表示开始,拉镜头表示结束。不过,这一表现功能在电视广告中较少有"用武之地"。

4. 拉镜头的拍摄要求

首先要注意拉摄的速度。拉摄的速度决定着画面的节奏快慢,当表现安宁、幽静的舒缓气氛时,拉摄速度要平稳而缓慢,使画面富有抒情美感。相反,当表现紧张、激烈的场面时,拉摄速度则要急促而干脆,使画面充满动感。和推镜头推摄的快慢必须与主题思想和情景气氛相符一样,拉镜头的拉摄速度也必须和画面内部的情景与气氛相统一。

拉镜头的重点在起幅。在起幅画面中,一是要合理确定起幅画面中主体的景别,二是要认真经营起幅画面的构图结构。一般来说,应该选择那些最有利于发挥拉镜头表现力的主体或与广告主题、产品信息有重要关系的视觉元素作为拉摄的对象,在起幅画面中将主体形象布局于画面结构的视觉强势位置。另外还要注意焦点的调整,没有特殊的原因,要保证起幅画面稳定而清晰。拉镜头的落幅画面由于景别大,构图上比较容易把握,而且由于在落幅画面时,镜头的焦距已经很短,景深很大,一般也不会出现虚焦问题。

推镜头和拉镜头统称为推拉镜头,两者最大的区别是视点位移方向相反,表现为局部与整体的表现顺序相反。另外,两者在创作规律和适用性上也有所不同:推镜头适于表现警示、强调、揭示、突出那些最能表现广告主题和卖点的局部区域和细节元素。而拉镜头一般要以能够拉出主体所处的空间环境、拉出惊喜与意外、拉出宏大的场面等作为选用的基本依据。

前面说过,固定镜头的缺点之一是画面的动感不足。特别是当大量采用固定镜头画面时,即使通过快速切换镜头使影片具有较快的剪辑节奏,但当画内运动不是很强烈的时候,也很有可能给人以过于沉稳甚至沉闷的感觉。所以,在很多的电视广告中,都采用轻轻推拉的方式来增强画面的动感。与其说这是推拉镜头,不如说是为了增强画面的动感效果,为弥补固定镜头的缺点而采取的一种“补救”措施。还有部分电视广告,因各种原因,用照片充当视频素材,为了弱化照片特征,通常都会模仿摄像机的推拉效果,让图片按一定速度产生缩放变化,从而在一定程度上增强画面的动感。

4.2.3　摇镜头

摄像机在机位不动且镜头焦距保持不变时,借助三脚架、升降摇臂等支撑物上的活动云台或拍摄者自身的转动,通过改变摄像机镜头轴向所拍摄的镜头类型叫摇镜头(pan shot)。摇镜头的运动形式有多种,最常见的是水平移动镜头光轴的水平横摇和垂直移动镜头光轴的垂直纵摇,另外还有中间带有几次停顿的间歇摇、摄像机旋转一周的环形摇、各种角度的倾斜摇以及快速摇摄形成的甩镜头等。

“左顾右盼”、“东张西望”、“上看下看”是摇镜头最基本的外部特征。摇镜头犹如人们转动头部用眼睛左右、上下地“扫描”事物或将视点由一点“跳到”另外一点,其本质是强制性地牵引观众的视线,改变观看的方向或目标。

不同形式的摇镜头包含着不同的创作思想和表现目的,概括起来,摇镜头的主要表现力和拍摄注意事项有如下一些。

1. 摇镜头可以延展视域空间,表现事物的规模与气势

前面说过,固定镜头的局限性之一是表现宏大、辽阔、绵长的景物时"力不从心",即受镜头视场角的制约,不能同时表现全部场景内容。而摇镜头突破了镜头视角的局限,其视域可以连续地向某一方向扩展,从而扩大场景的表现范围,特别适于"一气呵成"地表现盛大、辽阔的场面,是风光类宣传片中如同展开画卷般表现青山绿水、江河湖海等常用的镜头类型,给人以欣赏悦目、心旷神怡的视觉感受。

2. 通过摇摄,用中小景别包容全景信息

全景虽然能在一个画面中包容全部必要的场景信息,适于交代主体所处的空间环境和各视觉元素之间的空间关系,但是往往不能清晰地表现事物的细节和局部。摇镜头的优势之一是能用较小的景别通过镜头的"扫描"运动清晰地展现拍摄对象的全部信息。比如,表现长长的条幅文字、高耸入云的摩天大楼或某一维度尺寸较大的产品时,如果用全景拍摄,将不能清晰地展现细部特征,如果用较小的景别沿某个方向摇摄,则可以连续、清晰地展示其全貌。

3. 揭示两个点状事物或同一事物不同部分的内在联系

生活中许多事物经过一定的组合都会建立起某种特定的关系,而这些关系如果同时放在一个时空中则有可能不足以引起人们的注意。先用较小的景别将处在不同位置的两个对象"隔离"开,然后再通过摇摄将它们"串联"起来,是揭示、强调对象之间内在关系的有效手段。在这里,两个对象主体分别处于起幅和落幅画面中,而较快的镜头摇摄过程则起到了桥梁和纽带的作用,既在形式上提醒人们注意,又可借助两个对象在性质、强弱、大小等方面的异同和内在联系产生隐喻、对比、并列等效果,同时还保证了时空的统一和连续。

这类摇镜头还经常以较小的摇摄幅度从同一对象的某一部分摇到另一部分,以揭示不同部分在形式、内容或逻辑、因果等方面的某种关系。阿里巴巴有一则关于淘宝网批发购物的电视广告,大意是有两家紧挨着的服装店,一家叫"财源",另一家叫"滚滚","财源"店前顾客络绎不绝,而"滚滚"店前门可罗雀。当"滚滚"店的店主得知原因是"财源"店"每天都从世界各地进货"后,立即关闭店门,吩咐各家庭成员分头行动,马上亲赴广州、北京、上海、韩国进货。此时出现了一个自下而上的摇镜头:起幅是欲奔赴各地购物者手里那硕大的提包,落幅是拥抱送别的"伤感"场面(如图4.5中的摇镜头1所示)。慌乱中,"滚滚"店老板和"财源"店老板竟然也要拥抱告别,好心的"财源"店老板告诉他:"想找各地货源,该上1688",标版画面后,"滚滚"店老板用笔记本电脑登录1688网,此时又用了一个自下而上的摇镜头:起幅是店老板敲击键盘的双手,然后镜头上摇到他惊喜、得意的面部神态(如图4.5中的摇镜头2所示)。

4. 通过间歇摇摄转换叙事对象,表现各主体之间的内在联系

间歇摇是在摇的过程中,通过减速或停顿,将一个镜头分成若干个段落,在统一的场景空间中,既转换叙事对象,又表现多个主体间的内在联系。还是在上面的淘宝网电视广告中,"滚滚"店吩咐其爸爸、大爷、媳妇分别去广州、北京、上海进货时,就用了一个间歇摇摄镜

图 4.5 自下而上的垂直纵摇镜头

头,通过起幅→摇摄→间歇→继续摇摄→落幅几个步骤,在同一个场景空间中,使主体对象发生了多次转换,如图 4.6 所示。和镜头分切相比,这种摇镜头不但时空是连续的,而且由于摇摄快速很快,所以画面的动感很强,形式新颖有趣,别具一格。

图 4.6 旨在转换叙事对象的间歇摇摄镜头

5. 摇镜头的拍摄要求

摇镜头要有明确的表现目的性,落幅画面是重点。摇镜头是一种在大脑控制下有意识的拍摄行为,必须有明确的目的性,因为摇摄形成的画面运动会迫使观众跟随镜头的摇动改变观看的内容,观众对即将摇摄出的结果通常会抱有某种猜想和期待心理,如果摇摄的画面没有什么意义和可看性,这种猜想和期待就会转变为失望和不满,进而破坏观众对画面的观赏心境。一般情况下,摇镜头的落幅画面是表现的重点,要事先对欲拍摄画面进行观察、构思和设计,将优美的或具有典型意义的场面作为落幅画面。

另外还要注意摇摄的速度,应与影片的主题、节奏和表现风格相适应。情节紧张激烈、节奏较快的影片,要采用快速摇摄,反之则要慢速摇摄。而对那些非重点区域、非主要对象的表现,以及上面说的旨在表现两个点状事物内在联系的摇镜头,摇摄速度也要尽量快些,甚至可以采用速度极快的甩镜头。

4.2.4　移镜头

移摄是通过手持、肩扛或将摄像机置于活动物体上(如摇臂、导轨、车辆、飞机等),使摄像机处于泛向运动状态的一种拍摄方法。用移动摄像拍摄的画面叫做移动镜头,简称移镜头。在实际生活中,人们并不总是处于静止的状态中观看事物,很多时候是在行进过程中边走边看,或者在车上向外眺望,移动摄像正是反映和还原了人们生活中的这些视觉感受。

根据摄像机移动的方向不同,移动摄像大致分为前移、后移、横移和曲线移(包括弧线移)等四大类型。概括起来,移镜头具有以下几个外在特征和画面表现力。

1. 移动摄像可以全方位地表现拍摄对象的三维形态

前面介绍的推摄、拉摄和摇摄三种运动摄像,受制于摄像机视点或运动方向的单一性,只能表现被摄对象面向镜头的一面,造型效果趋于平面化。由于移动摄像可以使摄像机的位置多方向、多维度地自由运动,所以在一次连续的拍摄中,可以多侧面、多维度地表现对象的三维形态。摄像机沿着拍摄对象作环形移动叫做圆弧移,可以在统一的时空下,全方位地表现对象的各个侧面,展现其三维形态,如图4.7所示。

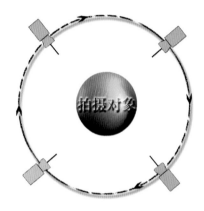

图 4.7　圆弧移示意图

2. 移动摄像可充分扩展造型空间,极大地丰富画面的表现形式

在现实生活中,我们所处的视觉空间常常是复杂多变的,景物之间难免相互重叠、遮挡,前面谈到的镜头类型,很难在一个视点或单一维度上对整个空间进行完整的表现。对于移动摄像,由于摄像机摆脱了定点拍摄的束缚,可以通过手持或肩扛的方式在所能到达的空间里随意运动,特别适于完整而连贯地表现狭长、曲折的复杂空间并给观众以身临其境的视觉体验。在这一点上,摄像机的镜头完全代表了观众的眼睛,机位的移动代表了观众身体的移动,画面具有浓郁的主观色彩,给观众以强烈的临场感、真实感和参与感。随着电视技术的不断发展,电视摄录设备日益小型化、轻便化、智能化,移动摄像的表现形式也越来越丰富,向着多样化、多视点的方向发展,突破了常规状态下镜头无法实现的表现能力,极大地丰富了电视画面的造型形式。

3. 移动摄像具有律动的美感和恢宏的气势

航拍是移动摄像的一种,其特点是视点高,视域宽,居高临下,"鸟瞰全局",画面优美,气势恢宏。随着直升机(也有采用热气球的商业拍摄)的直线或盘旋运动,鳞次栉比的摩天大楼、现代化的企业厂房、一望无际的大草原、蜿蜒连绵的海岸与江河从我们"脚下"缓缓移过,映入眼帘的是一幅幅辽阔壮美的巨幅画卷,无不给人以强烈的视觉震撼。比如,2010 年上海世博会的宣传片中,随着直升机在上空盘旋、漫游,各个国家的场馆全方位地一一展现在观众面前,一幅幅极富视觉冲击力的运动画面气势如虹,美不胜收。

4. 借助机位的纵向运动,形成升降镜头

摄像机借助于升降装置作垂直运动形成的镜头类型叫升降镜头,即垂直移镜头。使摄像机垂直升降的方法有很多,比如借助摇臂、专用升降机或在垂直升降的电梯里进行拍摄等,其中摇臂是拍摄升降镜头用最常使用的设备。摇臂的全称是升降摇臂,不但能在水平方向上拍摄移动镜头、移动推拉镜头、移动跟镜头(虽然叫摇臂,但极少用它拍摄摇镜头),而且还可使摄像机在垂直方向上形成镜头视点的大幅移动,从而形成升降拍摄。另外,升降拍摄也可通过肩扛或手持摄像机以身体的蹲立转换来实现,当然这种方式产生的升降幅度很有限,在大场面、大景别画面中,升降效果不明显。

升降镜头可连续地改变纵向视点,给观众以垂直视域和收视情绪的变化。摄像机镜头的垂直视点代表和决定着观众观察事物时眼睛所处的高度,当机位升高时,视野向纵深逐渐展开,并能越过某些景物的阻挡,展现出由近及远的大范围场面。当镜头视点降低时,远处的景物被前面的景物所阻挡,视域范围随之变小。因此,升降拍摄可以在一次完整的拍摄中连续地形成俯、平、仰的角度变化,带来视域的扩展和收缩,给观众以情绪状态的起伏与波动,产生丰富多样的视觉感受。很多电视广告在拍摄大景别的风光类空镜头画面时,往往采用升降拍摄,以增强画面的动感和表现力。

升降镜头能连续地表现高大物体(大树、城墙、建筑物等)的各个局部,展示其规模与气势。图 4.8 是《康美之恋》音乐电视广告片中一个上升镜头

升镜头的视点不断升高,视域越来越开阔

图 4.8　音乐电视广告片中的上升镜头

的部分截图,随着镜头视点的上升,画内空间的垂直视域和视觉深度不断扩展,不但充分表现了建筑物的高度与气势,而且还给观众以随镜头同步上升的临场感和介入感。

5. 移镜头的拍摄要求

移动要匀,画面要稳。移动摄像所特有的美感,如韵律感、节奏感以及自然、生动、真实的临场感等,都是建立在稳、平、匀基础之上的。无论镜头移动的节奏快或慢,镜头的方向如何变化,如果不是为了追求特殊的表现效果,移动速度要尽量均匀并使地平线处于水平状态。要满足这样的拍摄要求,使摄像机平滑运行的一些稳定装置是必不可少的,如导轨(track)、移动车(dolly)、摇臂(crane jib)及斯坦尼康(Steadicam,一种绑缚在拍摄者身上,可以大大减轻晃动的摄像机稳定器)等,如图 4.9 所示。

斯坦尼康

升降摇臂

轨道车

导轨

图 4.9　使移动摄像保持画面稳定的常用辅助装置

4.2.5　跟镜头

跟镜头即跟拍镜头(following shot),顾名思义,就是摄像机跟随动态目标同步运动,在一段时间内始终以不变的景别将目标对象锁定于屏幕固定位置上的一种运动镜头。

以跟摄方向来分,跟镜头有前跟、背跟、侧跟及综合跟几种情况。前跟是从运动对象的前面拍摄,随着对象的运动,机位同步地向后移动;背跟和侧跟是摄像机在运动对象的背后或某一侧面跟随目标对象作同步运动;至于综合跟,则是指运动对象或摄像机的运动方向是不断变化甚至是无规律变化的,摄像机镜头时而指向拍摄对象的正面,时而指向其背面或某一侧面。跟镜头是一种电视摄像的造型方式和表现形式,对目标对象的跟随无非是推、拉、摇、移这些运动摄像的手法。不管是采取哪一种镜头运动方式,只要能在足够长的时间里将被摄目标以恰当的景别和视角锁定于屏幕的适当位置,就属于跟镜头。也就是说,对于跟镜头,"跟"是目的,推、拉、摇、移是手段。因此,根据跟摄所采用的镜头运动方式,跟镜头可分为推跟、拉跟、摇跟和移跟等,其中以摇跟和移跟最为常见。摇跟一般适用于从运动对象的侧面或斜侧面跟拍,很多汽车广告中表现车辆在道路上飞驰的画面都是用摇跟方式拍摄的。移跟多用于从运动对象的前面或背面跟拍,从前面的跟拍叫前移跟,从背面的跟拍叫背移跟,简称背跟。拍摄走动的人物时,背跟镜头的视点具有很强的主观色彩,有很强的现场性与纪实性,特别是拍摄距离较近、景别较小时,画内人物的视域基本就是观众的视域,画内人物眼睛看到的景物基本就是观众看到的景物。这种画内人物和观众的视向、视域的统一,就像观众跟随画中人物亦步亦趋地同步运动一样,表现出强烈的现场感和参与感,具有很强的空间真实性和生活纪实性,是将观众引入剧情,产生与剧中人物相似的主观感受所惯用的一种镜头手段。

跟镜头的画面始终跟随着一个运动的主体,不管是前跟、背跟还是侧跟,目标对象的景别基本保持不变,通过稳定的景别形式,使观众与被摄主体的视角、视距相对稳定,有利于连贯地展示主体的运动态势。另外,跟镜头中的运动主体在屏幕上的位置也基本保持不变,但画面中的前景、背景及其他环境元素不断地随着主体的位移而变化。正是由于环境元素不断变化,才凸显了主体的运动状态。相反,如果跟镜头中的主体景别、在屏幕上的位置完全不变,又没有前景、背景等环境元素的变化,那么运动对象将给人一种完全静止的感觉。

图 4.10 是金立手机电视广告中同一个镜头的三幅摇跟画面,可以看出,镜头始终跟随运动目标,画中主体的景别及其在屏幕上的位置都基本保持不变,但背景等环境元素不断地处在变化之中,以此彰显对象的运动特征。

目标明确,跟得上,跟得准,是对跟镜头画面造型的基本要求。当运动对象速度较快、运动轨迹比较复杂时,精确的同步跟踪通常是有一定难度的,经常出现镜头跟随速度和目标对象的运动速度不相一致的现象,表现为运动对象在屏幕上的位置不稳定,在一定程度上降低了移动摄像的美感价值。在技术运用上,跟摄的最高境界是无论目标对象的运动速度和运

跟镜头中，主体的景别和位置基本保持不变，但背景和环境不断发生着变化

图 4.10 　移动摄像常用的稳定辅助装置

动轨迹如何，都能将其以不变的景别稳定在画面的固定位置上，当然这需要相当的拍摄功力。在跟摄对象的运动速度不是特别快，运动轨迹也不是特别复杂的情况下，还要注意对拍摄对象前方的向量空间进行恰当的控制，尽量将运动方向一侧的空间处理得稍微大一些，用运动态势所形成的向量力实现画面的均衡。当然，为了特殊的表现或造型需要，也可以采用前向空间小于后向空间的开放式构图形式。另外，要尽可能地保证跟摄过程的完整性，采用长焦镜头时，还要特别注意焦点及景深的控制。

接下来，我们在前面所介绍的几种运动镜头的基础上，探讨一下前移镜头、移动推镜头和移跟镜头的区别。

前移镜头、移动推镜头和移跟镜头都属于运动镜头，并且摄像机外部运动的特征也极为相似，但三者的表现意图和造型特点却有着明显的差异。

前移镜头的特点是目标的泛指性，换句话说，前移镜头没有明确的运动目标，随着摄像机向前移动，镜头仅仅是滑过了整个场景空间，就像飞机从我们头顶上飞过，或者如同漫无目的漫游。而移推镜头有明确的目标对象，摄像机是因为"发现"了这个目标而向前运动的，就像我们在大街上发现了一个多年未见的老朋友而急忙走过去和老朋友握手寒暄。另外，移推镜头随着摄像机越来越接近拍摄目标，还伴随着主体景别越来越小并最终以这个主体作为落幅画面的结构中心。因此，前移镜头和移推镜头的本质区别不在于摄像机的外在运动形式，而在于是否有明确的前移目标。如果有明确的目标，机位向前移动的过程，就是移推镜头，如果没有明确的目标，就是前移镜头。至于移跟镜头，不但有明确的目标，而且必须是动态目标(前移镜头和移推镜头的被摄对象可以是动态的，也可以是静态的)，画面造型特点如同"盯梢"一样，镜头对准动态目标，自始至终以相对稳定的景别和结构位置，如影随形，寸步不离。

如果摄像机在一次连续的拍摄中，将推、拉、摇、移等各种运动摄像方式有机地结合在一起，这样的镜头叫综合运动镜头。综合运动拍摄有先后和包容两种方式，如先推后摇、先拉后摇等，属于先后方式。如果两种以上的运动方式同时进行，如移中带推、边摇边推等，则属于包容方式。不论是哪种方式，综合运动摄像都可以在一个镜头中形成多景别、多角度的画面造型效果,在一个连续不断的时空里,展现多个不同的情节和动作,形成一种多层次、多元素的对比与组合,极大地增加单一镜头的表现容量(这种摄像机镜头的综合运动是形成运动式长镜头的必要条件,详见后面的相关介绍)。需要清楚的是,很多电视广告中普遍出现的将慢速推拉、小幅摇移、轻微晃动等综合在一起的镜头,很多时候仅仅是为了增强画面动感的一种表现手段,而不能算是真正意义上的综合运动镜头。

4.3 **几种"非主流"镜头类型**

除上述镜头类型外,还有一些较为特殊的镜头类型,其中最富代表性的是空镜头、主观镜头和长镜头,分别对应于"实"镜头、客观镜头和短镜头。在各种类型的影片中,空镜头、主观镜头和长镜头都属于非主流镜头,在所有镜头中所占比例较低,但以其特有的造型特点和表现功能成为影视语言中不可或缺的镜头类型。

4.3.1 空镜头

空镜头有写景空镜头和写物空镜头两种。

写景空镜头又称写意空镜头或景物镜头,是一种画面中没有主体或没有明显主体的镜头类型,一般采用全景、远景或大远景这类全景系列景别。写景空镜头多以动物、植物、地理地貌、城乡建筑或自然风光为主要表现对象,常用来介绍环境、交代时间、抒发情绪或发挥象征、隐喻等作用,有时候也作为间隔情节段落的转场画面。图 4.11 是电视广告中采用的四幅写景空镜头截图画面,分别具有交代地理环境、地点及隐喻、暗示等作用。

写物空镜头又叫写实空镜头,一般用特写、近景等小景别画面对事物进行"特别描写",通常具有强调、说明、暗示、象征、比喻等表意功能,旨在加强广告的艺术表现力和情节感染力,通常具有表现蒙太奇的艺术效果。写物空镜头以表现物体为主,如果是人,一般表现的是除面部之外的身体某一部分,如手、脚等,也可以是人物身上佩戴的某种装饰物品,如图4.12 所示。

空镜头不但在构图形式上不"空",而且还包含着丰富的信息量,是各类电视节目中常用的一类视觉语言。选择并运用恰当的空镜头,是影片叙事、抒情及艺术表现的重要手段。

判断一个画面是空镜头还是"实"镜头,不可单纯地根据画面本身的形式和内容,还是要依据广告的主题思想和所要表现的产品及其相关信息。图 4.13 是舟山群岛宣传片广告中的两幅截图画面,由于影片的主题思想就是表现美丽的岛屿和山水风光,以达到刺激旅游消费的目的,所以这样的画面就不能算是写景空镜头。

类似的道理,对于写物空镜头的理解和定义,也要根据具体情况具体分析。直接表现产品形象的特写画面肯定不属于写物空镜头,那些和产品信息具有直接关系的表现事物特写

图 4.11　出现在电视广告中的写景空镜头画面

图 4.12　出现在电视广告中的写物空镜头画面

图 4.13　在风光类广告片中出现的这类画面不能理解为空镜头

的画面也不能定义为写物空镜头。图 4.14 分别是中国农业银行某广告片中的存折特写和某茶文化广告中的冲茶镜头,由于这类画面所传达的信息本身就是产品或服务的核心诉求,因此也不能理解为写物空镜头。

图 4.14　直接表现广告主题的物体特写不属于写物空镜头

4.3.2　主观镜头

代表摄像机镜头所"看到"的画面叫客观镜头(objective shot),代表画中主体的眼睛所看到的画面叫做主观镜头(subjective shot)。主观镜头是相对于客观镜头而言的,在一般的影片中,除为数有限的主观镜头之外,代表着摄像机视点的镜头都属于客观镜头。

主观镜头是因为场景中的主体对象存在"看"这一视觉行为而引发的一种镜头语言形式,画面中主体对象所看到的和观众所看到的内容基本上是一样的,给观众一种较强的参与感,带有强烈的主观色彩。

主观镜头有多种表现形式,比如从车内模拟驾驶员视点的直接表现式主观镜头、跟在人物身后边走边拍的移动背跟式主观镜头以及通过镜头运动从客观画面转到主观画面的摇移式主观镜头等。不过,包括电视广告在内,在各种类型的影片中,应用最多的是通过镜头的组接,与客观镜头并置表现的主观镜头——分切式主观镜头。

　　顾名思义,分切式主观镜头就是通过前后两个镜头的组接和切换表现主观镜头画面。一般来说,前一个镜头表现主体产生观望动作(客观镜头),下一个镜头表示主体看到的结果,即主观镜头。早期的很多战争题材电影中,经常可以看到这样两种镜头连接在一起:第一个镜头是某人用望远镜向远处观望,第二个镜头则是望远镜中的情景,显然,第一个镜头是代表摄像机视点的客观镜头,第二个镜头是代表剧中人物视点的主观镜头。

　　分切式主观镜头也可以出现在客观镜头的前面,即先出现某个画面,然后再出现某人的观望行为,显然前一个画面是后一个镜头中的人物所看到的,前者是主观镜头,后者是客观镜头。分切式主观镜头也可以先出现多个客观镜头画面,然后再接一个主观镜头,表示多个人同时看到了同一幅画面内容。

　　客观镜头和主观镜头的组接与转换顺序共有三种情况,一是先客观后主观,二是先主观后客观,三是先客观再主观,最后再回到客观镜头。有一则大众 Polo 轿车的电视广告,大意是有一个全副武装的卫兵正在站岗,不管过路人问他什么问题,甚至是不管如何招惹他,他都如同雕塑般无动于衷,一动不动。很长时间过去了(影片用了一个 U 淡变转场语言),卫兵的眼球突然转动了一下,并伴随轻微的兴奋表情,显然是看到了什么。接下来镜头切换到他所看到的主观镜头画面,原来是一辆公交车身上有一幅车体广告:Polo L,仅售 8 265 英镑。最后镜头又切回到第二个主观镜头——卫兵"目送"公交车远去的画面。借助强烈的对比手法,夸张地传达了"令人震惊的价格"这一产品卖点,创意绝妙。这是电视广告中采用客观—主观—客观镜头组接和转换顺序的典型案例,部分截图如图 4.15 所示。

　　分切式主观镜头依据的是蒙太奇时空理论——客观镜头画面和主观镜头画面完全可以来自不同的时间和不同的空间。在上面提到的广告案例中,主观镜头和客观镜头始终没有出现在同一个全景画面中,这就意味着卫兵站岗的地方和公共汽车可能不是处在同一个场景空间中,但通过镜头的组接和转换,观众却感觉卫兵站岗的位置就是在公共汽车行驶的马路边上。因此,这种由客观到主观的分切式转换在时空上带有一定的"虚假性"和"欺骗性"。当然这是一种艺术表现形式上的"虚假"和"欺骗",是蒙太奇剪辑理论在电视广告中的具体应用,只要不影响产品信息的真实性,这样做不但是可以的,而且是必要的。

4.3.3　长镜头

　　长镜头是相对构图结构和情节内容相对单一的短镜头而言的。一个短镜头本身一般不具备独立表意的功能,需要通过将多个短镜头组接起来才能达到情节叙述或艺术表现的目的。而一个长镜头中包含多个动作行为或至少一个完整的故事情节,可独立地完成与多个短镜头组接相似的叙事或表现作用。

　　1. 长镜头的定义及其表现特征

　　在一个连续的时空里,不间断地同时或先后记录两个或以上的动作、情节或一个完整事

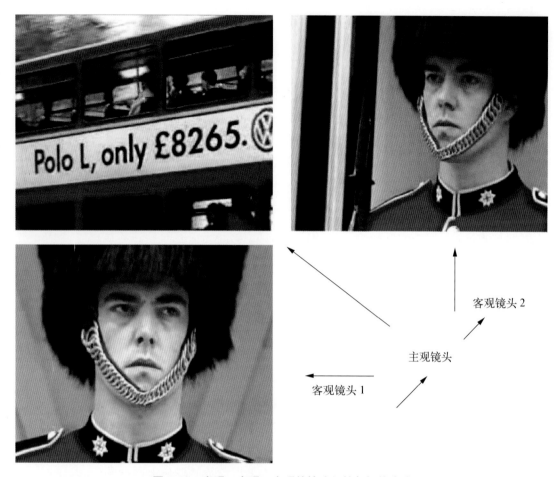

客观镜头 2

主观镜头

客观镜头 1

图 4.15 客观—主观—客观的镜头组接与切换方式

件的镜头叫长镜头。具体地说,长镜头是通过对场景空间和镜头的选择与调度,在一个镜头内包含多主体、多视点、多景别、多动作或多故事情节的连续画面。

长镜头在连续的时空里把各种运动形式统一起来,不割裂事件发生、发展的时空连贯性,具有很强的时空表现力和生活真实感。和基于蒙太奇思维的短镜头组接相比,长镜头的画面更加自然流畅、平滑连贯,同时又在主体、景别及角度上富于丰富的变化,既能交代环境、叙述故事、抒发情感,又有利于人物的行为表现和情绪的连贯,更好地在一个统一的时空里不间断地完成情节线索的叙事与表现,是一种时空连续的纪实性镜头语言。

长镜头是法国电影理论家、评论家安德烈·巴赞针对传统蒙太奇因分切所产生的表现缺陷而提倡的一种镜头语言类型,其美学思想的核心是基于"真正的时间流程"和"统一的场景空间"最大限度地追求真实再现。巴赞认为,蒙太奇(镜头组接)是"讲述"事件,长镜头(连续拍摄)才是"记录"事件,才为观众保留了对事件自由选择、判断、理解和解释的权利,观众可以自由地进行审美判断,充分发挥个人对影片中某一事物思考性评价的主动性与参与性。

总之,长镜头既是影视构成的基本语言单位,又担负了视觉语言的独立表述功能(可独立构成一个蒙太奇段落),与短镜头组接的主要区别有:时空连贯统一,持续时间长,表现空间大,视觉信息丰富。

2. 基于视觉空间的长镜头类型

长镜头可分为多种类型,如景深长镜头、变焦长镜头、主观长镜头、全景长镜头、段落长镜头、纪实长镜头、静观长镜头、舞台记录长镜头、镜头运动长镜头、镜头内部蒙太奇长镜头等。由于长镜头创作和运用时具有手段多样化和形式综合化的特点,所以这种高度细分的、单一化的长镜头类型理论,在实践层面上难免存在交叉重叠或界线模糊等问题。

长镜头的英文是 long take,在这里,"long"有两个属性,一个是时间属性,表示较长的时间;另一个是空间属性,表示宽广的视觉空间。时间和空间是容纳视觉信息的两大载体,没有足够长的时间肯定不能算是长镜头,但仅仅时间长,也未必是长镜头。在这里,"take"是指一次拍摄中所摄取的信息量,因此,long take 就是"一次大信息量的画面摄取"。所以,要想在一个镜头中摄取大量的画面信息,一是要有较长的记录时间,二是要有较大的视觉空间。较长的记录时间是个相对概念,没有严格的量化标准,一般要根据叙事需要来确定。电视画面是视觉艺术,视觉形象的造型、情节的叙事、思想与情感的表现,是需要一个空间的,而且是一个三维的空间。这个空间越大,一般来说,容纳的视觉信息就越多,就越有利于在一次拍摄中连续地表现多个主体、情节或事件。

视域宽广、视距深远(景深大)、摄像机或拍摄对象的活动范围大,是形成大视觉空间的三大条件。因此,在不考虑时间因素时,仅仅根据视觉空间,可把长镜头分为三种类型:全景长镜头、景深长镜头和综合运动长镜头——足够宽广的视域可形成全景长镜头,深远的视距可形成景深长镜头,通过场景、人物及摄像机的调度充分延展故事情节发生、发展的视觉空间,则可形成运动式长镜头。

3. 长镜头在电视广告中的应用

● 全景长镜头

全景长镜头通常以静观的视角,将场景中的多个情节或事件置于一个全景画面中,通过较长时间的连续记录,相对完整地记录多个情节发生、发展的过程与结果,通过全景层面上的人物活动,为观众保留一个客观审视的空间距离,给观众以参与和思考的余地。全景长镜头中的视觉元素主要分布于水平空间上,人物可以始终在画面内,也可以有入画、出画行为。在拍摄方式上,全景长镜头主要采用固定镜头或小范围的跟、摇镜头,强调和追求画面空间水平维度上的宽广,在空间的纵深方向上,景深可大可小。

由于大多数影视广告中的人物、情节和事件相对比较单一,所以用全景画面在同一个平面空间中表现多主体、多情节事件的全景长镜头比较少见。图 4.16 是 ACURA(讴歌)汽车广告中采用的一个全景长镜头截图,由于一开始汽车和直升机是在两个不同的情节线中单独表现的,属于平行蒙太奇的剪辑结构,其目的是用直升机和汽车相比较,用前者(喻体)隐喻后者(本体)的优异性能。但在这个镜头中两者出现在同一个全景画面中,时空统一在一

起,这样的画面无疑具有更为真实的感人力
量。虽然镜头持续的时间并不长,但无疑是
影视广告中难得一见的全景长镜头。

图 4.16　全景长镜头造型效果

- 景深长镜头

顾名思义,景深长镜头要求摄像机用短
焦距、小光圈拍摄,以获得足够大的景深,保
证场景在纵深方向上有足够大的清晰度范
围。如果在三维空间的纵深方向上同时存在
两个或两个以上的情节线索,各情节线彼此
独立或互为因果地发生、发展,并且在一次连续的拍摄中将纵深方向上的多个情节完整地记
录下来,这就是基于空间纵深的景深长镜头。成语"螳螂捕蝉,黄雀在后",如果转换为镜头
语言,用一定的时间相对完整记录螳螂、蝉和黄雀三者的行为过程和结果,无疑将是一个"经
典"的景深长镜头。

图 4.17 是某冰红茶影视广告中的两个镜头截图,第一个镜头(左图)是"刘备、关羽和张
飞"在跳劲舞,是一个单情节画面,不属于长镜头。下一个镜头(右图)是前景位置上四个年
轻人在一边说笑一边喝茶,后景处是那三个人继续手舞足蹈。在大景深的表现空间里,在一
个连续的镜头里,完整而清晰地表现两个不同的情节,这就是景深长镜头。

图 4.17　右图在景深方向上同时有两个情节,因此属于景深长镜头

如果采用较大的光圈或较长的焦距,将镜头的景深控制在较小的范围内,然后通过改变
焦点的位置,使场景中位于不同纵深点的多个对象分别处于实焦(主体)或虚焦(陪体)状态,
进而借助焦点虚实的转换,交替地表现不同的动作行为或故事情节,这也是一种景深长镜头
的表现形式,依据的是镜头的景深原理(详见下节的介绍)。

- 运动长镜头

通过对场景中的人物和摄像机的镜头调度,使演员和摄像机都运动起来,借助演员的走
位和镜头的各种运动形式,在一个较长的连续时空里,以多变的镜头视点,相对完整地表现

多个人物、情节或事件的发生与发展过程,这种基于场面和镜头调度,可以连续地、动态地扩展视觉空间的长镜头叫运动长镜头。一般来说,这种长镜头中人物的走位和摄像机的运动必须严格地互相配合,需要事先进行精确的设计和演练,具有一定的调度复杂性,需要较为娴熟的拍摄技巧。

图 4.18 是某体育网站广告中一个摇镜头的起幅和落幅截图。起幅画面的情节是父亲用脚给婴儿整理尿布,为什么是用脚而不是用手呢? 随着镜头上摇,在落幅画面中是这位父亲竟然在聚精会神地浏览该体育网站的网页。虽然只是一个普通的上摇镜头,但由于在一个镜头中包含并完成了两个情节和动作,因此是一个运动式长镜头,当然,是最简单的运动长镜头。

情节 2

摇

情节 1

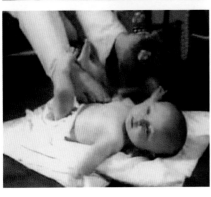

图 4.18　最简单的运动长镜头

图 4.19 是佳能 IXUS 数码相机广告中的四幅截图画面,采用的是机位向后平移的镜头运动方式,场景中的人物也一直处于走动状态,而且在一次连续的拍摄中,画中的主体形象发生了多次变化,符合运动长镜头的基本特征。

图 4.20 是法国电信一则电视广告中的部分截图画面,人物和摄像机都处于运动状态,而

主体 1

主体 2

主体 3

主体 4

图 4.19　移动拍摄的运动长镜头

且人物众多,摄像机运动范围大,运动方式复杂,不但有移动镜头,还有推镜头、摇镜头,镜头的视点也由低到高地连续变化,以模拟从小女孩到大男孩(young man)再到大龄成人的变化。由于是电信公司的广告,所以片中数次用"hello"表现人们之间的互相问候,以此表示人和人交流、通讯(communication)的重要性。整个影片通过精心的策划和设计,在一次连续的拍摄中一气呵成,因此是一个典型的运动长镜头。

图 4.20　镜头、人物综合运动形成的运动长镜头

上面两例运动长镜头中,不管是画中主体,还是构图结构,都在一个镜头内部发生了多次变化,相当于在一个镜头里包含着多个单一构图结构的短镜头。如果先将这样的长镜头剪切为多个短镜头,必要时去掉意义不大的中间过程,然后再将其组接起来,那么,除了时空不再连续之外,在叙事效果上和原来的长镜头并没有多大区别。所以,有时也把这种在一个镜头中包含多个构图结构(相当于多个短镜头)的长镜头叫做镜头内部蒙太奇(incamera editing)长镜头。incamera editing 意为"镜头内部剪辑",是相对于基于蒙太奇原理的短镜头组接——镜头外部蒙太奇而言的。需要注意的是,并非所有的长镜头都可以称为内部蒙太奇长镜头。比如上面所说的全景长镜头和景深长镜头,由于在一个镜头中构图形式相对单一或变化不大,不具备足够的"镜头内部组接"的结构特征,因此就不能称作镜头内部蒙太奇长镜头。

长镜头理论和表现技巧是影视艺术,也是电视广告艺术的一个重要组成部分,和蒙太奇剪辑(短镜头组接)相比,各有所长,两者是互为补充、相辅相成的关系。虽然基于时空连续的长镜头具有空间真实感强、适于纪实再现及单一镜头信息容量大等优点,但也不能教条化、程式化地过度使用。毕竟长镜头在叙事效率和节奏性方面是不如短镜头组接的,并且长镜头在新闻片、纪录片中纪实性强的优点,在绝大部分电视广告中并没有什么意义。所以,在电视广告中是否采用长镜头,应根据产品内涵和表现风格等综合决定。以发展、创新的思维,通过差异化的表现形式,选择最恰当的镜头类型,达到最佳的传播效率和市场效果,才是电视广告的核心目的。

4.4　不同焦距镜头的造型表现

4.4.1　景深

首先看图4.21,左图是某电视广告中的一个镜头截图,右图是用长焦镜头拍摄的一幅照片。图中离镜头近的区域是模糊的,镜头远端的文字也是虚的,只有中间一段范围是清晰的,这段清晰成像的纵深范围就是镜头的景深(depth of field, DOF)。

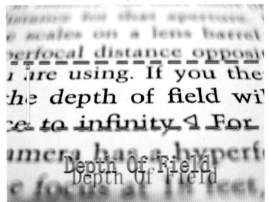

图 4.21　景深效果图

再看图4.22,调焦点处的景物可以呈现最清晰的成像质量,随着景物越来越接近或远离镜头,成像渐趋模糊。调焦点到镜头前清晰度可以接受的某点之间的距离叫前景深,到镜头远端清晰度可以接受的某点之间的距离叫后景深,前景深加后景深叫总景深,简称景深。一般情况下,前景深总是小于后景深。

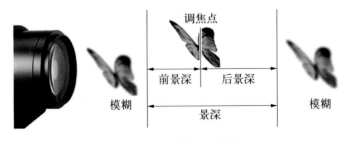

图 4.22　景深示意图

　　景深范围不一定总是处在纵深空间的中间区段,也可以处在调焦点和镜头之间或调焦点至无穷远的区段,如图 4.23 所示。

图 4.23　前清后虚和前虚后清的景深效果

　　模糊圈(circle of confusion,COC)是用来定量描述景深大小的技术术语,其定义参见图 4.24。理想情况下,点光源通过镜头在像平面上的成像是一个点(直径为零的圆圈),保持镜头与像平面的距离不变,沿光轴方向前后移动点光源,点光源在像平面上的成像就会成为有一定直径的平面圆,圆的大小取决于光圈的大小和点光源偏离原位置的距离,只要这个圆的直径足够小,成像看上去就仍然比较清晰,如果圆的直径再大些,成像就会趋于模糊。这个介于清晰和模糊分界线上的圆形成像,叫模糊圈。

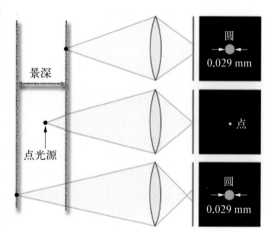

图 4.24　镜头模糊圈定义示意图

　　对模糊圈的规定有严格的工业标准,其直径大小与成像器的尺寸密切相关:成像器面积大,模糊圈直径大,成像器面积小,模糊圈的直径就小。135 相机镜头的模糊圈直径为 0.029 mm,摄像机所用成像器(图像传感器)的尺寸比 135 底片要小得多(全画幅摄像机的成像器尺寸与 135 底片相等),相应地,模糊圈的直径标准也小得多。

　　直接决定景深大小的三个因素是光圈大小、焦距长度和被摄主体离镜头的远近,三个因素与景深大小的关系是:光圈越大,景深越小,反之,景深越大;焦距越长,景深越小,反之,景深越大;拍摄距离越近,景深越小,反之,景深越大。

　　间接决定景深大小的因素有光线照度、快门速度及成像器尺寸等。照明条件和快门速度直接决定着光圈大小,所以间接地影响着景深。成像器尺寸决定着镜头的焦距范围,所以也和景深具有间接关系。

图4.25左图是镜头采用小光圈、短焦距的成像效果,整个场景都是清楚的,说明景深范围很大。右图是镜头采用大光圈、长焦距的成像效果,场景中只有部分区域是清楚的,说明景深很浅。通过控制焦点的位置,改变景深区域,浅景深(shallow DOF)有三种表现形式:前清后虚、前虚后清或中间清两端虚。不管是哪一种浅景深画面,在电视摄像中,作为一种镜头类型,统称为景深镜头。

小光圈／短焦距　　　　　　　　　　　　　　大光圈／长焦距

图4.25　左图:景深范围大;右图:景深范围小

在电视摄像中,控制景深的大小也是一种构图方法和镜头语言,必要时应充分利用景深原理,在造型、审美和表现力等方面满足创作要求。比如,以大景别拍摄自然风光时,应追求尽可能大的清晰度纵深范围,所以要选用大的景深。拍摄景别较小的产品、人物或花草植物时要用浅景深,这样可使拍摄对象从背景或前景中分离出来,达到突出主体的构图效果。当然,这只是一般的规律和原则,具体情况视创作目的和表现意图而定。

用长焦距辅以大光圈实现浅景深构图效果,还可以通过改变镜头的焦点位置,在场景纵深方向上借助视觉形象的虚实变化转换主体和陪体的关系,进而牵引观众的视线前后移动,在一个连续的镜头中,分别表现和叙述不同的对象或情节,这既是基于景深原理突出主体的手段之一(实例见第2章中的插图2.12),又是形成景深长镜头的一种镜头语言形式。

4.4.2　变焦镜头及其表现特点

1. 变焦镜头的基本构成

变焦镜头即焦距可变的镜头,焦距范围可从几mm连续地变化到几十、上百mm,光学变焦倍率大多在十多倍到数十倍之间。电视摄像机的镜头基本都是变焦镜头。

成像视角和透视比例与我们眼睛直接看到的自然效果相同或相近的镜头,叫标准镜头(normal lens)。135相机的标镜焦距大约在50mm左右,电视摄像机的标镜焦距取决于所用图像传感器的对角线尺寸,传感器的尺寸越大,标准焦距也相应越大,范围多在10mm至

25 mm 之间。当然,全画幅摄像机的标镜焦距理论上和 135 相机是完全相同的。

成像视角和透视比例均大于标准镜头的叫广角镜头(wide-angle lens),其焦距短于标准焦距,且焦距越短,视角越广,成像透视感越强。视角小于标准镜头的叫远摄镜头(telephoto lens),又叫长焦镜头,其焦距大于标镜焦距。镜头的焦距越长,对光线入射角的放大倍率(magnification ratio)越大,成像视角越窄,景别越小;反之,成像视角越宽,景别越大。这就是通过镜头光学变焦,可以实现推拉拍摄的原因。

变焦镜头相当于将标准镜头、广角镜头和长焦镜头三者合一,给摄像应用带来了极大的便利。变焦镜头工作于不同的焦距段时,具有不同的画面造型效果。了解变焦镜头的基本构造、原理与造型特点,无疑可以更好地驾驭镜头,更好地运用镜头语言进行画面创作。

用标准焦距的镜头拍摄时,场景的空间感、物体的透视比例及事物的运动态势都比较接近生活中的视觉感受,整体上的表现特性介于长焦镜头和短焦镜头之间。下面重点介绍长焦镜头和短焦镜头的若干成像特点。

2. 长焦镜头的成像特点

镜头置于长焦状态时,其视角窄,对光线入射角的放大倍率高,可以把遥远的景物"拉"到跟前,因此长焦距镜头像望远镜一样具有"望远"的作用。长焦镜头将远处的景物"拉"近的同时,也压缩了三维空间的纵向深度,减弱了场景的纵深感,焦距越长,压缩效果越明显,使本来在纵深方向上具有相当距离的景物仿佛紧贴在一起。比如用长焦距拍摄大规模的集会场面时,在场景的纵深方向上,人和人之间的距离明显缩短,给人以强烈的密集感和数量上的规模感。

长焦镜头可以改变拍摄对象的运动速度和动感。在横向上,长焦镜头可以加快拍摄对象的运动速度,增强其动感。这是因为长焦镜头的视角窄,横向涵盖范围小,拍摄对象在很短的时间内就可以通过镜头的水平视域。在纵向上,长焦镜头可以减弱拍摄对象的运动速度和动感。比如用长焦距拍摄一辆快速开过来的汽车,虽然感觉汽车已经离我们很近,但就是迟迟到不了眼前,仿佛道路特别漫长。之所以给人以这样的错觉,完全是因为长焦镜头压缩了纵向空间的缘故。因为我们对纵向运动速度的辨别标准是基于事物形态大小的视差比率,如果在纵深方向上运动形象的大小变化快,视差比率大,我们就感觉运动速度快,动感强,反之运动速度慢,动感弱。

镜头在长焦端时,景深很浅,很容易使景物产生虚实变换从而达到转换主体形象的目的,或者通过将前、后景虚化,使主体形象因被环境隔离而格外突出。前面说过,浅景深也是一种重要的镜头语言,而长焦距是形成浅景深效果最重要的镜头手段。或者说,之所以要使用长焦距镜头,通常就是为了获得一个有限的景深范围。恰到好处地运用长焦镜头,用浅景深表现场景空间或突出产品形象,在广告摄像中具有重要意义。

长焦镜头的上述造型特点如果应用得当,无疑可以很好地丰富和加强电视广告的画面表现能力。但是,在使用长焦镜头时,也需要清楚长焦镜头的固有缺点和局限性,在操作过程中,扬其所长,避其所短。长焦镜头的固有缺点之一是随着焦距变长,其清晰度将有所下降,而且当焦距很长时,镜头轻微的抖动,就会导致画面明显晃动。特别是镜头处于超长焦状态时,空气中的雾气、尘埃等,会产生明显的空气透视现象,图像清晰度和影调层次很差,画面抖动明显,影像如在雾中。除了清晰度和画面稳定性等问题外,当镜头焦距很长时,景深将变得非常浅,稍微调整不当,就会出现焦点不实甚至跑焦现象,在背景杂乱及光线较暗时,这种情况尤为突出。条件许可时,应采用高清晰度的大屏幕监视器进行聚焦监视。另外,性能良好的三脚架等,也是长焦拍摄时保持画面稳定不可或缺的辅助器材。

3. 短焦镜头的成像特点

变焦镜头置于短焦距状态时,其视角很宽,景深很大,可以把眼前的景物"推"到远处,极大地扩展视域范围,不管是空间较小的室内场景,还是空旷辽阔的自然景观,在不想或不便采用摇、移镜头时,要想将景物"尽收眼底",最好的办法就是采用短焦距进行广角拍摄。因此,短焦距镜头特别适合宏大场面或狭窄空间的全景式表现,如拍摄广阔的地理地貌或室内景物等。另外,由于在短焦距状态下,视角宽,景深大,在水平和垂直方向上容纳的视觉元素多,有利于在同一个画面中表现出清晰的景物层次和丰富的视觉信息。

镜头在短焦距状态下可使景物的透视比例明显变大,使场景空间和物体的尺寸得以放大。比如,用焦距很短的广角镜头拍摄一个小房间或一辆小轿车时,感觉普普通通的小房间变得像个大厅,小型轿车则变得像大排量的豪华轿车。图 4.26 是用数码相机在不同焦距下对同一辆车拍摄的两幅照片,左图是用中长焦距的拍摄效果,右图是用中短焦距的拍摄效果。不难看出,虽然焦距还不是很短,但右图中的轿车看上去明显更长,透视感也更强。

中长焦距　　　　　　　　　　　　　　　中短焦距

图 4.26　左图中轿车显短,透视感弱;右图中轿车显长,透视感强

鱼眼镜头是一种视角为 180 度左右的大景深、超短焦距镜头,成像透视感强烈,场景纵深极度夸张,可使平面影像产生球形畸变,视觉效果新奇、独特,给观众以强烈的视觉刺激和

印记。图 4.27 所示的画面就是某电视广告中采用鱼眼镜头拍摄的,除画面中心的景物保持原有的几何形状外,其他本应水平或垂直的景物都发生了相应的形态畸变,是一种超现实的造型效果。

用短焦距近距离拍摄时,更容易取得清晰、稳定、透视感强烈的画面。由于镜头在很短的焦距下,景物被"推"向了远方,画面的景别相对很大,人物、景物的形象较小,难以充分表现其表情和质感。为了用较小的景别更富质感地表现人物或产品形象,就只能让摄像机"走"上去,采用近距离拍摄,即短焦近拍。短焦近拍除了放大场景空间和透视比例

图 4.27　鱼眼镜头的造型效果

这一造型特点外,通常还可以获得更高的画面清晰度和稳定度,画面特别富有质感,场景空间的临场感和物体的透视感强烈,画面冲击力强。

镜头在短焦距状态下,表现横向运动的对象时动感减弱,焦距越短,物距越远,拍摄对象的动感越弱。这是因为镜头在短焦状态下,水平视角大,水平空间开阔,拍摄对象在镜头前作横向运动时,"要走的路很长",这势必造成其位移相对缓慢,致使动感明显减弱。与此相反,镜头在短焦距状态下,可强化事物在纵深方向上的动感,这完全是短焦距镜头将场景的纵向空间放大了的缘故。由于纵深方向的物体间距及道路距离被放大了,运动对象沿镜头轴向运动时的透视比例和视差比率变大,所以给人以运动速度很快、动感很强的感觉。因此,用短焦距辅以低视点,是电视广告中夸张地表现事物纵向运动态势的有力造型手段。

镜头在短焦状态时,景深范围很大,因此几乎不需要进行焦点控制。但也有两个问题值得注意:一是在常规状态下,存在最近拍摄距离(最小物距)的限制。采用标准卡口、可更换镜头的摄像机,最近拍摄距离大多在 1 米左右,也有可近达 0.3 米的镜头,但较为少见。如果物距再近,就会出现虚焦现象,此时应采用微距(micro)拍摄,用微距环调整焦点。再一个需要注意的问题是焦距很短且拍摄距离很近时,由于镜头固有的曲像畸变特性,极易出现透视过度和球形失真,使人和景物产生夸张的变形现象,表现人物面部时,则具有异化人物形象的造型效果,如图 4.28 所示。

图 4.28　短焦近拍时的镜头曲像畸变失真

最后结合图 4.29 对长、短焦镜头的成像特点作一对比和概括。图 4.29 是用摄像机(CCD 成像器的尺寸为 2/3 英寸,镜头焦距范围 9 mm—171 mm,变焦倍率 19 倍)拍摄的一

组镜头截图,左图和右图是在同一场景下分别用长焦和短焦拍摄的造型效果,忽略构图景别和视点等细微差异,通过对比,不难看出两者的若干明显差别:长焦镜头可压缩场景的纵深空间和景物的纵向尺寸,短焦镜头正好相反。图中拱桥立柱的间距,在镜头为长焦时变短了,在短焦时变长了。画面中处在后景位置的楼房和树木,在长焦时与主体形象贴得很近,使场景空间和景物的形象平面化,而在短焦时则相隔很远,空间纵深感强烈。左图中容纳的后景元素很少,因为长焦的视角很窄,而右图中的后景元素很多,几乎包含了整个大楼,这印证了短焦距的广角镜头具有宽广视角的特点。再就是在景深方面,仔细观察也不难看出,左图的景深很浅,远端的景物成像模糊,甚至处于画面右上角的拱桥立柱已经出现虚焦,而右图的景深很大,所有的景物基本都是清晰的。

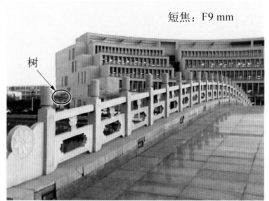

图 4.29　长焦和短焦的造型特点对比

长焦和短焦镜头的主要成像特点概括如表 4.2 所示。

表 4.2　长、短焦镜头的主要成像特点对比

镜 头 焦 距	长 焦 镜 头	短 焦 镜 头
景深范围	小	大
透视效果	弱	强
纵向空间和尺寸	压缩	放大
纵向运动的动感	变弱	变强
横向运动的动感	变强	变弱
清晰度和稳定度	差	好
质感和临场感	弱	强
适用于	用浅景深造型或通过焦点的虚实变化转换主体	用大景深、大景别、近距离、全景式表现场景空间

4.5　广告摄像的轴线规则及镜头调度

电视摄像中的调度分场面调度和镜头调度两种。场面调度的主要内容是导演对演员的表演动作及其在规定场景中的活动路线进行预先的设计,以达到最佳的走位和表演效果。镜头调度是指对摄像机的机位及运动方式进行选择和设计,形成不同主体、不同景别和不同视点的拍摄变化,以达到丰富构图形式、满足后期剪辑的要求。本书只讨论摄像机的镜头调度。

后期编辑的核心内容就是镜头组接(一个广告只用一个镜头构成的情况极为罕见,即使是应用长镜头的电视广告也往往是长镜头和短镜头相组接才能完成一个广告成片)。镜头组接时存在镜头之间是否匹配的问题,包括位置匹配及方向匹配等。方向匹配是对摄像机机位设置的基本要求,理论依据是机位调度的三角形原理和轴线规则,这是本节要论述的主要内容。

4.5.1　轴线及轴线规则

轴线及轴线规则是摄像机进行镜头调度的理论依据,如何才能使摄像机的镜头视点丰富多变,又不至于出现严重违背轴线规则的机位设置问题,是研究轴线规则的主要目的。

1. 轴线

轴线是由主体的观望动作、运动行为或多个主体之间的空间关系所形成的一条虚拟线条,有视力轴线、运动轴线和关系轴线三种。

当屏幕中的人物存在向屏幕两侧的观望动作时,其视觉力将在屏幕上形成一条虚拟的向量线,这条虚拟的线条叫做视力轴线(eyesight axis),如图 4.30 所示。

图 4.30　指向屏幕两侧的视力轴线

当主体朝着屏幕一侧呈现为运动状态时,其运动轨迹所形成的线条叫做运动轴线(action axis),如图 4.31 所示。

图 4.31　指向屏幕两侧的运动轴线

当画面中同时存在两个或两个以上的实体对象特别是人物形象时,就会存在由其空间位置所决定的关系轴线(relation axis),如图 4.32 所示。

图 4.32　两个人物在场景空间中构成的关系轴线

2. 轴线规则

视力轴线、运动轴线和关系轴线是摄像机镜头调度时机位的分界线和禁止线。一般来说,摄像机不能跨越这条"禁止通行线",这就是轴线的基本规则,又叫 180 度法则(180 degree rule)。在实际拍摄时,为了保证拍摄对象在屏幕空间中的位置正确、方向统一,不管有多少个机位,都应该将机位设置于轴线的一侧,而不是分布于轴线的两侧。分别在轴线两侧拍摄的镜头属于越轴(crossing the line)镜头,在后期编辑时,将越轴拍摄的镜头组接在一起,极易使观众对画中主体的空间位置或观望行为、运动状态等"迷失方向"(disorientation),拍摄距离越近,景别越小,这种情况越是严重。

比如,将图 4.30 左图和右图所代表的两个镜头前后组接在一起,就会出现画中人物一开始向左看,但接着又往右看的"东张西望"效果。同样地,将图 4.31 中左、右两图所代表的两个镜头前后组接在一起,观众会发现轿车时而向左开,时而向右开。如果将图 4.32 中左、右两图所代表的两个镜头直接组接在一起,情况更严重——甲乙两个人的空间位置时而甲左乙右,时而乙左甲右,这与现实生活中我们观察事物的规律是严重不符的。以上三种情况都属于越轴组接,前后两个镜头分别越过的是视力轴线、运动轴线和关系轴线,情况严重时均会使观众产生"晕头转向"的感觉。总之,存在越轴关系的两个相邻镜头,不管是越过了视力轴线、运动轴线还是关系轴线,因为视点跳跃太大,加之不太符合人们的视觉习惯和思维逻辑,一般来说,最好不要将其直接组接在一起,以免造成空间和方向的混乱与错误。

所谓摄像机镜头调度的轴线规则,就是坚持在轴线一侧进行拍摄的原则,以保证画面中人物的视向、动势及空间关系保持一致。否则,画中主体的方向性及相互位置关系就会发生错乱,从而干扰场景空间及画面信息的正确传达。只要拍摄时摄像机固守在轴线的一侧,不管摄像机机位如何变化,肯定不会发生违反轴线规则的问题,所拍摄的镜头如果没有其他特殊原因,都可以获得流畅的剪辑效果。

以上轴线规则是新闻纪实类影片和各种剧情片在后期剪辑时通常需要遵守的镜头剪辑原则。当然,出于特殊的创作和表现需要,有时候也可以不遵从轴线规则,不过这种情况比较少见。电视广告虽然也是影视艺术的一种类型,但在表现形式和风格方面与其他影片类型有很大的区别。比如,出于视觉表现的需要,电视广告就经常"故意"地违背轴线规则。图4.30 至图 4.32 中分别给出的两幅截图所对应的镜头在实际广告中(分别是 MARUBI 化妆品、迈腾 1.4 TSI 轿车和淘宝网广告)就是前后直接组接在一起的,这显然属于越轴组接,理论上有违影视剪辑艺术的一般规律。不过,由于广告片一般时间很短,场景单一,情节简单,观众对场景空间中主体的空间位置和运动方向等通常也不会太在意,所以这种越轴组接一般不会影响广告信息的正确传达。甚至,在某种程度上,这种越轴组接还有助于镜头语言的丰富化,通过镜头视点的大幅度跳跃,使画面更有表现张力。这就是电视广告中,越轴组接现象远远多于其他类型影片的基本原因。

4.5.2　机位调度的三角形布局及原理

在电视摄像实践中,经常涉及轴线问题,稍不留意,就会出现越轴拍摄。那么,如何安排摄像机的机位,创作出既不违反轴线规则,构图形式又丰富、优美的电视画面呢? 摄像机机位调度的三角形原理可以很好地解决这个问题。

两个人同处于一个三维空间时,其方位关系就形成了一条关系轴线,正是这条虚拟的线条,举足轻重地决定着摄像机的机位设置和镜头运用。由于在各种越轴镜头的组接中,观众对越过关系轴线的镜头组接最为敏感,因此深入研究关系轴线的相关理论对前期拍摄和后期剪辑都具有重要意义。下面以场景空间中由两个人所构成的关系轴线为例,论述机位调度的三角形布局及其原理。

在场景较小、人物较少的情况下,通常可以用一个主机位以较大的景别交代场景空间和人物的位置关系,再用两个分机位以较小的景别叙述故事情节。也就是说,在绝大多数情况下,只需三个机位就可以达到多景别、多角度的拍摄要求。概括起来,三个机位的布局不外乎这样四种情况:外反拍三角形机位布局、内反拍三角形机位布局、主观三角形机位布局和同轴三角形机位布局。电视广告中几乎不采用后两种机位布局,因此下面只介绍前两种机位布局。

1. 外反拍三角形机位布局

外反拍三角形机位布局俯视图及各机位造型效果如图 4.33 所示。机位 1、机位 2、机位 3 均处在由 A、B 两个拍摄对象所构成的关系轴线的同一侧,各机位拍摄的画面仅是景别和角度不同,不存在互相跨越关系轴线的问题,因此后期剪辑时完全可以将各机位拍摄的镜头直接组接在一起而不会出现越轴现象。

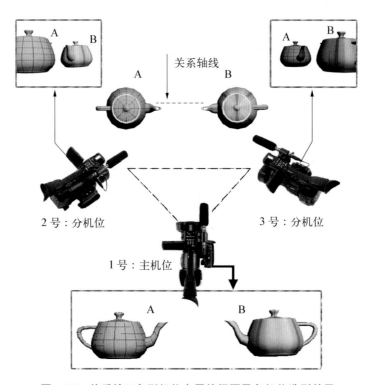

图 4.33　外反拍三角形机位布局俯视图及各机位造型效果

处于三角形顶点位置的主机位 1 用来以较大的景别(一般为全景,偶尔也可以是中景或远景)对等地拍摄两个主体,常常出现在一个情节段落的开始部分,主要作用是交代场景环境及人物之间的空间关系等。因此,主机位 1 所拍摄的画面叫做交代镜头,又叫主角度镜头或总角度镜头(master shot)。主机位决定着场景的布光、气氛及总体风格并影响和统领着其他机位。在多个机位的确定顺序上,通常是先确定主机位,再确定其他分机位。

处在两个人物外侧的机位 2 和机位 3 属于两个分机位,用来以较小的景别分别拍摄两人对话的情景。机位 2 拍摄人物 B 的前侧面形象并有部分人物 A 的背侧面形象,机位 3 拍摄人物 A 的前侧面形象并有部分人物 B 的背侧面形象。因为两个分机位均是越过一个人的肩膀去拍摄另一个人的正面形象,所以由这两个分机位拍摄的镜头又叫过肩镜头(over-the-shoulder)。由于分机位 1 和分机位 2 均处在人物的外侧并以互为相反的造型形象进行拍摄,所以由两个分机位拍摄的一组镜头叫做外反拍镜头或外反打镜头。又由于三个机位呈三角形关系,所以将这种机位调度的布局结构叫做外反拍三角形机位布局。在各种机位布局中,这种外反拍三角形机位布局堪称是最为经典的机位调度方式,在各类影片中应用极为广泛。

图 4.34 是泰康人寿广告中的三幅截图,三个镜头对应的机位为标准的外反拍三角形布局,主机位拍摄中景的交代镜头,两个互为外反拍的分机位拍摄近景的过肩镜头。在主机位拍摄的交代镜头中,是双主体构图(其他人物为后景兼陪体),在两个分机位拍摄的过肩镜头中,面向镜头的一方是画面中的主体,只有部分身位、背对镜头的一方是陪体,同时又是前景。

主机位交代镜头

分机位外反拍镜头

图 4.34　电视广告中采用外反拍三角形机位布局的人物造型效果

过肩拍摄的优点是画面中两个人物构成主、陪关系,通过两个正反打机位的切换,可以转变两人的主、陪体属性,进而有侧重地分别表现两个人物。过肩拍摄的缺点是主体形象显得不够饱满,在一定程度上影响了对主体人物内在情绪的刻画与揭示。

在外反拍三角形机位布局中,对于两个分机位需要做好两个方面的选择与控制:一是要选择恰当的拍摄角度,二是要控制好镜头的焦距。拍摄角度或镜头焦距控制不当,都不利于人物形象的表现与刻画,也不利于构图形式上的美感。以镜头焦距为例,当焦距过短时,透视比例和场景纵深会被严重放大,离镜头近的陪体人物在屏幕上所占面积过大,而离镜头稍远一点的主体形象则严重偏小,并且两者的距离显得很远,这将严重破坏对主体形象的表现与刻画,构图结构也不均衡、不优美。当镜头焦距很长时,透视比例和场景纵深会被严重压缩,镜头近端和远端的人物形象几乎没有面积与透视上的区别,并且两者的距离显得过近,感觉就像贴在了一起,给人以不自然甚至有些压抑的感觉。

图4.35是用三维软件模拟的镜头在不同焦距下的成像差异,左图为虚拟摄像机置于短焦状态时的造型效果,右图为长焦状态时的造型效果。很明显,不管是焦距过短或过长,造型效果都不理想,如无特殊原因,最好不要用过短和过长的镜头焦距拍摄过肩镜头。一般来说,如无特殊的造型需要,采用中长焦镜头,是在左右两个分机位上拍摄过肩镜头的最佳选择。

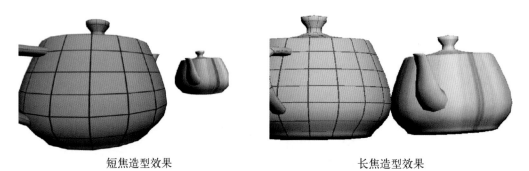

短焦造型效果　　　　　　　　　　　　　长焦造型效果

图4.35　焦距过短和过长时的造型效果

图4.36　采用长焦镜头实现浅景深过肩
拍摄的造型效果

另外还需要清楚的是,由于镜头焦距很长时,景深很浅,难以保证两个人物同时均在景深范围之内。当然,这也不一定是坏事,事实上,有很多电视广告在拍摄过肩镜头或表现场景纵深方向上的多个实体形象时,就是利用长焦镜头具有浅景深的特点,通过焦点虚实的变换来改变和突出主体对象的。比如图4.36这个四人过肩镜头中,作为陪体、背向镜头的两个人物形象处于虚焦状态,而面向镜头的两个主体形象则处于实焦状态,而且人物之间的间距看上去比较密集。很显然,这是有意识地采用长焦镜头的结果。

在上面的外反拍三角形机位布局中,两个人物是面对面的空间关系。在很多电视广告中,两个人物呈肩并肩的同一视向关系,所采用的三个机位仍然是外反拍三角形布局,俯视图及各机位造型效果如图4.37所示。

实际电视广告中,人物呈同一视向时,采用外反拍三角形机位布局的各机位造型效果如图4.38所示。不难看出,为了避免画面单调和重复,两个分机位所采用的角度、景别和镜头焦距都有一定的差别。

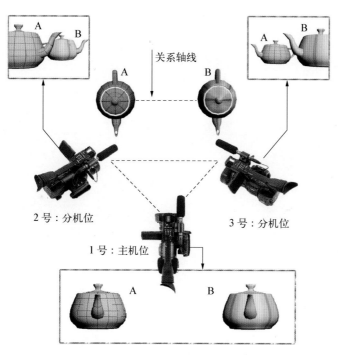

图 4.37　人物呈同一视向时外反拍机位布局的造型效果示意图

图 4.38　电视广告中,人物呈同一视向时,外反拍机位布局的造型效果

　　在电视广告中,为了节省镜头数量,可以不用主机位拍摄的交代镜头,特别是至少有一个分机位镜头景别较大时,主机位拍摄的交代镜头更是可有可无。比如,还是由周杰伦代言的两则伊利优酸乳电视广告中,就只采用了互为外反拍的两个分机位镜头,而没有采用主机位交代镜头,如图4.39所示。

图4.39　同样是外反拍机位布局,也可只采用两个分机位镜头

2. 内反拍三角形机位布局

　　内反拍三角形机位布局俯视图及各机位的造型效果如图4.40所示。

　　内反拍和外反拍三角形机位布局中,机位1的位置和作用完全一样,主要用来拍摄较大景别的交代性镜头。和外反拍机位布局不同的是,内反拍机位三角形布局中的机位2和机位3处在拍摄对象的内侧,分别拍摄人物B和人物A的单人叙事性画面,所以这种机位设置叫做内反拍三角形机位布局。

　　不管是在影视剧中,还是在电视广告中,主机位拍摄的交代镜头都可以不止一个,比如先是用远景交代场景与环境,然后再用中近景强调人物的空间关系。另外,两个分机位拍摄的画面也可交叉出现多次,当然每次出现的画面最好在景别、角度等方面有所差异。有一则步步高音乐手机的电视广告就是这样拍摄和剪辑的,机位采用的是内反拍三角形布局,部分截图如图4.41所示。

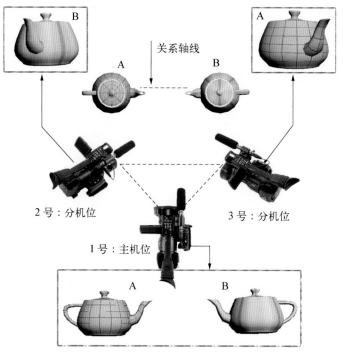

图 4.40　内反拍三角形机位布局及各机位造型效果

远景交代镜头

中近景交代镜头

内反拍镜头 1

内反拍镜头 2

图 4.41　电视广告中采用内反拍三角形机位布局的各机位造型效果

和外反拍机位布局相比,内反拍机位布局中,两个分机位由于只拍摄单人形象,可以采用近景或特写等更小的景别,因此,人物形象更加饱满,更有利于近距离、清楚地刻画和揭示人物的表情、神态及内心活动。另外内反拍机位布局还可以使观众既能看到画内空间中的人物形象,又能听到或感受到画外空间中人物的声音或形象,形成"画外有画"、"画外有声"的开放式构图形式。

当场景中的两人呈同一视向时,内反拍三角形机位布局俯视图及各机位造型效果如图4.42所示。具体到电视画面中,不难想象出人物的实际造型特点。不过,这更多地是一种理论模型,在电视广告中两人为面对面的空间关系且采用内反拍机位布局的情况比较罕见。

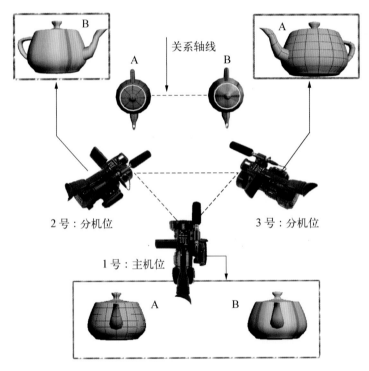

图 4.42　人物呈同一视向时,内反拍三角形机位布局的造型效果

关于以上两种镜头调度的三角形机位布局,再作以下几点补充说明。

首先,内反拍机位布局中的机位2和机位3不一定非要在两个人物的内侧,特别是当两个人物距离较近时,如果摄像机处在两个人物之间,那么摄像机镜头会离人物很近,这样既会使景别过小,甚至出现镜头的畸变失真,也会干扰人物的表演情绪。事实上,所谓内反拍只是从造型效果上讲的,实际拍摄中,两个分机位实际上都是处于人物外侧,甚至和人物保持较远的距离。只要选择好拍摄角度,然后通过光学变焦将镜头推上去,将离镜头近的人物排斥到画面之外,最后精确地调整镜头的焦点,总可以拍摄出饱满、清晰的单人形象镜头。

再就是当采用内反拍机位布局时,由于两个分机位拍摄的画面具有一定的主观色彩,因此必须正确地选择镜头的视点高度。比如在图 4.41 中,单独出现成人和拉小提琴的小孩形象时,由于成人是小孩眼中的形象,而小孩是成人眼中的形象,所以成人应该采用适度的仰角拍摄,而小孩则应采用适度的俯角拍摄。唯有如此,才符合生活现实,看上去才自然、真实。

虽然两种机位布局中主机位的造型效果是完全一样的,但两个分机位的造型特点有着较为明显的差别。因此,为了丰富构图形式,经常将外反拍和内反拍两种机位布局混合使用。在后期剪辑时,有意识地将外反拍机位布局中的过肩镜头和内反拍机位布局中的单人形象进行"混合剪辑",比如前一个镜头是机位 2 拍摄的外拍画面,然后接一个机位 3 拍摄的内拍画面。这样做的好处是既可丰富构图形式,使画面少一些呆板和单调,又可形成人物造型和表现上的轻重与主次之别。

4.5.3　电视广告中的轴线问题处理

最后,对电视广告中轴线问题的处理方法作一简要概括和总结。

虽然基于上述三角形原理进行机位布局,符合在轴线一侧的拍摄原则,后期剪辑时肯定不会出现越轴现象,但是,如果摄像机一味地固守在轴线的一侧,势必导致场景的另一侧空间处于"闲置"状态,进而导致镜头的视点减少,画面在空间结构和构图形式上难免会因缺少丰富的变化而流于单调。所以,有时候需要让摄像机突破轴线的"封锁",摆脱轴线规则的制约,以多变的视点全方位地表现场景的时空信息,向观众呈现出更加丰富多彩的造型形象。

前面说过,很多电视广告就是这么做的——向规则"挑战",直接将两个互为越轴的镜头组接在一起。作为电视广告,虽然这样做一般不会产生太大的问题,但毕竟或多或少地给观众对场景空间和情节叙事的理解带来一定的视觉障碍。所以更多的电视广告摄制人员还是倾向于剪辑的流畅性,尽量避免将两个互为越轴的镜头组接在一起,甚至在拍摄时坚定地恪守在轴线一侧拍摄的 180 度规则,从根源上彻底杜绝了出现越轴组接的可能性。

但是,这样做虽然有利于剪辑上的流畅,却使镜头的视点和表现空间减少了,使影片或多或少地流于单调、呆板。那么,电视广告如何既解决了越轴组接的问题,同时又使画面更加丰富多变,在艺术表现上成为观众"喜闻乐见"的好作品呢? 答案是在两个互为越轴的镜头之间添加一个插入镜头(insert shot),使镜头的过渡变得相对平滑、流畅。中性镜头、空镜头、主观镜头、特写镜头及其他主体的镜头等都可以作为插入镜头。

垂直于屏幕的运动方向或视线的方向,叫做中性方向,从拍摄对象的正面或背面拍摄的镜头叫中性镜头,没有方向性。比如当一个人沿镜头轴线的方向运动时,其迎面(head on)镜头和远去的背拍跟尾(tail away)镜头,都是没有方向性的中性镜头。中性镜头又称万用镜头,理论上可以和任何角度的镜头相组接。

　　将插入镜头置于两个互为越轴的镜头中间,可对镜头的越轴组接起到一定的缓冲作用,在一定程度上削弱画中主体的方向性或空间关系,使观众对前后两个镜头中人物的空间位置、视线方向或运动方向的印象变得不再那么强烈和明晰,从而达到越轴组接可以接受的程度。如果作间隔用的中性镜头和被间隔画面中的主体形象相同或相关,最好选用特写画面,因为特写画面中的环境信息很少,本身基本没有方向性,和中性镜头一样,也可以淡化和模糊观众对空间方向的印象与感知,从而更好地发挥插入镜头转移观众视线的作用。为防止越轴组接而采用插入中性镜头的电视广告如图 4.43所示。

插入中性镜头
互为越轴

图 4.43　在越轴镜头之间插入中性镜头的电视广告画面

　　最后给出一个结论:不是所有的场面都存在轴线问题,绝大多数电视画面都是不必考虑轴线规则的。轴线规则只适用于在同一个场景中,主体形象饱满且存在轴线问题的镜头中。另外,越轴现象是由镜头的组接造成的,在剪辑之前,任何一个独立的镜头本身都不存在轴线问题。换句话说,没有越轴镜头,只有越轴组接。

　　本章主要内容:

　　1. 摄像机机位、镜头光轴和镜头焦距"三不变"的镜头叫做固定镜头。

　　2. 摄像机运动可产生画外运动,被拍摄对象自身运动可产生画内运动。

　　3. 固定镜头不但能表现静态画面,也能表现动态画面,固定镜头和静态画面不是一个概念。

　　4. 在电视广告拍摄中,凡是能有利于发挥固定镜头的优势,同时又能回避固定镜头缺点的场面和情景,应首先选用固定镜头。

　　5. 摄像机机位、镜头光轴和镜头焦距三者只要有一个发生变化,所拍摄的镜头即为运动镜头。

　　6. 运动镜头由起幅、运动、落幅三个部分构成,起幅和落幅是一个完整的运动镜头的重要组成部分,在后期编辑时具有重要意义。

7. 运动镜头主要有推、拉、摇、移、跟、升降几种。推镜头的主要作用是"推"出重点区域,拉镜头主要是"拉"出环境,摇镜头可拓展平面空间,移镜头可表现物体的三维形态和复杂的场景空间,跟镜头能锁定目标,升降镜头可以扩展垂直视域空间。

8. 拉镜头的重点在起幅,推镜头和摇镜头的重点在落幅。

9. 推镜头有移动推和变焦推两种,其本质是观众和拍摄对象的距离变近。拉镜头也有移动拉和变焦拉两种,其本质是观众和拍摄对象的距离变远。

10. 对于跟镜头,"跟"是目的,"推、拉、摇、移"是手段,常见的跟摄类型有推跟、拉跟、摇跟和移跟,以摇跟和移跟最为常见。

11. 前移镜头、移推镜头和移跟镜头在摄像机的外在运动状态上是基本一样的,其本质区别是:前移镜头的机位运动是漫游式的,没有移动目标;移推镜头具有明确的推摄目标;移跟镜头则是"锁定"运动目标。

12. 空镜头有写景空镜头和写物空镜头两种,前者又称写意空镜头,后者又叫写实空镜头。

13. 代表剧中人物眼睛所看到的画面叫做主观镜头,可以使观众产生一种临场感和介入感,带有强烈的主观色彩。

14. 长镜头在一个统一的时空里,以较长的时间连续记录多个故事情节或一个完整的事件,其时空连续,具有很强的真实感和纪实性,最大缺点是容易造成节奏缓慢、情节拖沓。

15. 轴线是由人物的观望行为、运动状态和空间关系形成的虚拟线条,有视力轴线、运动轴线和关系轴线三种。

16. 视力轴线、运动轴线和关系轴线是摄像机镜头调度时机位的分界线和禁止线,一般来说,摄像机不能跨越这条轴线,此为轴线规则,也叫 180 度原则。

17. 充分利用镜头调度的三角形机位调度原理是防止越轴拍摄的有效手段。

18. 从正面和背面拍摄的一对正反打镜头,是没有方向性的中性镜头,又称万用镜头,广泛地用作插入镜头。

19. 一般来说,互为越轴的镜头不能组接在一起,如果一部广告片中存在两个以上的越轴镜头,应该用中性镜头、特写镜头、空镜头等穿插、间隔、缓冲。

20. 电视广告中也经常采用越轴组接,"代价"是剪辑的连续性和流畅性稍差。

21. 电视广告中所采用的摄像机三角形机位布局主要有外反拍和内反拍两种。

22. 三角形机位布局中,顶角机位叫主机位或主角度机位,主要用来拍摄交代性镜头,两个分机位分别用来从不同的角度拍摄较小景别的叙事镜头。

23. 单独的一个镜头不存在越轴问题,越轴是将拍摄自轴线两侧的两个镜头组接在一起而造成的。因此,越轴问题既有前期拍摄的原因,也有后期剪辑的原因。

本章思考:

1. 什么是固定镜头? 固定镜头有哪些优势和不足? 什么情况下适宜采用固定镜头拍摄?

2. 何为运动镜头? 运动镜头有哪几种? 简述其主要拍摄方法和表现力。

3. 移推镜头、前移镜头和移跟镜头三者之间有何异同? 试举例说明。

4. 什么是空镜头? 空镜头有哪两种? 分别具有怎样的表现力?

5. 给出长镜头的定义和基于表现空间的几个长镜头类型。

6. 长镜头和蒙太奇(短镜头组接)的主要区别是什么? 两者是什么关系?

7. 轴线有哪几种? 什么是轴线规则?

8. 电视广告中镜头调度的三角形机位布局主要有哪两种? 主机位和分机位的主要作用分别是什么?

9. 图 4.44 所示的画面效果是怎么拍出来的?

图 4.44　前清后虚及前虚后清的电视画面

10. 图 4.45 所示的两幅画面对应的镜头是什么名称? 源自哪一种三角形机位布局? 如果将这样的两个镜头直接组接在一起,会出现什么问题?

图 4.45　两幅截图对应的摄像机镜头视点不同

11. 图4.46所示的两幅画面拍摄自哪一种三角形机位布局？分别是什么机位拍摄的？

图4.46　这两幅截图对应的摄像机镜头视点也不一样

第5章 广告摄制用数字摄像机及应用选型

　　了解数字摄像机的基本构成、视频标准、编码格式及主要技术指标,对于摄像机的调整、操作、维护等无疑具有重要意义,也有助于摄像机的应用选型——选择一款与广告预算相适应的最佳机型,这是广告摄制人员必须具备的技术素养。本章介绍摄像机的系统构成、技术标准、编码格式及应用选型等,目的是从技术层面上更好地了解和驾驭摄像机,使其更好地服务于电视广告的艺术创作。

5.1　摄像机的基本构成

　　除电视演播室和电子现场制作采用的部分没有记录功能的"纯摄像机"外,其他的摄像机都属于集摄、录、放三功能于一体的摄录一体机(camcorder)。本章所说的摄像机一律指摄录一体机,以下均统称为摄像机(video camera)。

　　摄像机由光学镜头、成像器、信号处理和存储记录等几个主要部分构成,如图5.1所示。

图 5.1　摄像机的基本构成

　　镜头是摄像机的眼睛,其口径、光圈系数、焦距与视角等参数举足轻重地决定着摄像机的性能指标和整机成本。摄像机的镜头可等效为一片光学透镜,具有汇聚光线的作用,可将光学影像清晰地呈现在像平面上。摄像机的镜头基本都是变焦镜头,安装方式有固定式和可更换式两类。上图中的镜头即属于具有标准卡口的可更换镜头。

摄像机的成像器相当于胶片相机或电影摄影机的底片,其作用是将来自镜头的光学影像转换为原始的电子图像信号,供后面的电路作进一步处理。数字摄像机的成像器有 CCD和 CMOS 两种,对角线尺寸多为 1/3 英寸(约 6 mm)、1/2 英寸(约 9 mm)和 2/3 英寸(约11 mm),理论上尺寸越大越好。顶级的摄像机采用全画幅的成像器,即成像器和对角线尺寸为 43.2 mm 的 135 胶片(即 35 mm 胶片)相等。采用 2/3 英寸成像器的摄像机基本都是肩扛式机型,即便如此,其成像器尺寸也比"全画幅"小得多。不管是 CCD 还是 CMOS,摄像机都有单成像器和三成像器之分(单 CCD/3CCD、单 CMOS/3CMOS)。单成像器摄像机用一片成像器输出红、绿、蓝三路基色图像信号,三成像器摄像机则采用三片成像器分别输出红、绿、蓝三路基色图像信号。两者的区别不在于清晰度,而在于成像的色彩质量,广告摄像应该选用三成像器的机种。

数字摄像机信号处理部分的作用是将来自成像器的图像信号进行放大、采样、量化、压缩、编码等一系列数字化处理,另外还负责制式编码、音频信号处理和各类时基脉冲的产生等,最终输出多种格式的模拟和数字信号。数字摄像机常用的编码算法有 DV 和 MPEG 两大类,对应的摄像机格式有 DV(25)、DV50、Digital Betacam、HDV、DVCPRO HD、HDCAM、XDCAM 等。除镜头和成像器外,压缩格式是决定摄像机性能指标和适用领域的另一个重要因素。根据压缩格式,可大致清楚摄像机的技术指标、性能档次、分辨率高低及存储介质类型等。压缩格式是本章的重点内容之一,后面再作详细介绍。

存储记录部分的作用是将前面处理好的信号记录到存储介质上去,媒体类型可分为有磁带(tape)和无带化(tapeless)两类。磁带是一种传统的存储媒体,数字摄像机所用磁带的带基宽度主要有 1/4 英寸(6.35 mm)和 1/2 英寸(12.7 mm)两种,存储时间多在一个小时左右。磁带存储的优点是系统的可靠性和信息存储的安全性都很高,一般不会导致整盘磁带上的内容全部损毁,主要缺点是后期剪辑时比其他存储方式多一道采集程序,影响到制作效率。无带化存储则是用光盘、硬盘或半导体存储卡作为存储媒体。光盘和存储卡代表着存储媒体的发展方向。

在专业摄像机上用作存储媒体的光盘以索尼的专业光盘(professional disc)最富有代表性。这是一种在蓝光 DVD 基础上通过提高数据读写速度而发展起来的高密度光盘。虽然本质上仍属于蓝光 DVD,但两者不能互换,因为两者所用介质材料不同,另外盘片结构也不同——专业光盘是盒式结构,而蓝光 DVD 是裸盘结构。专业光盘和普通光盘尺寸一样,直径也是 12 cm,采用单光头时数据传输速率为 86 Mbps,双光头时最大可到 172 Mbps,在理想状态下可反复读、写万次以上。

存储卡主要有松下的 P2 卡和索尼的 S×S 卡(Express Card)两类,其优点是速度快,数据读取方便,主要缺点是目前单位字节的价格偏高。P2 卡是 Flash Professional Plug-In(专业插拔式闪存)的简写,是松下2004年推出的一种旨在实现无带化记录的闪存卡,采用传输速率为160 Mbps的4片SD卡并行工作,最大数据传输速率可达640 Mbps。S×S卡也是一种闪存卡,与松下的P2卡相似。S×S意为S-by-S,由Sony和SanDisk两个均为字母S打头的公司联合开发,最高数据读取速率为800 Mbps,最大突发数据率可达2.5 Gbps。

在专业摄像机上常用的三种无带化存储媒体如图5.2所示。

除以上四个重要的组成部分外,摄像机还有寻像器(viewfinder)、LCD(液晶)回放监视器、视频记录与回放系统、音频记录与回放系统、伺服控制系统、云台底座及各种输入、输出接口等。

索尼 S×S 卡　　　　专业光盘

松下 P2 卡

图 5.2　P2卡、S×S卡和专业光盘

5.2　数字摄像机的制式与格式

摄像机的制式、采样结构及编码格式等,是决定摄像机性能指标的重要因素,也是应用选型的重要依据。

5.2.1　扫描方式

采用显像管的电视机和电脑监视器,都是通过电子束扫描的方式显示图像。从显像管阴极发出的电子束在水平磁场力的作用下,从屏幕左边高速扫描到屏幕的右边,在运动过程中轰击屏幕内壁上的荧光粉发光,形成一条白色的水平亮线。如果电子束在水平扫描运动的过程中,受图像信号的调制,其光束大小随信号的变化而变化,那么白色亮线上各点的亮度将随信号的幅度作变化,这种亮暗的变化就形成了图像的像素,具有像素信息的这条水平线就是一行图像(一行彩色图像由红、绿、蓝三个基色混色而成)。电子束在垂直磁场力的作用下,在水平扫描运动的同时,还由上而下作垂直扫描运动。在一次完整的垂直扫描过程中,电子束将完成数百行到上千行的水平扫描,这就是一幅图像的产生过程。每秒钟多幅静态图像的依次出现就是运动图像,即视频。

所谓扫描方式,是指电子束扫描过程中的垂直运动属性,说白了就是逐行扫描还是隔行扫描。

隔行扫描是将内容完整的一幅图像分为奇、偶两场来显示,奇数场由1、3、5、7……奇数图像行构成,偶数场由2、4、6、8……偶数图像行构成。奇、偶两场的图像行交错并置,以极小的时间差分别出现,借助人眼的视觉暂留特性,最终呈现出信息完整的一幅静态图像,即一帧画面。隔行扫描的工作方式与显像过程如图5.3所示。

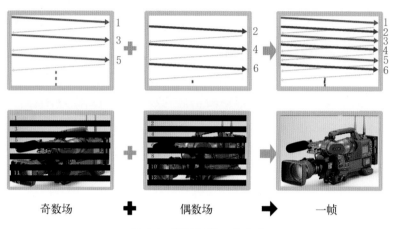

奇数场　＋　偶数场　➡　一帧

图5.3　隔行扫描工作方式

逐行扫描是一种连续扫描方式,即扫描行的顺序为1、2、3、4……在一个垂直扫描周期内完成一帧画面,无奇、偶场之分,即没有场的概念。

隔行扫描通过将一帧变为两场,可以在不增加信号带宽的前提下,将屏幕的刷新频率提高一倍,从而克服了大面积的屏幕闪烁现象。或者说,在同样的刷新频率下,隔行扫描可以节省一倍的信号带宽,对于数字信号就是数据流量下降一倍,从而降低了信号处理、传输、存储的难度,最终表现为成本的降低。隔行扫描的缺点是垂直分辨率不如逐行扫描,另外存在行间闪烁现象。目前主流的高清摄像机都同时支持隔行扫描和逐行扫描。同等分辨率和帧率下,逐行扫描的信息量是隔行扫描的两倍,能提供更优异的画面质量,缺点是数据量也大一倍,增加了存储、制作和传输的难度与成本。

液晶和等离子显示终端不是通过扫描方式呈现图像,而是以像素寻址的方式逐点地显示图像,需要用逐行信号来驱动。CRT电脑显示器虽然以扫描方式显示图像,但仅支持逐行扫描。逐行的信号在逐行或逐点的终端上显示时,可以获得最佳的显示效果,如果在隔行的终端上显示,需作"隔行化"处理(将一帧变为两场)。类似的道理,隔行的信号在隔行扫描的终端上显示时,也有最佳的显示效果,在逐行或逐点的终端上显示时,需做"去隔行"(deinterlace)处理(隔行变逐行),否则运动画面会出现明显的"鼠齿"(mouse teeth)特征——一种由相邻两场的图像形成的行结构线交错现象,对视觉效果影响较大。

5.2.2　制式

1. NTSC制和PAL制

在全球范围内,数字摄像机的制式主要有两种,一种是NTSC制式,另一种是PAL制式。NTSC是National Television Systems Committee的缩写,意为(美国)电视制式委员会。PAL 是 Phase Alternating Line 的缩写,意为逐行倒相。

黑白时代的 NTSC 电视,帧频为 30 Hz(每秒钟显示 30 幅内容完整的画面),由于采用隔行扫描,将一帧变为两场,所以场频为 60 Hz。进入彩色电视时代后,将垂直扫描频率降低了 1/1 000,使帧频变为 29.97 Hz,场频变为 59.94 Hz。

NTSC 制式每帧扫描行数是 525 行,美国、加拿大、日本等均采用 NTSC 电视制式。PAL 制电视是在 NTSC 电视制式基础上发展起来的,通过完善电路,克服了 NTSC 制电视易出现色调失真的缺点。PAL 制电视每帧扫描行数是 625 行,采用隔行扫描后,场频是 50 Hz。我国以及德国、英国等大多数西欧国家均采用 PAL 电视制式。

在我国使用的摄像机大多都兼容 NTSC 和 PAL 两种电视制式,使用时应通过菜单置于PAL 制式。另外,还有一种叫做 SECAM(顺序传输与存储记忆制)的电视制式,由法国汤姆逊(Thomson)公司研制,为法国、东欧和很多非洲国家所采用,其扫描指标与 PAL 制完全一样,区别仅在彩色信号的调制与处理方面,在我国使用的摄像机和后期编辑系统基本都不支持这一制式。

2. 分辨率

信号分辨率由水平分辨率和垂直分辨率的乘积表示。水平分辨率即在屏幕水平方向上所呈现的像素点数或在水平方向上可分辨的垂直线数,垂直分辨率即在屏幕垂直方向上所呈现的像素点数或在垂直方向上可分辨的水平线数。水平分辨率和垂直分辨率的乘积就是一帧图像的总像素数,标志着画面的清晰度上限。根据清晰度高低,电视摄像机分为标清机和高清机两种。标清即标准清晰度(standard definition),英文缩写是 SD,画幅宽高比是4∶3;高清即高清晰度(high definition),缩写是 HD,画幅宽高比是 16∶9。

标清数字摄像机有两种分辨率标准,一种是 PAL 制的 720×576,另一种是 NTSC 制720×480。前面说的 PAL 制电视系统每帧扫描行数是 625 行,NTSC 制是 525 行,是指一帧画面理论上的总构成行数,其中处于扫描正程、真正构成图像有效行的部分只有 576 行(PAL 制)和 480 行(NTSC 制),其他的扫描行属于一个扫描周期的逆程部分,不构成图像的有效信息,也不显示在屏幕上。至于水平方向上的分辨率,则取决于具体的采样频率。这就是两种数字标清电视的分辨率分别是 720×576 和 720×480 的基本原因。

不管是 PAL 制还是 NTSC 制,在全球范围内,高清电视系统采用了相同的分辨率标准。目前世界范围内主要有两种高清电视标准:一种是分辨率为 1 920×1 080 的高清标准,简称 1 080 高清;另一种是分辨率为 1 280×720 的高清标准,简称 720 高清。1 080 高清标准支持隔行和逐行两种扫描方式,而 720 高清标准只支持逐行扫描方式,但可以支持更高的帧速率。还有一种 1 440×1 080 分辨率的高清标准,因其数据量较低,可以在普通 PC 平台上较为流畅地编辑,主要面向新闻采集和一般的商业应用,当然也可用于一般的高清广告拍摄。

3. 制式的表示方式

摄像机的制式标准中包含很多参数,如场频、帧频、垂直扫描行数、垂直分辨率及隔行、逐行、标清、高清等。将这些参数进行某种组合可以"简明扼要"地表示制式标准、扫描方式及分辨率高低等。

- 用 525/60 和 625/50 表示扫描制式

根据前面的介绍,我们知道 PAL 制和 NTSC 制的垂直扫描行数和场频是不同的: PAL 制分别为 625 行和 50 Hz,NTSC 制分别是 525 行和 59.94 Hz。将这两个参数综合起来,就可以很好地区分两种不同的电视制式——525/60(为了表示方便,用 60 表示 59.94)表示 NTSC 制电视系统,625/50 表示 PAL 制电视系统。不过,这种表示方法只能给出具体的扫描制式,但不能反映分辨率高低和具体的扫描类型。

- 将垂直分辨率和扫描类型相结合,可表示清晰度等级和扫描方式等制式信息

世界范围内,垂直分辨率有 576、480、720、1 080 四种,前两种是标清,后两种是高清。不管是标清还是高清,都有隔行和逐行两种扫描类型,通常用小字母"i"(interlace)表示隔行扫描,用"p"(progressive)表示逐行扫描。由此不难理解 576i、576p、480i、480p、720p、1 080i、1 080p 的含义: 576i、480i 分别表示 PAL 和 NTSC 制隔行标清,576p 和 480p 分别表示 PAL 制和 NTSC 制逐行标清。720p 即 1 280×720 的逐行高清,由于这种高清分辨率只有逐行方式,因此不存在 720i 这种垂直分辨率和扫描方式的组合。1 080i 表示 1 920×1 080(或 1 440×1 080)隔行高清,1 080p 表示 1 920×1 080 逐行高清,是最高规格的高清标准。

- 将场频、帧频和扫描类型综合在一起,表示扫描制式及扫描方式

虽然高清视频的分辨率不再和制式有关,但不同制式对应的场频与帧频还是有区别的,这一点与标清视频完全一样。以场频或帧频附以表示扫描方式的字母是表示电视制式的另一种方法,常见的组合有 50i、25p、50p、59.94i、29.97p、24p、23.98p 等。50、25 是指 PAL 制,59.94、29.97 指 NTSC 制,24、23.98 为电影的帧率(电影标准中没有隔行方式)。这种表示视频制式的方法也不包含分辨率信息,仅从给出的数字和字母中无法得知是标清视频还是高清视频。

从理论上讲,50i 和 25p 的信息量是一样的,因为 50i(此处的 50 是场频)是隔行信号,将一帧用两场来实现,而 25p(此处的 25 是帧频)是逐行信号,一帧就是一幅信息完整的画面。同样地,59.94i 和 29.97p 的信息量也是一样的。当然,50p(此处的 50 是指 PAL 制的帧频)的信息量比 50i 和 25p 高一倍,60p(此处的 60 是指 NTSC 制的帧频)的信息量比 59.94i 和 29.97p 高一倍。不过,这种高帧率格式,由于数据量太大,只出现在 720 高清模式下,1 080 高清模式暂不支持 50p 和 60p 高帧率格式。目前,在我国用高清摄像机拍摄电视广告或影视剧,如果选用逐行方式,一般都是用 25p。如果仅用于电视播出,强烈建议还是采用 50i 隔行模式,因为我国的电视传输标准采用的是隔行扫描。

有时也用 fps(frame per second,帧每秒)作为帧频的单位以区分不同的制式,如 25 fps、29.97 fps 等。25fps 指 PAL 制,29.97 fps 指 NTSC 制。这种表示方法和 525/60 用 625/50 差不多,只是给出了基本制式的区别,没有分辨率及扫描方式等信息。

以上视频标准在摄像机上叫做记录格式,概括如表5.1所示。

表5.1 摄像机的记录格式

制　　式	PAL 制	NTSC 制
标　　清	576/50i、576/25p	480/59.94i、480/29.97p
高　　清	1 080/50i、1 080/25p 720/25p、720/50p	1 080/59.94i、1 080/29.97p 720/29.97p、720/59.94p
字母"i"前的数字是场频,"p"前的数字是帧频		

由于摄像机的制式包含多种技术规格和性能参数,因此在使用前必须进行相应的选择。对于在我国播放的节目,应选择 PAL 制,如果想要逐行信号就选择记录格式中带字母"p"的,如果要高清信号,就在 720p、1 080i 和 1 080p 三者之间作出选择。

5.2.3 分量数字视频的采样结构

1. 分量视频

几乎所有的数字摄像机都是基于模拟分量视频进行采样、编码和压缩的,相应的数字视频则为数字分量视频。从摄像机成像器输出的是红(R)、绿(G)、蓝(B)三个模拟信号,首先要根据每种颜色中包含的亮度高低,将三个基色所包含的总亮度解析出来并合成为一个信号,这个信号叫亮度信号,包含着全部黑白图像信息,用字母 Y 表示。然后用蓝、红基色图像信号和这个亮度信号相减,得到蓝色差和红色差信号。蓝色差信号用 B－Y 表示,红色差信号用 R－Y 表示,蓝、红两个色差中包含着图像的全部色度信息(绿色差信息包含在蓝、红两个色差中)。将蓝、红两个色差信号进行必要的处理后,再分别换成字母 U、V 来表示。

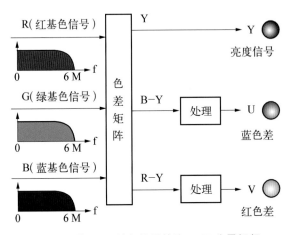

图 5.4 将 RGB 基色信号转为 YUV 分量视频

这样我们就得到了 Y、U、V 三个信号分量,Y 分量携带着图像的亮度信息,U、V 两个分量携带着图像的色度信息,三个信号共同携带着彩色图像的全部信息,只要把这三个信号有效地传输到显示终端上,就可以重现摄像机拍摄的彩色电视画面。图 5.4 以标清电视(信号频率范围是 0—6 MHz)为例,给出了在已有三个模拟基色图像信号的基础上,产生 Y、U、V 模拟分量视频的简单过程。

2. 采样

数字摄像机记录的是经过编码压缩的数字信号,在编码压缩前必须对 Y、U、V 三个模拟分量信号作数字化处理,即作模数转换。将模拟信号数字化的第一步是采样(sampling),也就是获取模拟信号的幅度样值,以通过量化和编码,将模拟信号转换为数字信号。

对于标清信号,亮度分量 Y 的采样频率是 13.5 MHz,每行采样点数是 720 个。对于高清信号,亮度分量 Y 的采样频率是 74.25 MHz,每行采样点数有 1 280、1 440 或 1 920 个三种情况。不管是标清还是高清,U、V 两个色差信号的采样频率和采样点数则有多种选择,其采样结构有 4∶4∶4、4∶2∶2、4∶1∶1、4∶2∶0 四种。下面以标清为例予以说明。

3. 4∶4∶4 采样结构

在 4∶4∶4 采样结构中,亮度分量 Y、蓝色差分量 U 和红色差分量 V 的采样频率均为 13.5 MHz,每一有效行三个信号的采样点数也均为 720 个。由于亮度信号与两个色差信号的采样频率和采样点数之比为 4∶4∶4(720∶720∶720),所以将这种采样格式叫做 4∶4∶4 采样结构,如图 5.5 所示。

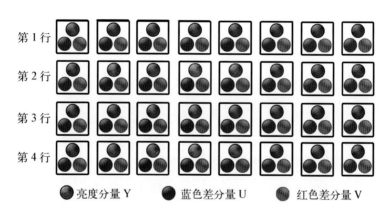

第1行
第2行
第3行
第4行

● 亮度分量 Y　　● 蓝色差分量 U　　● 红色差分量 V

图 5.5　4∶4∶4 采样结构

4∶4∶4 采样结构虽然最大限度地保留了色彩的细节信息,使图像质量最优化,但是文件的数据量也因此达到了"最大化",目前只有最高端的"数字摄影机"才拥有这样的采样结构。由于人眼睛对彩色的细节相对不敏感,所以对 U、V 两个色差信号的采样频率可以低一些。实践和理论都证明,即使色差信号的采样频率是亮度信号采样频率的 1/2 甚至 1/4,通常也不会使色彩的质量明显下降,或者即使色彩质量的下降能用肉眼所察觉,但仍能达到可以接受的程度。

4. 4∶2∶2 采样结构

在 4∶2∶2 采样结构中,亮度信号的采样频率和有效行采样点数仍然为 13.5 MHz 和 720 点,但 U、V 两个色差信号的采样频率和有效行采样点数分别为亮度信号的 1/2,即分别为 6.75 MHz 和 360 点。这样三个分量的采样频率和采样点数之比将是 4∶2∶2(720∶360∶360),因此叫做 4∶2∶2 采样结构,如图 5.6 所示。

能达到 4∶2∶2 采样结构的摄像机通常都可以称作广播级摄像机,具有优异的色彩质量,可满足几乎所有广告的拍摄要求。

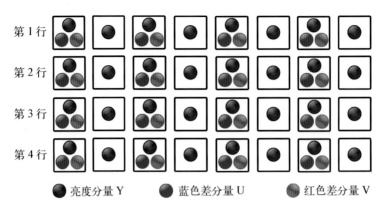

图 5.6 4：2：2 采样结构

5. 4：1：1 采样结构

对于民用和一般的商业应用,采用 4：2：2 的采样结构显得有些"奢侈"。在保证色彩质量保持在相当水平的前提下,为了使数据量进一步降低,还可以在亮度信号采样频率和采样点数仍然为 13.5 MHz 和 720 点的前提下,将 U、V 两个色差信号的采样频率和采样点数分别降低到亮度信号的 1/4,即分别为 3. 375 MHz 和 180 点。这样三个分量的采样频率和采样点数之比将是 4：1：1(720：180：180),因此叫做 4：1：1 采样结构,如图 5.7 所示。

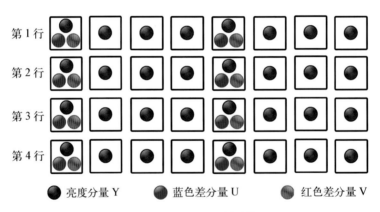

图 5.7 4：1：1 采样结构

和 4：2：2 采样结构相比,4：1：1 采样结构的色彩质量稍嫌不足,被认为达不到广播级的播出要求,但完全可以满足一般的商用、电教、音像出版及低预算电视广告拍摄的应用要求。大多数专业以下级的摄像机在工作于 NTSC 制式时,采用的就是 4：1：1 采样结构。

6. 4：2：0 取样结构

如果两个色差信号和 4：2：2 格式一样,以 6.75 MHz 的频率取样,但每一行只传送两种色差信号之中的一种,两种色差信号每行交替传送,这便是 4：2：0 取样结构,如图 5.8 所示。

专业以下级别的数字摄像机在工作于 PAL 制式时,采用的都是 4：2：0 采样结构。

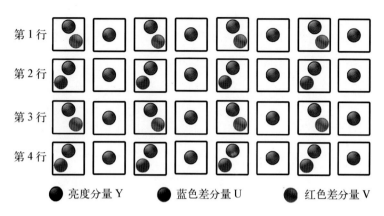

第 1 行

第 2 行

第 3 行

第 4 行

● 亮度分量 Y　　● 蓝色差分量 U　　● 红色差分量 V

图 5.8　4：2：0 取样结构

4：1：1 和 4：2：0 采样结构的数据量和画质水平是一样的,两者的区别是 4：1：1 采样结构在垂直方向上色彩表现占优,而 4：2：0 则在水平方向上色彩占优。由于人眼睛对垂直方向的分辨能力要稍逊于水平方向的分辨能力,所以 4：2：0 采样结构"看上去"效果略好一点,但这种差异主要是理论上的,实际差异很难用眼睛看得出来。

电视画面终归是用来"看"的,既然 4：2：0 采样结构"看上去"效果略好一点,为什么NTSC 制还要采用 4：1：1 的采样结构呢? 这是因为 PAL 制标清数字信号的分辨率是720×576,而 NTSC 制是 720×480,在垂直方向上的图像行数明显地少于 PAL 制,如果也采用 4：2：0 的采样结构,在垂直方向上的色彩信息量将明显不足,会影响到"看上去"的效果,这就是 NTSC 制采用 4：1：1 采样结构的原因。由于不管是 PAL 制还是 NTSC 制,在高清电视中都采用相同的分辨率标准,所以不再有 4：1：1 这种采样结构。

以上四种采用结构有一个共同之处,那就是亮度信号的采样频率及采样点数都是完全一样的,这意味着就格式本身而论,它们的清晰度指标是完全一样的,因为图像的清晰度并不决定于色差信号,而是决定于亮度信号,即决定于亮度信号中是否携带着丰富的、高密度的灰度信息,而这完全取决于亮度信号的采样频率和有效行采样点数。采样结构影响的是对色彩的还原能力,色差信号的采样频率越高,图像的色彩表现越好,当色差信号的采样频率过低时,不仅图像的色彩表现不佳,而且还会使色键抠像的效果变差,影响到后期合成的质量。

实际的情况是,广播级的摄像机清晰度确实要优于一般的专业机和民用机,这不是采样结构带来的差异,而是由镜头、成像器、信号处理及压缩等诸多因素综合作用的结果,毕竟,影响图像清晰度的原因是多方面的。比如,高端摄像机通常都选配昂贵的大口径镜头,不但聚焦性能优异,而且因镜头进光量大,所以对非标准照明的光线适应能力强,也就是在照明不佳的情况下仍然有着良好的画质表现。而低端摄像机对光线照度及光比等照明条件的依赖性强,光线状况稍有不佳,就会明显地影响到其成像质量。

图 5.9 以 PAL 制标清(亮度信号分辨率为 720×576)为例,形象地给出了不同采样结构

下各信号分量的信息量大小及空间分布,方框面积越大,表示采样数越多,对应的清晰度越高。由于4∶4∶4采样结构的机型极为昂贵而罕见,所以广告拍摄最好选用4∶2∶2采样结构的机型,另外成像器尺寸和镜头口径当然是大者为佳。

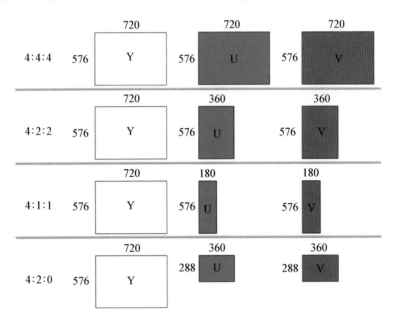

图5.9　采样结构决定着图像的色彩质量

5.2.4　数字摄像机的编码格式

1. 量化与码率

Y、U、V三个分量信号采样以后,下一步需要作量化处理。所谓量化就是对模拟信号分成若干个幅度等级,每个等级都用一定位数的二进制数来表示。绝大多数数字摄像机对三个分量信号都是采用8位的量化精度,部分更高端机型采用10位量化精度。一“位”又叫比特(bit),即一个“1”电平或一个“0”电平。8位量化即用8个“1”和“0”的组合表示模拟信号的某一具体幅值,这种二进制数的组合即编码。量化是模数转换的关键一步,经过量化后,模拟信号就变成了数字信号。8位量化可以使像素具有2^8(=256)个亮度等级,有些指标更高的摄像机采用10位甚至12位量化,可以将像素的亮度细分为1 024甚至4 096个等级。量化位数越高,画质越精细,当然数据量也就越大,存储、制作、传输的技术难度也就越高。

量化后的信号是用二进制编码、未经打包压缩的原始数字信号。数字信号的数据量大小通常用码率(bitrate)来表示,码率即数字信号的数据流量,是每秒钟传输的数据比特数,单位是bit/s。常用的码率单位有kbit/s及Mbit/s,有时也表示为kbps(kilo-bit per second,千比特每秒)或Mbps(mega-bit per second,兆比特每秒),在这里1 kb=1 000 bit,1 Mb=1 000 kb。码率与时间的乘积就是文件的体积,如长度为1分钟、码率为1 Mbps的视频文件,其大小为 60 Mb。习惯上,数字视频的码率用每秒钟的比特数来表示,而数字文件或存储器容量的大小则用字节(Byte)来表示,1 Byte＝8 bit,因此 60 Mb＝7.5 MB(大写的 B 为字节,小写的 b 为比特,两者相差 7 倍)。

由于 PAL 制标清数字视频的分辨率是 720×576(严格地说,这是亮度信号的分辨率,因为除 4∶4∶4 采样结构外,只有亮度信号是按照 720×576 的像素点数进行全额采样的),假设每个像素采用 8 倍量化,则一帧画面的数据量为 720×576×8＝3 317 760 bit,考虑到每秒有 25 帧画面,所以亮度信号的码率为 3 317 760 bit×25＝82 944 000 bit/s,即 82.944 Mbps。对于 4∶4∶4 采样结构,两个色差的码率和亮度信号是完全一样的,所以,三个分量的总码率(即基带信号的码率)为 82.944 Mbps×3＝248.832 Mbps。

通过计算可以得知,8 位量化 4∶2∶2 采样结构的视频信号,其码率是 165.888 Mbps,4∶1∶1 和 4∶2∶0 采样结构的视频码率是 124.416 Mbps。而 8 位量化 4∶2∶2 采样结构的 1 920×1 080 高清视频的码率是 829.44 Mbps。如果采用 10 位量化,那码率就更高了。

由此可见,即使是 4∶1∶1 和 4∶2∶0 采样、8 位量化的标清数字摄像机,其原始码率也高达百兆以上。这么高的码率,给传输和存储带来了极大的困难,在电脑平台上编辑时,也对电脑的运行速度和像素处理能力提出了极高的要求。为了便于存储、传输和后期制作,必须对文件进行压缩处理。所谓压缩,就是去掉图像中的冗余信息,在画面质量不出现明显劣化的前提下,大幅度地减小文件的码率和体积。

根据数据压缩算法的不同,数字视频文件有很多种类。在数字摄像机上,常用的文件压缩类型有 DV 类、MPEG－2 类和 MPEG－4 AVC(即 H.264)三种。

2. DV 编码格式

从字面上讲,DV 有三种含义,一是 digital video,泛指一切数字视频。第二个含义是 DV camcorder,通常指 DV 格式的小型摄录一体机;第三个含义则是 digital video format,即数字视频格式。这里所讨论的 DV 取其第三个含义,即 DV 是一种具体的压缩算法,或者说是一种特定的编码格式。

DV 格式采用 DCT (discrete cosine transform,离散余弦变换) 算法进行空间变换,形成 8×8 的 DCT 数据块,然后通过量化和游程编码,去掉画面中的空间冗余信息,从而降低了每一帧的数据量。当画面中图像细节较少,特别是存在大面积的色块时,DV 压缩的效率很高,压缩效果很好。DV 格式对于相邻画面之间的冗余信息不予压缩,比如当两个相邻画面内容相近甚至完全一样时,将重复地输出各帧的相同信息,因此对于时间相关性强的运动画面,DV 压缩的效率偏低,表现为文件体积偏大。

虽然 DV 格式不能进行帧间(inter-frame)压缩,但由于采用隔行扫描,一帧包含奇、偶两场,所以 DV 算法可以在同一帧内进行场间(inter-field)压缩。场间压缩的基本原理是自动检测同一帧内两场数据的差异,如果发现同一帧内两场的数据相同或差异很小,则把这两场进行合并处理,从而提高压缩效率,降低数据速率,这就是 DV 和其他类似压缩格式(如

Motion - JPEG 格式)相比,体积相对较小的原因。场间压缩特别适合于同一帧内两场差别不大的画面,对于动态画面,特别是高速运动的画面,在运动图像的边缘处,可能会出现可察觉的"像块"或"锯齿"现象,这是 DV 为了更大幅度地提高压缩效率而采用场间压缩的一个"代价"。

总之,DV 是一种非常先进、高效的压缩标准,全世界大部分视频厂商都支持这一格式,并且规定,采用 8 位量化和 4:1:1、4:2:0 采样的分量数字视频的压缩比为 5:1(通过压缩,使数据量降低 5 倍);而 8 位量化、4:2:2 采样的分量数字视频的压缩比为 3.3:1。通过上面给出的原始视频码率,不难计算出 8 位量化、4:1:1 和 4:2:0 采样的视频采用 5 倍压缩后的码为 124.416 Mbps/5≈25 Mbps,因此将这种 DV 格式叫做 DV25。同样地可以计算出 8 位量化、4:2:2 采样的视频采用 3.3 倍压缩后的码率为 165.888 Mbps/3.3≈50 Mbps,因此将这种 DV 标准叫做 DV50。DV25 即码率为 25 Mbps 的 DV,简称 DV,用于专业以下级的摄像机(注意,在这里码率为 25 Mbps 的 DV 不包含音频部分,在有些视频软件上可能显示为 3.6 MBps 左右,含音频部分,下同)。DV50 即码率为 50 Mbps 的 DV,用于广播级摄像机。松下的 DVCPRO50 和 JVC 的 Digital - S 摄像机,都是采用 8 位量化,4:2:2 采样,3.3 倍压缩,因此码率为 50 Mbps,属于广播级标清摄像机。

DVCAM 是索尼公司在 DV 基础上开发的一种专有格式,其采样、量化、压缩等与 DV 完全一样,码率也是 25 Mbps,因此也属于 DV25。DVCAM 与 DV 的区别仅仅表现在磁带方面,DVCAM 格式带基上的磁迹宽度及磁迹之间的间隔均为 15 微米,而 DV 为 10 微米,具体表现为磁带的运动速度相差 1/3,比如一盘磁带用 DV 格式记录时,为一个小时,而工作于 DVCAM 格式时,只能记录 40 分钟。

就技术指标而言,DVCAM 和 DV 是完全一样的,因此,在其他条件相同时,两者的画质表现也是完全一样的。但是 DVCAM 格式具有更宽的磁迹间隔,在传统的线性对编环境中,又比一般的 DV 格式具有更高的编辑可靠性和稳定性。另外,索尼公司的 DVCAM 摄像机(均兼容 DV 格式)通常也比纯 DV 机具有更好的镜头和传感器等配置,并具有更加专业的音频记录系统。所以,DVCAM 格式摄像机被认为是一种专业级别的摄像机,在中小电视台的新闻拍摄中获得广泛应用,也能满足低预算电视广告或专题片的拍摄要求。

DVCPRO 是松下公司在 DV 基础上开发的一种专有格式,除 PAL 制和 NTSC 制均采用 4:1:1 采样这一特点外,量化位数、压缩算法、压缩比、码率等与 DV 和 DVCAM 完全一样,因此也属于 DV25 格式,整体上和 DV、DVCAM 具有同等的性能指标和相同的适用领域。DVCPRO 格式的磁迹宽度为 18 微米,磁带转速更快,在线性对编环境中,具有更加优秀而稳定的编辑性能。不过,由于电视广告的后期制作都是在非线编环境中完成的,基本不存在线性对编的可能性。因此,对广告摄制来说,DVCAM 和 DVCPRO 与一般 DV 格式相比的唯一优势是没有机会发挥出来的。

DVCAM 和 DVCPRO 与 DV 的关系是:DVCAM 与 DV 技术规格更接近,主要是磁带转速不同,两者很容易兼容。而 DVCPRO 和 DV 技术规格差异相对较大,要实现兼容,在技术上稍复杂一些。DV、DVCAM 和 DVCPRO 三种 DV25 系列格式的主要技术规格和性能指标汇总于表 5.2,供参考。

表 5.2　三种 DV25 格式的主要技术规格和性能指标

格　式	DV	DVCAM	DVCPRO
磁带宽度	6.35 mm(1/4 英寸)		
磁迹间隔及宽度	10 微米	15 微米	18 微米
走带速度	18.81 mm/s	28.215 mm/s	33.82 mm/s
压缩格式	DVC(即 DV)格式		
压缩比与码率	5∶1/25 Mbps		
信号分辨率	720×480(NTSC)/720×576(PAL)		
视频采样结构	4∶1∶1(NTSC)/4∶2∶0(PAL)		4∶1∶1(NTSC/PAL)
视频采样频率	亮度 13.5 MHz,色差 3.375 MHz(NTSC) 亮度 13.5 MHz,色差 6.75 MHz(PAL)		亮度 13.5 MHz,色差 3.375 MHz(NTSC /PAL)
视频量化位数	亮度 8 比特/色度 8 比特		
音频量化位数	16 比特		

3. MPEG-2 编码格式

MPEG-2 是运动图像专家组(Moving Pictures Expert Group)于 1994 年推出的一种压缩比很大的活动图像和声音压缩标准,设计目标是高质量图像及更高的传输效率,广泛地用于数字摄像机、DVD 及数字视频广播(digital video broadcasting, DVB)等领域。

视频图像序列中,像素信息之间存在两种相关性,一种是空间相关性,另一种是时间相关性。空间相关性是指一个像素与其周围的像素在亮度和色彩上具有相同或相近的关系,时间相关性是指帧和帧之间在信息内容上具有相同或相近的关系。空间和时间上的数据相关性使视频数据中存在大量的冗余信息,为数据量的大幅度压缩提供了可能。由于 DV 压缩仅仅是去掉了帧内的空间冗余信息,而没有去掉帧和帧之间的时间冗余信息,所以压缩比有限,当视频分辨率达到高清等级时,文件码率会变得太高,超出了目前传输、存储和编辑技术与设备的承受能力。

和 DV 格式仅仅采用帧内压缩不同,MPEG-2 格式既有基于空间相关性的帧内压缩,又有基于时间相关性的帧间压缩。MPEG-2 有三种编码帧,分别是 I 帧、P 帧和 B 帧。I 帧即帧内编码帧(intra-coded frames),P 帧是预测编码帧(predictive-coded frames),B 帧是双向预测编码帧(bidirectional-predictive-coded frames)。

I 帧利用空间相关性采用和 DV 一样的 DCT 算法进行帧内压缩(对于隔行扫描的 MPEG-2,也存在场内压缩),每帧独立,无论是运动画面还是静态画面,压缩率不受相邻帧的影响,因此压缩率较低。P 帧和 B 帧都属于帧间编码方式,主要利用时间相关性,去掉相邻帧之间的冗余信息。也就是说,P 帧和 B 帧只包含那些帧和帧之间的差异信息,因此具有很高的压缩效率。

MPEG-2 视频流的基本单位是图像组(group of pictures, GOP),一个 GOP 由多个 I 帧、P 帧和 B 帧按特定的顺序排列而成。一个 GOP 中的第一帧一定是 I 帧,任何一个 MPEG-2 节目片断必须以 I 帧开始并结束于 GOP 的最后一帧。GOP 结构的 I 帧之后是若干 P 帧,其他地方插入 B 帧。一个 GOP 由少则一帧(只有 I 帧),多则十几帧构成。只有 I 帧的 GOP 叫短 GOP(short GOP),基于短 GOP 的 MPEG-2 格式本质上和 DV 格式是一样的。超过一帧的,比如 6 帧、12 帧、15 帧的 GOP,叫长 GOP(long GOP)。长 GOP 习惯写作 LGOP,通常提到的 GOP 指的都是 LGOP。

因此,从 GOP 的长度上分,视频压缩的类别只有两种: 短 GOP 和长 GOP,短 GOP 只有帧内压缩,长 GOP 既有帧内压缩,又有帧间压缩。一个 LGOP 中,可以有一个 I 帧,也可以有多个 I 帧,I 帧越多,视频流的可编辑性越好,但同时文件体积也越大。另外,GOP 越长,文件尺寸越小,但同时画面质量和可编辑性也越差。

4. MPEG-4 AVC 编码格式

MPEG-4 AVC 是 ITU-T(国际电信联盟)和 ISO/IEC(国际标准化组织/国际电工委员会)组成的 JVT(Joint Video Team,联合视频专家组)共同开发的新一代视频压缩标准。这一新的数字视频标准在 ITU-T 叫做 H. 264,而 ISO/IEC 则将其确定为 MPEG-4 的第 10 部分,是 MPEG-4 的众多子级标准之一,对应的格式叫做 MPEG-4 AVC(advanced video coding,高级视频编码),简称 AVC 格式。

我们平时所说的 MPEG-4 一般是指 MPEG-4 的第二部分(MPEG-4 part 2),可压缩生成 MPEG-4 ASP(advanced simple profile,高级简单类)格式的视频文件。作为一种具体的视频格式时,MPEG-4 通常是 MPEG-4 ASP 的简称。因此 MPEG-4 ASP 和 MPEG-4 AVC 分属于 MPEG-4 的不同子级标准,其压缩算法有所不同,后者的算法更为复杂,编/解码时需要更多的硬件资源,但同等画质下具有更低的数据码率,或者说同等数据码率下具有更高的画质。

MPEG-4 AVC 和 H. 264 是同一个概念,是分属于不同组织的不同名称,有时候采用 MPEG-4 AVC/H. 264 或 H. 264/AVC 这类混合名称,本书根据松下摄像机技术标准和编码格式中的习惯,采用 MPEG-4 AVC 这一称谓。

MPEG-4 AVC 和 MPEG-4 ASP 及 MPEG-2 一样,既有帧内压缩,又有帧间压缩,采用由 I 帧、P 帧和 B 帧构成的 GOP 结构。MPEG-4 AVC 格式采用了当今最为先进的编码工具集,压缩算法极为复杂,但压缩率极高,比 MPEG-2 格式高一倍以上,比 DV(25)格式更是高了将近一个数量级。比如,在保持同等画质下压缩一个小时的视频数据时,DV(25)格式的文件体积为 13 GB,MPEG-2 为 3.5 GB,而 MPEG-4 AVC 只有 1.5 GB 左右,由此可见 MPEG－4 AVC 格式在数据压缩方面的巨大优势,这也是其最具商业价值的地方。

MPEG－4 AVC 在数字摄像机、高清数字电视及蓝光盘等领域,和 MPEG－2 形成了竞争、并存的局面,作为摄像机的重要编码格式之一,松下将 MPEG－4 AVC 格式既用于 AVCHD 格式的民用级 SD 卡小高清摄像机中,也以只有 I 帧的 AVC－I 格式应用于其广播级和电影级的高端摄像机中。

5.3　数字摄像机的分类及应用选型

本节以编码格式为摄像机的分类依据,根据技术规格、器材尺寸和产品档次的不同,按照由小到大、由低到高的次序,全面介绍适用于广告拍摄的数字摄像机产品系列及其代表性机型,供应用选型时参考。

5.3.1　DV25 标清系列

DV25 摄像机简称 DV 机,属于专业以下级别的标清摄像机。DV 机可进一步细分为掌上宝、手持式和肩扛式三个等级。掌上宝属于家庭娱乐用机型,不在本书的探讨范围之内。手持式和肩扛式 DV 机除可用作一般的商业摄像和新闻采集外,也可用作一般的商业专题片或低端电视广告的摄制。

1. 手持系列

手持式(handheld)DV 机属于便携式机型,其品牌、型号有多种,存储媒体以磁带为主,采用 DV 压缩格式,成像器大多为 3 片 1/3 英寸的 CCD,镜头多为固定式安装,变焦倍率在 10 至 20 倍之间,价格在几万元之内。这类 DV 机大多具有模拟复合视频、分离视频和数字 1394 接口,具有较高的成像质量,能满足一般的专业应用。

目前市场上的手持式 DV 机有松下的 DVC180、佳能的 XL2、JVC 的 GY－DV300/310 及索尼的 PD190P、PD198P 等。以上型号中,松下、佳能、JVC 的产品只支持 DV 格式,索尼的 PD190P 可兼容 DV 和 DVCAM 两种格式。松下的 DVC180 可支持逐行扫描并具有多种电影风格的记录模式可供选择。

2. 肩扛系列

我们把具有大机身结构、采用 DV 格式编码、视频流码率为 25 Mbps 的摄像机统称为肩扛式(shoulder mounted)DV 机。这类机型是 DV25 中的高端产品,多采用 3 片 1/2 或 2/3 英寸的 CCD 和大口径可更换变焦镜头,价格一般在 10 万元之内,具有非常接近于广播级摄像机的成像质量,广泛地用于新闻采访及一般专题片、广告片的拍摄。

这种高端的 DV 机有 JVC 的 DV500/550/5100/5101/700 (DV 格式)、松下的 AJ－D410/610 /615 (DVCPRO 格式)和索尼的 DSR－250/570/600/650/400/450/135(DVCAM

格式)等。这些不同品牌和型号的机型中,在我国拥有量比较大的有松下的 AJ－D610/615 和索尼的 DSR－600/650。DSR－650 的完整型号是 DSR650WSPL,支持 4∶3 和 16∶9 两种画幅,并具有 25p 拍摄 50i 记录及低速快门、多伽玛曲线等功能。

5.3.2　广播级标清系列

1. DV50 系列

DV50 系列摄像机采用 8 位量化,4∶2∶2 采样,DV 编码,3.3 倍压缩,视频码率为 50 Mbps。DV50 摄像机全部采用 3 片 2/3 英寸的 CCD 和专业变焦镜头,色差采样点数比 DV25 高一倍,加之更低的压缩倍率,因此,不管是色彩细节、画面质量,还是多带复制及抠像效果,都要好于 DV25,完全符合 ITU 601 规定的标清数字演播室标准,属于 DV 格式中的广播级摄像机。

在我国市场上,常见的 DV50 格式的摄像机主要有松下的 DVCPRO50 系列和 JVC 的 Digital－S 系列两类。DVCPRO50 中数字"50"表示码率为 50 Mbps(DVCPRO 是 DVCPRO25 的简称,码率为 25 Mbps),采用双 DV25 编码器,从而形成 50 Mbps 的视频数据流。Digital－S 习惯上叫做 D－9 格式,1995 年由 JVC 公司推出,其压缩格式和主要技术规格与 DVCPRO50 完全一样,使用双 DV25 编码器、双倍磁头和采用更高质量的 1/2 英寸 Digital－S 磁带。在音频方面,DVCPRO50 和 D－9 支持 4 个独立通道的 16 bit/48 kHz PCM 音频,而 DV25 只能支持两个通道的 16 bit/48 kHz PCM 音频,如果是 4 个通道,音频的量化位数和采样频率必须降至 12 bit/32 kHz。

市场上的松下 DVCPRO50 机型主要有 AJ－D815/ 908/ D913 及 SDX 900 等,使用 1/4 英寸磁带作为存储介质,均向下兼容 DVCPRO 格式。另外还有一种使用 P2 卡的 DVCPRO50 机型,型号有 AJ－SPC700MC、AJ－SPX900MC 等,向下兼容 DVCPRO 及 DV 格式。JVC 的 D－9 机型主要有 DY－70/90/98 等。

2. Digital Betacam 系列

Digital Betacam/ Digibeta(数字 Beta)系列是索尼公司在其 Betacam SP 模拟分量摄像机的基础上发展起来的广播级标清数字摄像机。Digibeta 摄像机的代表性机型有 DVW－700/707P、DVW－709/970WSP 等,其视频部分也是基于 DCT 空间变换进行压缩编码。与 DV 压缩稍有不同的是,Digibeta 摄像机对于隔行视频也仅采用帧内压缩而无帧内的场间压缩,因此压缩效率稍低于 DV 格式。如果不考虑这一相对细微的差别,Digibeta 摄像机理论上也属于 DV 家族的一员,但具有极高的技术指标。在图像方面,Digibeta 的亮度和色差信号均采用 10 位量化,4∶2∶2 采样,2∶1 压缩,视频码率高达 100 Mbps。声音方面,支持 4 个独立通道的 20 bit/48 kHz PCM 音频,另外还支持一条模拟提示音轨。

由此可见,作为 Betacam SP"数字版"的 Digibeta 虽然也是标清摄像机,但具有比 DV50 更高的技术指标,代表着标清数字摄像机的最高水平,理论上具有明显高于 DV50 的画面质量。不过,Digibeta 的实测和主观图像质量仅稍好于 DV50。毕竟 Digibeta 的图像采样频率、采样点数及画面分辨率和 DV50 是一样的,当图像质量接近理论极限时,技术指标再高,画质提升的空间也微乎其微了。

表 5.3 是国外一家数字视频专业网站(http://www.dv.com)实测的一组视频编码格式与图像质量的关系数据(仅就格式进行比较,没有考虑镜头、成像器等对成像质量有重大影响的其他因素)。

表 5.3　视频格式与图像等级实测数据

视　频　格　式	图像等级
D-5(10 位非压缩数字分量)	10
D-1(8 位非压缩数字分量)	9.9
Digital Betacam	9.7
DV50(DVCPRO50/Digital-S)	9.6
DV25(DV/DVCAM/DVCPRO)	9

虽然 Digital Betacam 的技术指标比 DVCPRO50 和 Digital-S 高很多,但从表 5.3 可以看出,其画质水平并没有明显的提高。考虑到三者基本相同的压缩算法和市场定位,我们有理由将 Digital Betacam 视为 DV50 家族的一个成员。

3. MPEG IMX 系列

MPEG IMX 是索尼公司推出的集新闻采集、电视剧拍摄及演播室应用等多用途广播级标清摄像机系列,采用 MPEG-2 编码格式,纯 I 帧压缩(短 GOP 结构,相当于只有和 DV 一样的帧内压缩),8 位量化,4∶2∶2 采样,最高码率为 50 Mbps。MPEG IMX 系列采用与 Betacam、Betacam SP、Digital Betacam 及 Betacam SX 相同规格的 1/2 英寸磁带,具有很高的存储可靠性。MSW-930P 是 MPEG IMX 摄像机的代表性机型之一,总体技术指标与松下的 DVCPRO 50 和 JVC 的 D-9 相当,最大不同的是 MPEG IMX 的压缩算法是纯 I 帧的 MPEG-2,而 DVCPRO 50 和 D-9 采用 DV 算法压缩。

4. XDCAM 系列

XDCAM 专业光盘系列摄像机也是索尼公司的产品,有 XDCAM SD、XDCAM HD、XDCAM HD422、XDCAM EX 几代产品。XDCAM SD 简称 XDCAM,是 XDCAM 系列中的第一代产品,属于标清摄像机;XDCAM HD 是其第二代产品,属于高清摄像机;XDCAM HD422 和 XDCAM EX 是第三产品,也属于高清摄像机,其中 XDCAM EX 系列采用 S×S 闪存卡作为存储介质。

作为标清级别的 XDCAM 摄像机,其实就是 MPEG IMX 和 DVCAM 两种格式并存的一种双格式摄像机,通过格式转换,既可以用 MPEG IMX 格式记录,也可以用 DVCAM 格式记录。也就是说,XDCAM 与 MPEG IMX 和 DVCAM 产品的最大区别是将记录媒体从磁带换成了专业光盘。

标清级的 XDCAM 摄像机主要有 PDW－510/530/539P 等几款型号,均采用 3 片 2/3 英寸 16：9 及 4：3 可切换式 CCD。当用 PFD23 单面专业光盘记录时,对应码流为25 Mbps 的 DVCAM 格式,记录时间约为 85 分钟;对于 MPEG IMX 格式,当码率分别置于 50 Mbps、40 Mbps 和 30 Mbps 时,记录时间分别约为 45 分钟、55 分钟和 68 分钟。

以上各个系列的广播级标清摄像机,均可满足一般的标准广告片摄制。

下面介绍的是高清摄像机。

5.3.3　HDV 小高清系列

2003 年 9 月,JVC 和索尼联合发布了普及型高清晰度 HDV 摄像机标准——以 JVC 为主导的 HDV720p 和以索尼为主导的 HDV1080i。720p 标准的分辨率为 1 280×720,逐行扫描,1 080i 标准的分辨率为 1 440×1 080,隔行扫描。表 5.4 给出了 HDV 格式小高清视频部分的主要技术规格。

表 5.4　HDV 格式主要技术规格

规　　格	720p	1 080i
存储介质	Mini DV 磁带、存储卡	Mini DV 磁带、存储卡
信号格式	720/60p, 720/30p, 720/50p, 720/25p	1 080/60i, 1 080/50i
可选格式	720/24p	1 080/30p/25p/24p
最高分辨率	1 280×720	1 440×1 080
压缩格式	MPEG－2 MP@H－14	
采样频率	74. 25 MHz	55. 7 MHz
采样结构	4：2：0	
量化位数	亮度信号：8 位,色差信号：8 位	
视频码率	19 Mbps	25 Mbps

从字面上理解,HDV 是高清版的 DV 机,即 DV 是标清摄像机,HDV 是高清摄像机。从所用磁带(Mini DV 带)、信号的采样结构、量化位数以及价格和市场定位来看,HDV 确实可以说是“高清版”的 DV。

但是,我们知道,DV 摄像机是采用 DV 算法进行数据压缩的,只有帧内压缩及同一帧内的场间压缩,没有帧间压缩,相当于只有 I 帧。所以,即使在标清等级,其码率也高达 25 Mbps。而 HDV 采用的是 MPEG－2 压缩算法,既有帧内压缩(形成 I 帧),也有基于前向和双向预测的帧间压缩(形成 P 帧和 B 帧),其 GOP 由 15 个 I、P、B 帧构成,属于 LGOP 结构。所以,DV(digital video,数字视频)和 HDV(high definition video,高清视频)摄像机采用的是完全不同的压缩格式,其中的字母"D"含义也不一样。因此,HDV 并不是高清版的DV,两者在编码格式上没有"血缘"关系。

HDV 摄像机的产品线非常丰富,品牌与型号众多,大多采用 3 片 1/3 英寸的 CCD 成像器,4∶2∶0 采样结构,Mini DV 磁带存储,便携式或紧凑的肩扛式机身设计。

5.3.4　SD 卡 AVCCAM 系列

松下 AVCCAM 是以 MPEG-4 AVC 算法压缩、用 AVCHD 格式进行记录的小高清摄像机系列。AVCHD 格式的记录媒介为 SD 卡、微硬盘或 DVD 光盘,其中采用 SD 卡记录并在中国市场推出的 AVCCAM 系列有 AG-HSC1UMC(掌上宝)、AG-HMC73MC(半肩扛式)、AG-HMC43MC(手持便携式)和 AG-HMC153MC(手持便携式)四款机型。前面说过,MPEG-4 AVC 即 H.264,全称 MPEG-4 AVC/H.264,简称 AVC,和 MPEG-2 一样,既有帧内压缩,又有帧间压缩,压缩效率大约是 MPEG-2 的两倍,是目前最为先进的压缩算法之一。采用帧内压缩获得的画面叫 I 帧,采用前向及双向预测进行帧间压缩获得的画面分别叫 P 帧和 B 帧,I 帧、P 帧和 B 帧混合在一起构成一个 GOP(图像组)。一个 GOP 中包含的 P 帧和 B 帧越多,压缩比就越大,获得的数据码率就越低,图像的品质也就相应越低。通常将包含 P 帧和 B 帧的 GOP 叫做长 GOP,仅有 I 帧的则叫做短 GOP,理论上短 GOP 的画质和易编辑性要远好于长 GOP。

AVCCAM 系列摄像机虽然采用了很先进的压缩格式,但由于采用的是长 GOP 结构,并且压缩比偏大,数据码率很低,加之成像器和镜头口径都很小,因此属于低端的入门级高清摄像机系列,定位于一般的商业或个人娱乐应用,其主要技术规格参见表 5.5。

表 5.5　SD 卡 AVCHD 系列主要技术规格

型　　号	成像器	镜　　头	平均码率	视频标准
HSC1UMC	1/4 英寸 3CCD	12 倍变焦 38.5—462 mm	13/9/6 Mbps (VBR)	1 080/50i
HMC73MC				
HMC43MC	1/4.1 英寸 3MOS	12 倍变焦 40.8—490 mm	21/17/13/6 Mbps (VBR)	1 080/50i 720/50p
HMC153MC	1/3 英寸 3CCD	13 倍变焦 28—368 mm		

说明:1. 镜头的焦距范围是指等效为 135(35 mm)相机镜头的范围。
　　　2. HSC1UMC 和 HMC73MC 的分辨率为 1 440×1 080,不是全高清。

从表中可以看出,HMC153MC 的最大优势是镜头的焦距很短,广角端等效为 35 mm 相机镜头的焦距低至 28 mm,另外支持多种视频标准,属于全高清机种,在四款机型中,成像器的尺寸也最大,是目前这个系列中的档次最高的机型。但由于采用长 GOP 结构和相对较低的数据码流,仍然达不到拍摄电视广告等专业应用所需要的技术指标。

5.3.5　P2 卡 PALM 系列

在这里,PALM 意为"掌上机",即手持式便携机型。P2 是 Professional Plug-In 的缩写,是松下 2004 年推出的旨在实现无带化记录的目前最为先进的新型存储介质之一。松下将采用 P2 卡存储的高清摄像机统一定义为 P2HD 系列,P2 PALM 是这个系列中的手提式机型。

目前松下在我国市场上推出的 P2 PALM 系列机型主要有 AG-HVX200MC、AG-HVX203AMC 和 AG-HPX173MC 三款,均采用 1/3 英寸 3CCD 和 13 倍变焦镜头。HVX200 和 HVX203 采用 P2 卡和 Mini DV 磁带作为存储介质,DV 磁带只能记录 DV25 格式的标清视频,P2 卡则可以记录任何格式。HVX203 是 HVX200 的升级版,主要对 CCD 的性能作了改进,提高了信噪比和在低照度环境下的适应能力,另外镜头的广角度也略有增强。HPX173 是 HVX203 的升级版,主要变化有二:一是取消了磁带记录部分,使整机尺寸更为小巧轻便,二是镜头的等效焦距更短,涵盖范围更广,另外在 CCD 及可变帧率范围等方面也有细微的改进。

除存储介质外,P2 PALM 系列与 AVCCAM 系列的最大区别是压缩算法不同。P2 PALM 系列采用 DV 或基于 DV 的压缩算法,核心算法是 DCT(离散余弦变换),无帧间压缩,虽然压缩效率偏低,视频码流较大,但画面品质很高,后期编辑的软硬件环境非常成熟。P2 PALM 系列的视频格式比较丰富,既有高清的 DVCPRO HD 格式(以基于 DV 的 SMPTE370M 标准,采用四路 DV 压缩器并行工作,8 位量化,4∶2∶2 采样结构,码率 100 Mbps),也有广播级标清的 DVCPRO50 格式(以基于 DV 的 SMPTE314M 标准,采用两路 DV 压缩器并行工作,8 位量化,4∶2∶2 采样结构,码率 50 Mbps),还有面向一般商用或民用的 DVCPRO 和 DV 格式(采用符合 IEC61834-2 标准的单 DV 压缩器,8 位量化,4∶1∶1或 4∶2∶0 采样结构,码率 25 Mbps)。P2 PALM 系列三款机型的主要技术规格如表 5.6 所示。

表 5.6　P2 PALM 系列主要技术规格

机　型	镜头焦距	可 变 帧 率	视频编码	记 录 格 式	视频标准(PAL 制)
HVX200	32.5—423 mm	12—60 共 11 级	压缩:DCT 量化:8 位 采样结构: 4∶2∶2 4∶1∶1 4∶2∶0	DVCPRO HD (码率 100 Mbps) DVCPRO50 (码率 50 Mbps) DVCPRO/ DV (码率 25 Mbps)	1 080/50i 1 080/25p(over 50i) 720/50p 720/25p(over 50p) 720/25pN(native) 576/50i 576/25p(over 50i)
HVX203	30.3—394 mm	12—60 共 11 级			
HPX173	28—368 mm	12—50 共 20 级			
镜头的焦距范围是指等效为 35 mm 胶片镜头的范围; 可变帧率只适用于 720p 视频模式。					

视频标准中的 1 080 和 720 分别指 1 920×1 080 和 1 280×720 两种高清分辨率,而 576 则是指标清的 720×576 分辨率。50i 为隔行扫描,25p 和 50p 为逐行扫描。25p(over 50i)是指将一个逐行帧拆分为两个隔行场,通过 2∶2 下拉变换将 25p 的逐行信号变换为 50i 的隔行信号(虽然这里的 50i 并不是真正的隔行信号,但这样做可将刷新频率提高一倍,且数据量和记录时间不变,在保留逐行信号的优点的同时,保证了画面播放的流畅程度)。25p(over 50p)则是以帧复制方式进行 2∶2 下拉变换,以数据码流加倍的代价,实现帧速率的倍增并保留逐行信号的全部优点。25pN(native)则为原生的 25p 逐行格式,输出、回放和监视信号采用 2∶2 下拉变换,以保证视觉上的画面流畅,但在存储方面只记录 25p 的有效帧,是拍摄逐行信号格式的最佳选择。

P2 卡 PALM 系列高清摄像机具有包括电影伽玛和新闻伽玛在内的多种伽玛模式,还具有多个可供选择的 VFR(variable frame rate,可变帧率)功能。基于 VFR 功能可实现升降格拍摄,从而实现快慢镜效果。在 PAL 制下,高于 25 帧为升格拍摄,可使快速运动的对象形成缓慢而流畅的慢动作效果;低于 25 帧为降格拍摄,特别适于表现花朵快速开放或云朵快速飘动的效果。就流畅程度而言,采用升降格拍摄形成的快慢镜效果要比通过后期特技实现好得多。因此,摄像机的升降格拍摄是一个非常重要而实用的功能,特别适合数字电影和商业广告的摄制。

特别需要说明的是,虽然从分辨率上看,P2 卡 PALM 系列摄像机达到了全高清的标准,但是其 CCD 像素只有 960×540,像素点采样率只有 1 280×1 080,来自成像器部分的原始分辨率只有 540×540,最终的视频分辨率是通过像素空间偏置(special offset)技术来实现的。虽然这一技术可使输出图像的细节多于 CCD 的像素信息,但毕竟不是全像素、全采样的真正全高清指标。考虑到其镜头口径及成像器尺寸也相对偏小,因此该系列的摄像机在成像质量方面虽然好于 AVCCAM 系列,但和顶级的高端机型相比还有一定的差距,定位于一般的电视节目、专题片、宣传片、商业广告和低成本数字电影的拍摄。

5.3.6 S×S 卡 XDCAM EX 系列

XDCAM EX 是以 S×S 存储卡作为存储媒体的 XDCAM 专业光盘系列中的一个扩展系列,采用 MPEG‐2 压缩格式,4∶2∶0 采样结构,支持 720p 和 1 080i 等多种高清格式。在 HQ(高质量)模式下分辨率为 1 920×1 080,长 GOP 结构,最高码率为 35 Mbps。在标准模式下分辨率为 1 440×1 080,长 GOP 结构,最高码率为 25 Mbps。XDCAM EX 系列号称全高清摄像机(高质量模式下),是索尼 CineAlta 系列“数字摄影机”的一款便携式机型,定位于低成本数字电影拍摄。

XDCAM EX 系列目前有 PMW‐EX1、PMW‐EX1R 和 PMW‐EX3 三款机型,前两种为固定镜头、手提式机身设计。PMW‐EX3 可以更换镜头,采用既可手提又可肩扛的机身设计。三款产品均采用 3 片 1/2 英寸新型 CMOS 成像器,具备逐行扫描和升降格拍摄功能,使用一张 16GB S×S 卡,可连续记录 70 分钟的全高清信号。PMW‑EX1R 是在 PMW‑EX1 基础上发展起来的换代产品,新增了 DVCAM 格式的标清记录、15 秒缓存记录(cache rec.)、一键自动光圈(one push auto iris)及 HDMI(high definition multimedia interface)高清多媒体接口等功能。

5.3.7　大型高清系列

1. DVCPRO HD 系列

DVCPRO HD,亦称作 DVCPRO100,是松下 DVCPRO50 的"高清版"摄像机系列。DVCPRO HD 继承了 DV 的"血统",使用四个 DV 编码器同时工作,视频压缩比为 6.7∶1(相当于两路 DVCPRO50),可输出码率为 100 Mbps 的高清视频流。

市场上常见的 DVCPRO HD 摄像机有 AJ‑HDC27HMC、AJ‑HDX900MC 等,两款机型性能相近,均采用有效像素为 1 280×720 的成像器,支持 720p 和 1 080i 两种高清标准,具有可变帧率拍摄、间隔记录、降半速和同步扫描电子快门等功能。声音方面与 DVCPRO50 完全一样,支持 4 通道 16 bits/48 kHz PCM 音频。

DVCPRO HD 和 DVCPRO50、DVCPRO(25)均使用 1/4 英寸磁带,但不同格式的记录时间会各不相同。比如,同一盘磁带,用 DVCPRO(25)记录时间为 1 个小时,用 DVCPRO50 和 DVCPRO HD 格式记录,时间将分别缩短为 30 分钟和 15 分钟。

2. D‑9 HD 系列

D‑9 HD 是 JVC 公司 Digital‑S(D‑9)标清摄像机的"高清版"系列,除使用 1/2 英寸的 D‑9 磁带外,其他技术规格和 DVCPRO HD 基本一样,也是在 50 Mbps 码率的基础上,通过采用加倍的 DV 编码器和视频磁头,使视频流码率提升到 100 Mbps,同时使视频分辨率达到 720p 和 1 080i 的高清标准。D‑9 HD 和松下的 DVCPRO HD 均属于采用 DV 帧内压缩、4∶2∶2 采样、码率为 100 Mbps 的高清格式,因此可以看成是广播级的"高清 DV 机"。虽然标清规格的 D‑9 XDCAM HD 摄像机在我国拥有较多的用户,但 D‑9 HD 高清摄像机较为少见。

3. XDCAM HD 系列

XDCAM HD 是 XDCAM HD420 的简称,又叫 MPEG HD420 或 MPEG HD,是 XDCAM 专业光盘系列的第二代产品,采用 4∶2∶0 采样和 MPEG‑2 压缩的长 GOP 数据结构,最高分辨率为 1 080i,代表性机型有 PDW‑F350、PDW‑F335、PDW‑F355,均采用 3 片 1/2 英寸逐行 CCD,支持 29.97p/25p/23.98p 逐行模式,兼容 DVCAM 标清格式。

和 HDV 小高清一样,上面所说的 DVCPRO HD、D‑9 HD 和 XDCAM HD 的分辨率最高也是 1 080i(1 440×1 080),都没有达到 1 920×1 080 的全高清分辨率标准,特别是 4∶2∶0 采样结构的 XDCAM HD 系列,定位于一般的专业应用及电视新闻采集,达不到高端广告的摄制要求。

4. XDCAM HD 422 系列

XDCAM HD422 又叫 MPEG HD422,是索尼公司于 2008 年 4 月推出的专业光盘全高清摄像机,属于 XDCAM 专业光盘系列中的第三代产品。XDCAM HD422 采用 4:2:2 采样和 MPEG-2P@HL 压缩的 LGOP 数据结构,最高码率可达 50 Mbps,支持 1 920×1 080p 的逐行全高清分辨率和 24 bit/48 kHz 的 4 通道非压缩线性 PCM 音频(XDCAM HD 的声音量化位数最高是 16 bit),是目前 XDCAM 专业光盘系列摄像机中的顶级产品,完全可以满足高清电视剧及高端商业广告的拍摄要求。

PDW-700 是 XDCAM HD422 格式的代表性机型,采用 3 片 2/3 英寸的全高清逐行 CCD,通过升级可向后兼容 XDCAM HD 高清及 XDCAM(MPEG IMX、DVCAM)标清格式的记录与回放。

严格地说,XDCAM 家族是一个涵盖摄像机、编辑录像机、专业光驱、S×S 存储卡录像机等产品的无带化视频制作整体解决方案,系统产品及其类别如图 5.10 所示。

图 5.10　XDCAM 的四个产品系列

XDCAM 系列专业光盘摄像机的主要技术指标和适用领域对比如表 5.7 所示,供使用参考。

表 5.7　XDCAM 系列摄像机主要技术指标对比

型　号	XDCAM	XDCAM HD	MPEG HD422	XDCAM EX
成 像 器	2/3 英寸 3CCD	1/2 英寸 3CCD	2/3 英寸 3CCD	1/2 英寸 3CMOS

编码格式	DV/MPEG - 2 P@ML	MPEG - 2MP@HL	MPEG - 2P@HL	MPEG - 2MP@HL
视频量化	Y/U/V 8 bit	Y/U/V 8 bit	Y/U/V 8 bit	Y/U/V 8 bit
采样结构	4：1：1/4：2：0/ 4：2：2	4：2：0	4：2：2	4：2：0
码　　率	50/40/30/25 Mbps	35/25/18 Mbps	50/40/35/30/25 Mbps	35/25 Mbps
分　辨　率	720×576p 标清	1 440×1 080i 高清	1 920×1 080p 全高清	1 920×1 080p
存储介质	PFD23(23GB)	PFD23(23GB)	PFD23(23GB)	S×S卡(16GB)
容器格式	MXF	MXF	MXF	MP4
代表机型	PDW - 530/539P	PDW - F335/355	PDW - 700	EX1R/EX3
适用领域	标清新闻采集	高清新闻采集	高清电视剧、商业广告等高端应用	独立制片人低成本电影拍摄

5. HDCAM 系列

HDCAM 系列的初期机型有 HDW650F/680/730S/750P 等, 较新的两款机型是 HDW - 790/790P/800P。HDW - 790/790P/800P 采用 3 片 2/3 英寸 220 万像素逐行 CCD, 原生分辨率为 1 440×1 080, 经过像素插值和变换处理, 支持 1 920×1 080 分辨率的记录和回放, 具有 4 通道 20 bit/48 kHz 音频, 视频码率最大为 140 Mbps。HDCAM 属于顶级的广播级高清摄像机, 如无特别苛刻的要求, 均能满足包括电视广告在内的各类电视节目的摄制要求。

6. HDCAM SR 系列

HDCAM SR 是在 HDCAM 基础上开发的 HDCAM "增强版", 是真正的 Digital Betacam "高清版" 系列, 采用 10 位量化, 4：2：2 YUV 色差分量或 4：4：4 RGB 基色分量采样, 标准质量模式下的视频流码率为 440 Mbps, 是目前技术规格最高的 "数字摄影机" (cinematography camera) 系列摄像机, 这也就是 SR(superior resolution, 超高解析度) 这一后缀的含义。HDCAM SR 系列的代表性产品有 HDW - F900/F900R/F950/SRW - 9000 及下面要提到的 F23/F35 等, 性能和价格都高高在上, 可满足顶级高清商业广告和数字电影母带的制作要求。

7. P2HD 系列

和索尼的同级产品相比, 松下的产品在价位上比较有亲和力, 性能指标也相差无几, 特别是其肩扛式 P2HD 系列, 具有很高的市场占有率。目前在我国市场上, P2HD 系列的热销机型主要有 AG - HPX303、AG - HPX500、AJ - HPX2100、AJ - HPX2700、AJ - HPX3000 及 AJ - HPX3700 等型号。除 AG - HPX500、AJ - HPX2100 采用和 P2 PALM 系列一样的压缩格式外, 其他机型还引入了一种更为先进的压缩格式——AVC - Intra。AVC - Intra 中的"AVC"即 MPEG－4 AVC/H.264,和 AVCCAM 系列的压缩算法是一样的,"Intra"的意思是"帧内",AVC－Intra 即只有帧内(I-Only)压缩而没有帧间压缩的 MPEG－4 AVC/H.264 的格式,有时简写为 AVC－I。由于 AVC－Intra 只有 I 帧(Intra-Frame),属于短 GOP 结构,因此,不管是画面质量还是易编辑性,都胜于长 GOP 结构的 MPEG－4 AVC/H.264。和MPEG－2 相比,MPEG－4 AVC/H.264 的压缩算法更为先进,同等画质下,文件要小一倍左右。AVC－Intra 在本质上和基于 DV 的 DVCPRO HD 一样,都是采用 DCT 算法,但比后者的算法更为复杂,压缩效率更高,只需 100 Mbps 的码流就可以输出 1 080p 全高清画面,或者用 50 Mbps 码流就可以达到 100 Mbps 码流的 DVCPRO HD 的画质。这也就是采用 AVC－Intra 压缩格式的摄像机属于松下高端机种的原因之一。

　　P2HD 系列兼容的记录格式有 AVC－Intra100、AVC－Intra50、DVCPRO HD、DVCPRO 50、DVCPRO 及 DV 等,不同型号的机型由于市场定位不同,支持的格式也不尽相同。AVC－Intra100 采用只有 I 帧的 MPEG－4 AVC 压缩格式,4∶2∶2 采样,10 位量化,码流 100 Mbps,支持 1 080p 全高清视频标准,定位于数字电影、商业广告等最高端的应用领域。AVC－Intra50 也是采用 AVC－I 压缩和 10 位量化,但其采样结构为 4∶2∶0,码流为 50 Mbps,只支持 1 080i(1 440×1 080)非全高清视频标准,定位于一般的新闻采集及低成本应用。至于 DVCPRO HD、DVCPRO 50、DVCPRO 等松下的"传统"格式,其压缩算法(DV 或基于 DV)、量化位数(8 位)、采样结构及视频标准等,则和 P2HD PALM 系列完全一样。

　　P2HD 系列的功能丰富,性能优良,适用范围涵盖了从标清到高清、从电视到电影、从低端到顶端几乎所有的影视领域。表 5.8 给出了以上机型在成像器、记录格式和视频标准方面的主要技术指标和功能特点,从中不难看出不同机型的"档次"及其市场定位和适用领域。

表 5.8　P2HD 系列部分机型的主要技术规格及产品定位

机　型	成　像　器		记　录　格　式	视频标准	功能、指标及定位特点
HPX303	1/3 英寸 3CMOS 总像素 2 010×1 120(约 220 万)有效采样像素 1 920×1 080(全光栅采样,支持真正全高清)	高清	AVC－Intra100 AVC－Intra50 DVCPRO HD	1 080i 1 080p 720p	缺点:成像器尺寸小,对照明条件要求较高。优点:全采样、全高清,格式齐全,整机价位低。定位:高清演播室及低成本电影、广告拍摄。
		标清	DVCPRO50 DVCPRO DV	576i 576p	
HPX500	2/3 英寸 3CCD 总像素 1 280×1 080(约 140 万)有效采样像素 960×540(通过像素空间偏置技术实现 1 920×1 080 信号输出)	高清	DVCPROHD	1 080i 1 080p 720p	缺点:成像器原始像素少,达不到真正全高清标准,另外不支持 AVC－Intra 编码。优点:整机价位低。定位:新闻采集。
		标清	DVCPRO50 DVCPRO DV	576i 576p	

（续表）

机　型	成　像　器	记录格式		视频标准	功能、指标及定位特点
HPX2100	2/3 英寸 3CCD 总像素 1 370×744（约 100 万）	同上		同上	性能、价格和定位均稍高于 HPX500。
HPX2700	有效采样像素 1 280×720（通过像素空间偏置技术实现 1 920×1 080 信号输出）	高清	AVC－Intra100 AVC－Intra50 DVCPRO HD	1 080i 1 080p 720p	缺点：成像器原始像素略少，不支持标清。 优点：高清格式齐全。 定位：中低成本电影、商业广告制作。
		标清	无		
HPX3000	2/3 英寸 3CCD 总像素 2 010×1 120（约 220 万） 有效采样像素 1 920×1 080（全光栅采样，支持真正全高清）	高清	AVC－Intra100 AVC－Intra50 DVCPRO HD	1 080i 1 080p （无 720p）	缺点：价格昂贵，不支持 1 280×720 高清。 优点：顶级全高清。 定位：高品质高清电视及数字电影、商业广告制作。
		标清	DVCPRO50	576i 576p	
HPX3700	同　　上	高清	AVC－Intra100 AVC－Intra50 DVCPRO HD	1 080i 1 080p （无 720p）	缺点：价格昂贵，不支持标清和 1 280×720 高清。 优点：顶级全高清。 定位：2 K 数字电影及高端商业广告制作。
		标清	无		

　　HPX2700 和 HPX2100 档次相近，但由于在可变帧率和伽玛模式方面的一些差异，前者侧重电影效果，后者则侧重电视应用。HPX3700 和 HPX3000 是松下固态存储高清摄像机中的"旗舰"级机型，HPX3700 是 HPX2700 的高一级版本，定位于数字电影及高预算商业广告制作；HPX3000 是 HPX2100 的高一级版本，定位于最高标准的高清电视节目特别是高清电视剧的制作，当然也完全能够满足高预算电视广告的拍摄要求。

　　8. 松下 VariCam 和索尼 CineAlta 系列

　　用高清摄像机代替传统的胶片电影摄影机是目前的一个趋势，也是摄像机技术进步的一种必然。为此松下推出了具有多种模拟电影效果的 VariCam 系列摄像机，主要面向数字电影和高端商业广告制作领域。VariCam 摄像机是专门为数字电影拍摄"量身打造"的P2 HD 系列中的一个子系列，特别针对可变帧速率、电影标准及伽玛模式等几个与电影特点和风格关系密切的功能作了完善和强化。上面提到的 AJ－HPX2700 和 AJ－HPX3700P2 HD 是目前 VariCam 摄像机系列中的代表性机型，外观如图 5.11 所示。

　　索尼将用于电影拍摄的摄像机定义为 CineAlta 系列，在我国市场上现有的机型有 PMW－EX1/EX1R/EX3（源于 XDCAM EX 系列）、PDW－F335/355（源于 XDCAM HD 系

AJ-HPX2700　　　　　　　　　　　AJ-HPX3700

图 5.11　松下的两款 VariCam 系列"数字摄影机"

列)、HDW - F900/F900R/F950/ SRW - 9000/F23/F35(源于 HDCAM SR 系列)等。

HDW - F900/F900R/F950/SRW - 9000 均属于全高清机型,功能及技术规格与松下的 VariCam 系列非常相近,均支持电影、电视所需的各种帧速率,既可拍摄 1 920×1 080p 的 HDTV 节目,也可用于数字电影和顶端商业广告的拍摄。

F23/F35 则是规格更高、更纯粹的"数字电影摄影机",特别是 F35,采用了 5 760×2 160 像点的全画幅单 CCD 成像器(F23 的成像器是 3 片 2/3 英寸 CCD),使用标准的 35 mm 电影摄影机镜头,机身结构、操作方式、浅景深造型效果等都与电影摄影机极为相似,是目前代替胶片摄影机进行电影母版制作的顶级摄像机。索尼 HDCAM SR 系列下的两款"数字摄影机"HDW - F900R 和 F35 外观如图 5.12 所示。

HDW-F900R　　　　　　　　　　　F35

图 5.12　索尼的两款 CineAlta"数字摄影机"

下面对摄像机的常用编码格式及对应的产品系列作一总结:

数字视频的压缩格式无非有纯帧内压缩(短 GOP)和帧内、帧间同时压缩(长 GOP)两类,DV 类和 AVC - Intra 属于纯帧内压缩,长 GOP 结构的 MPEG - 4 AVC 和 MPEG - 2 则属于帧内、帧间同时压缩。对编码格式和摄像机系列对应关系的归纳和概括见表 5.9。

表 5.9　压缩格式与摄像机系列的对应关系

压缩方式	编码格式	摄像机系列
帧内	DV25/DV50/DV100 HDCAM 等	专业级 SD 类：DV /DVCAM/DVCPRO 广播级 SD 类：DVCPRO50/Digital－S(D－9)/Digital Betacam HD 类：DVCPRO HD/D－9HD/HDCAM/HDCAM SR/P2HD
仅 I 帧	AVC－Intra（MPEG－4 AVC 短 GOP）	P2HD 系列中的 AVC－I100 和 AVC－I50 格式
帧内＋帧间	MPEG－4 AVC 长 GOP	AVCCAM 系列（AVC HD 格式压缩）
	MPEG－2 长 GOP	SD 类：Betacam－SX/MPEG IMX/XDCAM HD 类：HDV /XDCAM EX /XDCAM HD/XDCAM HD422（MPEG HD422）

除索尼、松下、JVC 外,生产专业摄像机的著名企业还有 Hitachi(日立)、Philips(飞利浦)、Ikegami(池上)及法国汤姆逊公司旗下的 Grass Valley(草谷)等,其高端摄像机也完全胜任各类高预算广告的摄制要求。

不管是产品线还是市场占有率,在我国,松下和索尼的摄像机产品都是最全、最高的,两家产品在技术规格上都有比较清晰的递进关系,进而形成各自不断演进的产品系列。另外,在无带化存储方面,松下走的是 P2 卡存储路线,而索尼则主攻专业光盘和 S×S 卡。图5.13 给出了这两家数字摄像机的产品线阵容,供对比、参考。

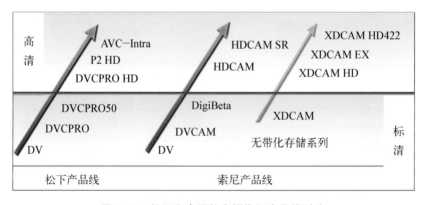

图 5.13　松下和索尼数字摄像机产品线对比

本章主要内容:

1. 摄录一体机主要由镜头、成像器、信号处理和存储记录几个部分构成。
2. PAL 制标清数字电视的分辨率是 720×576 ,NTSC 制标清是 720×480。

3. 高清数字电视的分辨率不再和制式有关,但仍然有隔行、逐行以及场频、帧率的差别,主要有 720p、1 080i 和 1 080p 三种高清视频标准,其分辨率分别为 1 280×720、1 440×1 080 和 1 920×1 080,后者可称为全高清。

4. 50i、25p、50p、59.94i、29.97p、24p、23.98p 中的"i"代表隔行信号,"p"代表逐行信号,50、25 指 PAL 制,59.94、29.97 指 NTSC 制,24、23.98 为电影制式。

5. 数字摄像机采用的压缩算法又叫编码格式,主要有 DV、MPEG - 2、MPEG - 4 AVC/H. 264 及只有帧内压缩的 AVC-I。

6. 在技术层面上,DV 是指 digital video format,即一种特定的编码格式,在高采样、低压缩时具有很高的画面品质。根据码率不同,DV 格式有 DV25、DV50 和 DV100 三种,DV25 简称 DV,为专业级标清,DV50 为广播级标清,DV100 为高清。

7. MPEG - 2 和 MPEG - 4AVC/H. 264 两种数字视频标准既有基于空间相关性的帧内压缩,又有基于时间相关性的帧间压缩,所以和只有帧内压缩的 DV 及 AVC-I 相比,文件尺寸要小得多。

本章思考:

1. DV 和 DV50 的最大区别是什么? DVCPRO 和 DVCPRO50 的最大区别是什么?

2. 720p 的分辨率是多少? 1 080 全高清的分辨率是多少?

3. 为什么同样分辨率和画质下,MPEG - 2 文件的体积会远小于 DV 文件?

4. HDV 是 DV 的高清版吗? 两者的主要区别有哪些?

5. 分别拍摄低预算、中预算和高预算的电视广告,你会选择哪类机型?

第6章 电视广告镜头语言及剪辑结构分析

本章以四则不同类型和风格的电视广告为案例,在简单介绍其创意和情节的基础上,着重对影片中的构图元素、构图形式、镜头运用及剪辑结构等予以分析。

6.1 百事可乐·神奇球场篇

2010 年南非世界杯,百事通过足球这一主题带给消费者另一场盛宴——借势南非世界杯而隆重推出的神奇球场篇电视广告,将巧妙的创意、精致的画面、大气的场景、幽默的情节完美地结合在一起,堪称是电视广告中的大手笔和经典之作。

6.1.1 创意与情节概述

亨利、梅西、卡卡、德罗巴、兰帕德等人在非洲大草原边的野外集市上闲逛,意外地发现了印有他们名字的百事可乐南非世界杯球衣,不禁笑了。接着,穿上了印有他们自己名字的球衣,来到一个正在喝百事可乐的非洲小伙子面前,亨利问:"可以把你的百事(卖)给我们吗?"小伙子回答:"可以,但得比赛,赢了我们再说。"亨利指指自己:"你知道我们是谁吗?"小伙子转过身,衣服上印的名字竟然就是亨利,反问道:"你知道我们是谁吗?"德罗巴问在哪里踢,小伙子一声呼哨,当地人从四面八方涌过来,肩并肩组成了一个由人墙组成的球场,两端不站人的地方就是球门。比赛开始了,大牌球星们的球技,当然不是这些非洲小伙子应付得了的。但是,别忘了这个人墙组成的球场却是可以移动的! 球星们球技固然高超,面对移动球场,你动它也动,竟无可奈何。最后,球星们看着不行,干脆不跑了,在中场发球圈,一个大脚,球在半空画了道长长的抛物线,直奔"球门"而去,但是,整个人墙居然来了个 180 度旋转,"球门"位置也颠倒了,球飞向了球星们自家的球门——乌龙球。

百事可乐不只是饮料,它代表了一种文化,里边承载着年轻人特有的精神气质。广告以足球为载体,用幽默的手法和充满友爱的感性诉求,将巨星、非洲、世界杯主题音乐及产品的品牌价值和利益诉求等广告元素有机地融合在一起,是电视广告中不可多得的经典之作。

6.1.2　主要镜头画面赏析

主要镜头截图及画面分析见表 6.1。视频来自网络上的"导演版",时长 2 分 30 秒。出于可以理解的原因,很多电视广告用于电视播放的版本,时间都相对较短,以 15 秒和 30 秒居多,镜头数量明显少于"导演版",致使叙事的时空跨度过大,不利于观众对创意和剧情的理解,也很难充分表现出导演的创作思想、广告素养和艺术功力。比如,本广告的电视版本,就由于时间太短,用于叙事的镜头数量严重不足,观众很难看出球场的神奇之处,不得已采取了添加字幕的"补救"手段——在进球后,屏幕上出现了"乌龙球"三个大字。尽管如此,还是很难解释为什么这是个"乌龙球"。

表 6.1　《百事可乐·神奇球场篇》主要镜头语言分析

镜 头 截 图	画 面 分 析
镜头组 1	首先是两个航拍的写景空镜头,属于前移运动镜头。本镜头组表现的是在《动物世界》中常常见到的非洲风光,作用是交代事件发生的时间、季节和地理环境。
镜头组 2	这是小集市上卖水果的摊位及小贩忙碌的身影,生活气息浓郁。中景,微微晃动的摇跟镜头。
	足球巨星们悠闲地逛着集市,中近景,摇跟镜头。

（续表）

镜　头　截　图	画　面　分　析
镜头组 2 	野外小集市全景,移推镜头,短焦拍摄,大景深,优美的 S 形曲线。随着镜头的推进,视点不断降低。本镜头是一个典型的全景式交代镜头,连同本镜头组中的其他镜头,交代事件的地点、人物、事件与环境。
镜头组 3 	集市上的这位妇女发现了什么?特写,长焦距拍摄,前后景虚化,景深很浅。三分法构图,视向空间大,用视觉力和虚化的后景同时均衡画面。很明显,这是一个需要用主观镜头进行呼应的客观镜头。
	接下来的这个主观镜头是卡卡发现了印有梅西名字的百事可乐南非世界杯特制休闲装(通过猜测不难想象别的衣服上还会印有其他球星的名字)。近景,固定镜头,手持拍摄,为增强动感,画面微晃(下同)。
 	德罗巴、梅西等看到这样的衣服都笑了。中近景,画面微晃的固定镜头。 　本镜头组为下面故事情节的正式展开作了充分的铺垫。

（续表）

镜 头 截 图	画 面 分 析
	当地一个小伙子在喝百事可乐。中近景，固定镜头。树木和后面的人分别是前景和后景。
	亨利等球星向喝百事可乐的小伙子走过来。全景，微微晃动的固定镜头。人物后面的背景展示出了丰富的环境元素。
（镜头组 4）	又是这个小伙子喝百事可乐的镜头，仍为固定镜头，但景别由中近景推至特写，以此强势造型，强调百事可乐的产品信息和商标 logo。由于镜头前推，焦距变长，景深变浅，前景移出屏幕外且背景虚化。
  （镜头组 5）	左图是亨利问："可以把你的百事给我们吗？" 右图是小伙子回答："可以，但得和我们比赛。" 两镜头均为近景，固定镜头，典型的三分法构图。

镜
头
组
4

镜
头
组
5

（续表）

镜　头　截　图	画　面　分　析
 	左图是亨利问："你认识我们吗?"中景，固定镜头。 　　右图是小伙子反问："你认识我们吗?"全景，固定镜头。
 	左图：小伙子转过身去，背心上竟然印着"亨利"。 　　右图：亨利面带笑容，说："OK。" 　　两镜头均为固定镜头，三分法构图。
 	左图是德罗巴问："在哪里踢?" 　　右图：小伙子一声呼哨…… 　　两镜头均为固定镜头，景别为中近景。
	德罗巴和亨利转头望去……中近景，固定镜头，短焦近拍，景深较大，后景处的集市和远山都比较清晰。 　　很明显这是个客观镜头，接下来他俩看到的情景则属于主观镜头。
     	但见当地居民，有男有女，有老有少，从四面八方跑来。 　　这组镜头均为固定镜头，但拍摄角度多变，以表现人们是从四面八方向中间靠拢。另外，不同镜头在拍摄高度、景别、景深等方面也有所不同，以保证画面的多样性。 　　照明光线的方向多为侧光和逆光，画面看上去非常富有层次和质感。

镜头组 5

镜头组 6

（续表）

镜　头　截　图	画　面　分　析
镜头组 6	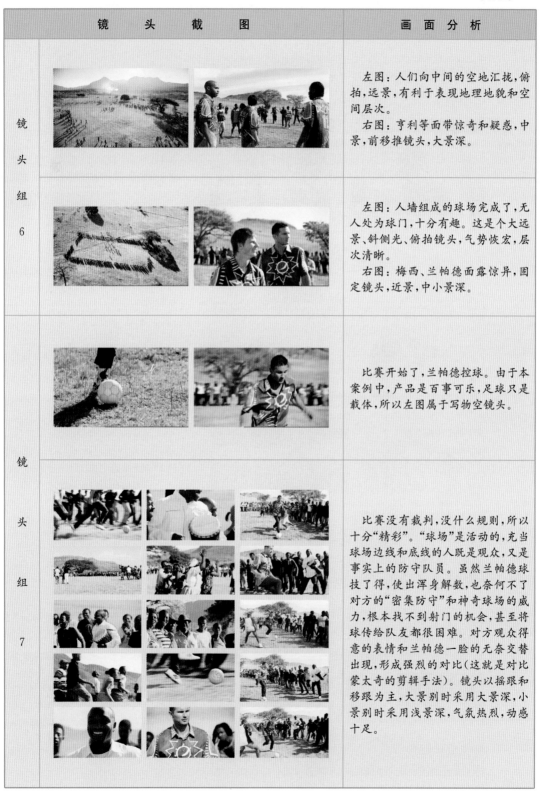 左图：人们向中间的空地汇拢，俯拍，远景，有利于表现地理地貌和空间层次。 右图：亨利等面带惊奇和疑惑，中景，前移推镜头，大景深。
	左图：人墙组成的球场完成了，无人处为球门，十分有趣。这是个大远景、斜侧光、俯拍镜头，气势恢宏，层次清晰。 右图：梅西、兰帕德面露惊异，固定镜头，近景，中小景深。
镜头组 7	比赛开始了，兰帕德控球。由于本案例中，产品是百事可乐，足球只是载体，所以左图属于写物空镜头。
	比赛没有裁判，没什么规则，所以十分"精彩"。"球场"是活动的，充当球场边线和底线的人既是观众，又是事实上的防守队员。虽然兰帕德球技了得，使出浑身解数，也奈何不了对方的"密集防守"和神奇球场的威力，根本找不到射门的机会，甚至将球传给队友都很困难。对方观众得意的表情和兰帕德一脸的无奈交替出现，形成强烈的对比（这就是对比蒙太奇的剪辑手法）。镜头以摇跟和移跟为主，大景别时采用大景深，小景别时采用浅景深，气氛热烈，动感十足。

（续表）

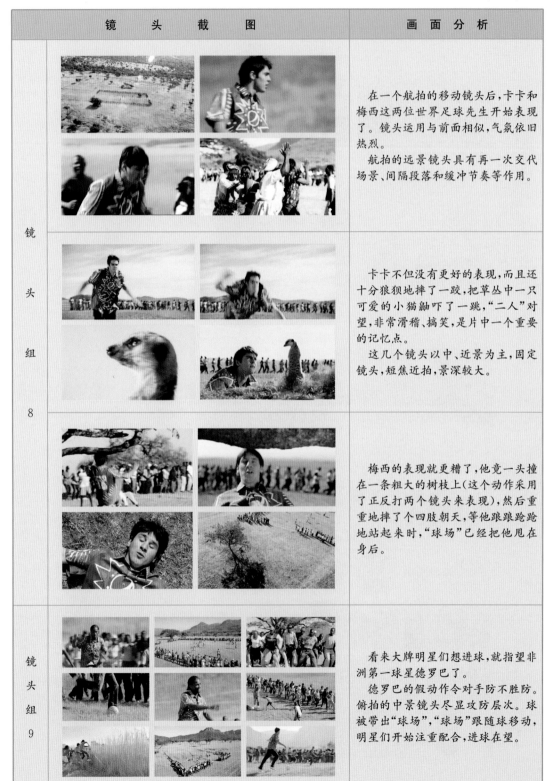

镜头截图	画面分析
镜头组8	在一个航拍的移动镜头后，卡卡和梅西这两位世界足球先生开始表现了。镜头运用与前面相似，气氛依旧热烈。 航拍的远景镜头具有再一次交代场景、间隔段落和缓冲节奏等作用。
	卡卡不但没有更好的表现，而且还十分狼狈地摔了一跤，把草丛中一只可爱的小猫鼬吓了一跳，"二人"对望，非常滑稽、搞笑，是片中一个重要的记忆点。 这几个镜头以中、近景为主，固定镜头，短焦近拍，景深较大。
	梅西的表现就更糟了，他竟一头撞在一条粗大的树枝上（这个动作采用了正反打两个镜头来表现），然后重重地摔了个四肢朝天，等他跟跟跄跄地站起来时，"球场"已经把他甩在身后。
镜头组9	看来大牌明星们想进球，就指望非洲第一球星德罗巴了。 德罗巴的假动作令对手防不胜防。俯拍的中景镜头尽显攻防层次。球被带出"球场"，"球场"跟随球移动，明星们开始注重配合，进球在望。

(续表)

镜　头　截　图	画　面　分　析
 镜头组9	卡卡将球传给德罗巴(全景),德罗巴胸部停球(近景),没有急于出脚,用脚踩着球(脚部特写),冷静地看了一眼对方的"球门"(这两个镜头中,前一个为客观镜头,后一个为主观镜头),然后用力将球踢出(中近景)。 人们向空中看去,球在空中上升,人墙开始移动,"球场"开始旋转。用升格拍摄的足球在空中缓慢下降,即将飞入"球门"。明星们紧张地抬头望着球,当地人还没等球落地,已经开始欢庆了,因为他们知道"球门"已经颠倒了方向,球果然进了——乌龙球。
镜头组10	在南非世界杯主题曲的伴奏下,比赛双方都开始节日般的狂欢。当地人拿出了百事可乐,巨星们看到后也想要,当地人用手指了指彼此的球衣,意思是用球衣交换饮料。比赛都是赢家,大家载歌载舞,拉开了世界杯盛宴"普天同庆"的序幕,最后用兰帕德畅饮百事的镜头结束了这一镜头组。

(续表)

镜 头 截 图	画 面 分 析

镜头组 11 — 以虚化的欢庆场面为背景,叠加百事的 logo 及广告语——"REFRESH YOUR WORLD"。典型的逆光拍摄,渲染并强化了场景的欢快气氛,耀眼的阳光,仿佛将激情燃烧,这正是百事的精神特质。

镜头组 12 — 最后还不忘再幽一默,"不务正业"的梅西在寻找那只可爱的小猫鼬,似乎对小动物的感情要胜过足球。这是本片的又一个记忆点,在观众会心一笑的同时,对百事这一品牌又增添了一丝好感。

综上所述,不难看出,整部广告片是沿着单一的情节线索,以时间为顺序,用一个个典型的画面讲述事件发生、发展的整个过程,在镜头剪辑结构上,属于叙事蒙太奇中的最基本形式——顺序式蒙太奇。

本片时长 150 秒,共 136 个剪辑镜头(在后期编辑时,有些镜头素材可以剪切为多个镜头,和其他镜头交叉组接,因此剪辑镜头的数量会多于原镜头素材,当然实拍镜头的数量又远远多于可用的素材镜头,越是大手笔的制作,往往片比越高),平均每个镜头约 1.1 秒,属于典型的快速剪辑,加之画内激烈的运动和故意微微晃动的拍摄技法,给人感觉影片的节奏很快,动感很强,虽然场面宏大,人物众多,但由于镜头数量充足,选取合理,因此叙事十分清晰、流畅。本广告采用电影摄影机拍摄(就画面语言而言,和摄像机拍摄没有区别),完全采用自然光照明,以侧光和侧逆光为主,画面自然,影调硬朗,富纪实性。在镜头视点、景深控制等方面变化丰富,处理得体,大景别的交代性镜头多以短焦拍摄,景深很大,而小景别的叙事性镜头多以中长焦拍摄,景深较浅。在画外节奏的控制方面,也完全遵循剪辑的一般规律——大景别的交代性镜头持续时间较长,小景别镜头的时间相对较短。影片所有的镜头都采用硬切组接,没有采用任何镜头过渡特技,增强了节奏性和纪实性。

影片的广告元素非常丰富,大牌的明星、良好的创意、精美的画面、流畅的剪辑、幽默的手法、喜剧的效果,再加上"南非"、"世界杯"这些"地利"和"天时",如此大预算制作、高强度播出的电视广告,传播效果和市场回报自然不会令商家失望。

6.2 步步高音乐手机 · 直线篇

步步高音乐手机电视广告有多个版本,其中以宋慧乔版的直线篇制作最为精美,播出密度最高,影响也最大。下面就以这个版本为例分析其镜头语言和构图特点。

6.2.1 创意与情节概述

本片由宋慧乔为产品形象代言人,其靓丽、清纯、可爱的气质非常符合步步高音乐手机色彩清纯、完美音质的定位。本片情节大意是:宋慧乔在清晨起床后,拿起步步高音乐手机听音乐,由此开始自己一天的生活。她戴着耳机走过干净、笔直的马路,沐浴着阳光,在河边徜徉,用粉笔划过古老街道的斑驳墙壁,登上楼顶遥望蓝天下喷气式飞机划出的那道直线,在烛光中举办生日party,最终来到海边这一"最纯净的地方",手里拿着音乐手机,听着具有"完美音质"的音乐。

影片在镜头运用上没有过多的技巧和复杂的变化,画面非常唯美、干净。背景音乐是"我在那一角落患过伤风",节奏明快,旋律优美。

6.2.2 主要镜头画面赏析

本广告在墨尔本拍摄,后期校色、剪辑在韩国完成,主要镜头截图及画面分析见表6.2。和上例一样,为了更好地表现影片的段落和层次,还是以镜头组为基本单元。注意,镜头组是基于成片的时间顺序,按场景和情节段落划分的,和实际拍摄时的镜序通常并不一致。

表 6.2 《步步高音乐手机·宋慧乔版直线篇》主要镜头语言分析

镜 头 截 图		画 面 分 析
镜头组1		清晨明媚的阳光照射进房间,留下明暗相间的影子线条。白色的墙壁,白色的床单,白色的衣服,乌黑的头发,明亮的高调影像。人物美好、闲适、略带慵懒的表情,为整个片子确立了一个轻快的基调。 本镜头为中景、平拍,为增加动感、防止画面过于静寂,采用轻推摄法,本质上仍属于固定镜头和静态构图。

（续表）

镜　头　截　图	画　面　分　析

镜头组 1

　　远景俯拍，为增加动感，机位缓缓移动，本质上仍属于静态构图，和清晨人们刚醒来的气氛非常吻合。
　　这是个大景别的交代性镜头，继上一个镜头交代时间后，进一步交代人物所处的场景。光线影子打出的线条非常富有美感，床、椅子、电视柜、台灯等，构筑了一个干净整洁、宁静舒适的居家环境。

　　人物向窗外望去。固定镜头，特写，三分法构图。在景别过渡上，和上一个镜头构成了前进式蒙太奇句式，景别从远景直接跳变到特写，属于两极景别组接，视觉张力大，冲击力强。
　　本镜头组旨在交代人物和故事开始的时间与地点。制作时将色彩作了偏蓝处理，以和片尾的大海相呼应，属于超现实色彩运用。

镜头组 2

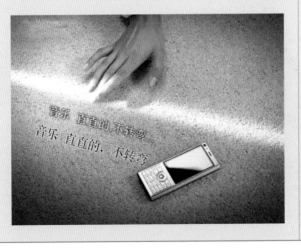

　　愉快的、充满音乐的一天开始了。画面中间是一条象征"音乐，直直的，不转弯"的斜线，斜线的上端是沿着线条轻轻滑动的纤纤玉手，下端则是本片的"主角"——步步高音乐手机。在纵向上为三分法构图，画面均衡、优美，突出了手机和手的关系，同时为下面的镜头作了铺垫和交代。

（续表）

镜　头　截　图	画　面　分　析
镜头组 2 	在一个叠化过渡后,演员在画有黄色直线条的路上漫步。左图的镜头视点很低,主体是人的双脚,右图是远景俯拍,轻盈的脚步,踏线而行,上肢婀娜摇摆。与她同行的是她清晰的身影,还有一只小狗。
镜头组 2  	左图:演员在墙上用粉笔画直线,中景,开放式构图。右图:边听音乐边沿河岸行走,小远景,大景深。该镜头组的直线条用来明喻"直直的,不转弯"的音乐"带我直达内心"。
镜头组 3 	左图:登高望远,大远景仰拍,人物很小,基本属于写景空镜头,用蓝天隐喻心情。右图:写物空镜头,逆光特写,三分法构图,隐喻在"最纯净的地方",心情和阳光一样灿烂。
镜头组 4  	左图:俯拍,生日 party 全景,低调画面,成一条线的烛光和被照亮的桌面形成画面中的高光区域。 　　右图:近景,平拍,背景虚化,前景是燃烧的蜡烛,排列整齐,烛光映照在人脸上,色调温暖,气氛温馨。
镜头组 5  	左图:用一次成像的相机拍摄大海的照片,特写,三分法构图,引出下一个镜头。右图:将照片排成一行,线条感、透视感强烈。本镜头又一次借用直线条这一构图元素强调、渲染"音乐,直直的,不转弯"。

（续表）

镜 头 截 图	画 面 分 析

镜头组 6

左图：在又一个叠化过渡后是蓝天大海的写景空镜头画面，具有转场、抒情等作用。

右图：近景，三分法构图，头顶空间较大。天空和大海也是三分法布局，地平线居下，侧重天空的表现。

景别转为小特写。这两幅截图来自同一个镜头，是本片中一个非常唯美的"经典"画面，三分法构图，人、产品和"最纯净的地方"融为一体，浑然天成。

这是网络版本的标版画面，人和地平线都处理到画面的大下方，上面的空间留给了"步步高音乐手机"这一重要的广告信息。

标版画面中，人物形象通常不再是主要的视觉信息，画面的主要部分用来安排产品的 logo、图形或其他文字信息。

　　本广告也有网络和电视两个版本。网络版时长 30 秒，除标版画面外共 19 个镜头，平均每个镜头约 1.58 秒，节奏比较舒缓。电视版时长 15 秒，除标版画面外共 12 个镜头，平均每个镜头约 1.25 秒。由于同一镜头的持续时间更短，因此剪辑节奏有所加快，但总体上影片的风格仍然是缓慢而抒情的。

　　本片虽然场景的时空跳越较大，每个情节段落也不具备必然的逻辑关联，甚至采用了冷暖对比的双色彩基调,但由于始终以明快的节奏、唯美的影像,沿着一条不变的情感主线来诉求产品"完美音质,直达内心"的广告主题,因此全片在整体气氛与格调上呈现出统一、和谐的艺术美感,令人百看不厌,可谓是情感气氛型产品诉求的佳作。

值得一提的是,本片在叙事的同时,还充分运用了重复和比喻蒙太奇的表现手法。在该片中,寓意"不转弯、直达内心"的音乐通过片中演员在笔直的路上和岸边漫步、用粉笔画直线以及一排整齐的蜡烛、一字形排列的图片等情节画面的多次出现,借助重复蒙太奇的积累效应,渲染和深化广告主题的同时,还借助字幕和解说提示,用"直线"明喻完美音质"直达内心深处",用蓝天、大海的蔚蓝色调隐喻人之情感"最纯净的地方",等等,都充分体现了表现蒙太奇特有的艺术魅力。

6.3　农夫茶·表白篇

如果说以上两片是不折不扣的电视广告,那么《农夫茶·表白篇》则属于网络短剧广告。网络短剧简称网剧,网剧广告通过网络传播,传播成本低,是一种较新的广告形式,和电视广告相比,其时间较长,戏剧性强,企业和产品信息巧妙而自然地蕴含于故事之中。

6.3.1　创意与情节概述

十几岁的青少年正处于情窦初开、感情萌动的阶段,纯纯的初恋,也是深埋于每一个消费者内心深处的永恒记忆。该广告片没有采用茶饮料动感前卫的表现手法,也没有继续塑造优雅的产品形象,而是以年轻、时尚示人,通过一个暗恋的故事,演绎青涩的初恋滋味。故事讲的是一个女生暗恋上了英俊的教官,这是注定不会开花结果的爱情,影片通过女孩独自"碰杯"比喻向这段爱情说再见,通过让风筝把情书带走表示这段爱情的"完美结局"。"清新的茶尖,摘下是短短的嫩绿,留下是久久的清香,虽然短暂,却是永恒,所有青涩的爱情,都将是一生不舍的回味,爱上,就知茶滋味。"这哪里是在说爱情,分明是用刻骨铭心的甜美初恋隐喻农夫茶"余香侵心,青涩甘甜"的滋味和与众不同的气质!嫩绿、清香的青青茶尖不就是鼓噪于少男少女心中那份爱的萌动和欲求吗?这样的情感诉求,无疑具有很强的艺术感染力和刺激消费的"杀伤力"。

片中的女主角由广告科班出身的张子萱扮演,拍摄用的摄像机是松下 P2 PALM 系列的 HVX200 和索尼 HDV 系列的 Z1C。两部机器都属于小高清摄像机,档次一般。

6.3.2　主要镜头画面赏析

表 6.3 给出了部分镜头的截图和画面分析,视频案例为网络版本,时间长,剧情完整,类似微缩的爱情单本剧。

表6.3　《农夫茶·表白篇》主要镜头语言分析

镜 头 截 图	画 面 分 析
镜头组1（长镜头）  剧中人物独白："这是一种从来没有的体验，那种心跳的感觉让人窒息，我想，这世上最让我心动的事情，莫过于你慢慢地向我走来。"	在钢琴曲 Kiss the Rain 的背景音乐伴奏下，首先是橱窗空镜头画面，然后女孩入画，观赏橱窗上悬挂的令她联想到那段情感的小饰品，镜头横向移跟，女孩看到几个同学过来，装作离开橱窗，当同学走远后，又返回橱窗前，最后推门进店，镜头摇跟，最后画面淡变为黑屏。所有画面未经剪辑，是一个标准的长镜头，景别一直固定为中景，场景与《德芙巧克力·橱窗篇》颇为相似。
镜头组2 	影片采用大倒叙手法，黑屏转场后，故事正式开始。 　　分别以近景和全景表现军训的场面，镜头变为空镜头画面后，教官一声"原地休息"，进入下一组镜头。该镜头组基本都是固定镜头，主要是交代故事发生的地点和背景，当然还有一个主要人物——军训的教官。
镜头组3 	女孩坐下休息，羞涩、深情地看着教官，教官用军用水壶喝水，发现水没了，女孩请教官喝茶。 　　这几个镜头全部用固定拍摄拍摄，多为三分法构图，镜头为中长焦，景深较浅，特写时背景虚化，画面很美。影调为淡褐色，与野外的地面颜色形成统一的色彩基调。
	女孩把农夫茶递给教官，这是一个全景镜头，是一个"迟来"的表现二人空间关系的交代性画面。右图是产品特写，斜线条构图，强势造型。

（续表）

镜 头 截 图	画 面 分 析
镜头组3	教官喝茶的镜头，从构图到景深运用都很好。只是在连喝几大口以后，瓶中的饮料竟然只少了一点点，这算得上是个穿帮镜头了。
	女孩说教官的水壶很酷，教官把水壶作为礼物送给女孩。女孩低头含羞双手接水壶的镜头堪称是本广告片的经典画面，令人印象极为深刻。
	女孩开心地笑了，很美的中近景三分法构图。影像转为半透明，背景也是半透明的夜晚军训场面。这样的技术处理叫做叠印，和叠化的区别是：叠化的前一个镜头是淡出（化出），后一个镜头是淡入（化入），而叠印的前后两个镜头始终以半透明状态叠加在一起并同时消失。
镜头组4	一个叠化转场后，场景转为女孩的卧室。女孩内心独白："一种莫名的喜欢，说来就来，就这么没有来由，淡淡的，让人无法防备……"床头柜上的台灯是橘红色的灯罩，因而整个房间的色彩基调也是红色的，和女孩激动、甜蜜的心境十分吻合。又一个黑场后，转换为下一个场景。
镜头组5	军训结束了，师生们为教官送别。女孩在路口等他，似乎谁都没有看到她，女孩追到前面，在路边打招呼，但教官和师生们还是没有注意到她，目不斜视地从她身边走过，女孩面露伤感，失望地独白："世界上最遥远的距离不是生与死，而是我就站在你面前，却无法告诉你我喜欢你。"

（续表）

镜 头 截 图	画 面 分 析
镜头组5	一女生和教官拥抱告别,女孩看在眼里,面露痛苦。教官上车了,师生们挥手告别。该镜头组镜头数量众多,叙事连贯、清晰,以固定镜头为主,景别、景深变化有度。本镜头组和下一镜头组在影像风格上最突出的一个特点是:通过选择拍摄环境,建立了明确的绿色基调。
镜头组6	车开走了,女孩骑车追赶。特别值得一提的是,女孩的近景仰拍镜头是用捆绑在自行车上的索尼Z1C拍摄的。这组镜头一"跑"一"追",镜头切换多次,属于交叉蒙太奇的叙事结构,意在表现女孩追求爱情的勇敢、急迫和执著,虽然有些夸张,但也不违背生活逻辑。
	车开远了,女孩放弃追赶,喘着粗气,手推着自行车很难地往前又走了几步,眼看着教官的车消失在视线里。女孩手拿情书挥手作别,最后是表情痛楚的特写镜头。这几个截图中,左上图是S形线条构图,很优美,右下图是特写,视觉冲击力强烈,另两个镜头是中景,正反打组接。
镜头组7	四个镜头均用固定镜头拍摄,分别是风筝的写物空镜头,放风筝女孩的近景仰拍,风筝线轴快速旋转的空镜头特写,最后一个是大全景的女孩放风筝镜头,九宫格构图(垂直和水平方向上均符合三分法则)。这组画面的真实含意是:女孩放飞的不是风筝,而是一段青涩、甘甜的情愫。

图中文字标注:风筝特写　近景仰拍　线轴特写　大全景,三分法构图

（续表）

镜　头　截　图	画　面　分　析
	女孩拿着教官送给她的水壶,心潮澎湃,将水壶抱在胸前,镜头上摇,出现女孩面部特写。女孩将一半农夫茶倒进水壶,在一个写景空镜头的画面中,女孩入画,向着远山,一声长长的"干杯——",在山谷间回荡。这是为那份初恋送别的"碰杯",不过教官缺席了,由女孩"代劳"。
	这是同一镜头的两幅截图,固定镜头,近景,"碰杯"后,女孩先替教官把水壶中的"酒"喝掉,然后再喝自己瓶中的,好感人泪下的情景!
	女孩把信系在风筝线上,线轴飞转,直至线转完了,只剩空线轴,风筝没有了牵连,带着女孩没有来得及的告白,随风而去。最后是表现女孩释然心境的特写镜头,非常富有质感,仿佛能穿透人的心灵世界,给人以强烈的震撼和共鸣。至此,影片的情感诉求达到了高潮。
	断了线的风筝越飞越远,越飞越低,最后终于落在了远处的林间。"当爱像农夫茶,余香侵心,青涩甘甜,所有青涩的爱情,都将是一生不舍的回味,你心中,藏着什么样的爱情故事?"——农夫茶,梦幻爱情世界。直至标版画面出现,影片才露出其作为广告的"本来面目"。

镜

头

组

7

全片时长 7 分 40 秒,共 70 多个剪辑镜头,每个镜头的持续时间长达 6 秒以上,节奏十分缓慢、抒情。影片的情节主线和叙事结构都比较简单、清晰,表现蒙太奇的运用较多,也比较出彩,很好地体现了农夫山泉"讲细腻感人故事"的特长。

据博采广告公司介绍,此前的农夫茶以电视广告为主,以韩国明星李英爱代言的优雅形象上市,但市场业绩并不是十分显著,没有完全达到预期的效果。通过调研、分析的结论是:李英爱式的农夫茶,目标受众为具有小资情调的职场白领,广告也用心良苦地侧重于表现中国茶道的文化感和历史感,这本来是针对市场上其他茶饮料"正确"的差异化定位,可现实是很少有白领女性会在包里放上一瓶茶饮料上班,因为办公室完全具备喝传统冲泡茶的条件,并不需要一瓶即饮茶来代替。

通过大量的市场调研,厂家对农夫茶的目标消费群体作了重新定位,认为茶饮料的主要消费群体是 15—24 岁的年轻人,他们的生活多姿多彩,偶像、街头文化、动漫、游戏、音乐等,这些都是他们热衷的流行元素,但是最能引起他们共鸣的是什么呢?答案是爱情,是触动每一个青少年内心的初恋故事,本广告的创意构想就是以此为主线展开的。

接下来的问题是:在当今社会,当这些年轻的目标消费群体作为信息的受众时,他们主要是电视观众还是网民?答案当然是后者。基于此,厂家决定放弃 TVC(电视广告),转拍网络短剧(后来在网络版的基础上,也套剪了一个 30 秒的 TVC 版本,但投放量不大)。长达 7 分多钟、旨在通过网络传播的《表白篇》就是在这样的背景下诞生的。

为了使网络传播更有针对性,厂家与腾讯网站合作,把"爱像农夫茶,余香侵心,青涩甘甜"的 TVC 广告词作为腾讯 QQ 虚拟社区空间的预告和入口,利用 Qzone 注册人数超过两亿的庞大客户群,形成传播互动,在 QQ 社区的爱情空间里,网友可以在充满农夫茶元素的空间里建设自己的虚拟爱情家园,尽情体验农夫茶虚拟爱情空间的网络生活。结果表明,此举成为农夫茶营销链条中最为关键的一个环节,是广告信息传播方式和媒体运用的一次成功尝试。由于对消费群体和传播方式的定位十分准确,不管是广告信息的有效到达率还是传播成本,都优于电视媒体,开创了网络与传统消费品合作的一种广告终端传播模式。

6.4　康美之恋

音乐电视(music video,MV)是艺术影片的一种类型,将广告信息融入优美的画面和音乐中的音乐电视可称为广告 MV。在广告形式越来越多元化的今天,广告 MV 无疑是一种令人喜闻乐见的广告形式,对企业文化和企业品牌具有很好的宣传、推广作用。除《康美之恋》外,在央视《著名企业音乐电视展播》栏目中播出的广告 MV 还有《仙林青梅》、《香醉人间五千年》、《爱到春潮滚滚来》、《国参传奇》等。

6.4.1　创意与情节概述

《康美之恋》是由广东康美药业投拍的广告 MV,摄制团队由 100 多人组成,另有群众演员 200 多人,耗资 300 余万,采用胶片摄影机拍摄,历时十余天完成。影片同名歌曲由王晓峰作曲,童年作词,童年、梁勇执导,摄影、照明和美术分别是锡贵、贾俊起和高志强,青年歌唱家谭晶演唱,李冰冰、任泉担纲主演。据影片导演介绍,摄制组一行曾在广东、福建、广西等地辗转上万公里寻找拍摄外景,后来,在书店里无意间看到桂林摄影家滕彬、刘伟的书籍《桂林山水甲天下》和《桂林风光》,便与他们联系,在摄影家们的引导下实地踩点,确定了世外桃源、漓江、遇龙河、浪石滩、相公山等著名景区。桂林山水的神韵使创作意图得以完美实现,也使创作激情得以升华。

《康美之恋》讲述了一对恋人春秋十载、风雨同舟的恋爱和创业故事,整部影片风格优雅、情深意长,天籁般的优美歌声配以仙境般的精美画面,男女主人公在秀丽山水间,诉说信念与情怀,共同演绎艰辛创业的感人故事。作为 MV,影片没有采用以歌词为蓝本而设置相应的镜头画面、意境和故事情节的对应创意手法,而是以形散意连的逻辑关系,将音乐和画面同时向前推进、发展,这是很多广告中广泛采用的平行创意手法。

以广告 MV 为创作体裁的《康美之恋》,将企业品牌和企业文化等广告信息与影音艺术有机结合,用极尽唯美的视听手段生动地诠释了康美"用爱感动世界,用心经营健康"的品牌信念及"心怀苍生,大爱无疆"的企业情怀,成为弘扬祖国优秀中医药文化的一部经典之作。爱情向来是人们歌颂的永恒主题,就算是广告,也不例外。《康美之恋》便是这样的广告,歌曲如画,画面如诗,用爱抒情,以景写意,人、情、境三者交融,企业文化、产品信息等不知不觉间被广而告之。这样的广告真可谓"广"得浪漫,"告"得动人。

6.4.2　主要镜头画面赏析

表 6.4 给出了主要镜头的截图和画面分析,视频案例录自央视《著名企业音乐电视展播》栏目,网络上盛传的版本与电视版本基本相同。

表 6.4　《康美之恋》广告 MV 主要镜头语言分析

首先是漓江上的一艘小船,大远景,静态构图,大红的船帆是画面中的色彩重音和视觉中心。此镜头可以理解为空镜头,作用是交代桂林山水这一地理环境。

叠化转场后,两个天真无邪的小孩欢快地向对方跑去。固定镜头,远景,后景的大树是画面的结构中心,属于中心位置构图。

（续表）

　　两个小孩击掌，做着童年的游戏。小远景，固定镜头，大树移至画面左侧，人物略偏右，以防主体与后景重叠。这个镜头组旨在告诉观众，这是男女主人公"两小无猜"的童年时代，着墨不多，点到为止。

　　男主人公撑船的大远景身影，江中波光粼粼，与群山倒影交相辉映，以此作为片头画面，叠加影片的名称及词、曲作者和演唱者的字幕。谭晶演唱的《康美之恋》歌声响起，正式拉开影片的序幕。

　　首先是一个景别为特写的空镜头。清澈透明的江水流淌着。该镜头既有表示场景转换等影片结构上的作用，又有交代"水质好"的表现寓意。

　　船头上载着刚刚采摘的中草药。江水晶莹剔透，涟漪点点，翠绿如染。这是一个包含企业产品信息的镜头，交代、强调作为中药产品的原材料。

　　在上一个载着草药竹篓的船头镜头后，紧接着出现撑船人（剧中男主人公）的近景形象。注意他背上还背着一筐草药，画面呈三分法构图，人物表情刚毅而甜美，寓意身上背着的是事业，心中装满的是爱情。

　　接着出现的这个是写景空镜头，景别为远景，视野深远，但见峰峦兀立，重重叠叠，云雾迷蒙，好一个如诗如画的摇镜头——漓江的水美，山更美。

（续表）

还是同一个背景,拍摄角度、景别都没有变化,只是下起了丝丝小雨并凭空多出了一座峭立的危峰,男主人公在奋力地攀爬着。对人而言,这是个全景,但始终没有出现攀爬的山峰全貌,感觉有些假,毕竟这是个合成的画面。

女主人公跑着入画。还是小时候那棵树。虽然大树在画面中居于中心位置且占面积很大,但树是静态的,而人是动态的,真正吸引观众视线和兴趣的是画面中的人,因此该镜头的主体是人,景别属于远景。

镜头切入近景,三分法构图,长焦镜头,背景虚化,人物脸上写着焦急与牵挂,画面很有美感和冲击力。

又是一个空镜头,雨更大了,闪电划过山林,女主人公焦急不安的心情得到很好的渲染。

男主人公继续爬山采药,中近景。

女主人公趟着河水跑来,远景。

（续表）

女主人公趟着河水跑动的近景,旨在表现人物的面部表情,另外通过景别的大幅度跨越,加强视觉冲击力。

男主人公稍事休息的近景画面,表情中似有某种预感和期许。

女主人公情急之下,脚下一滑,一个跟跄摔倒了。

草帽掉进河里被水冲走,很有感染力的写物空镜头,既有形式美感,又有表现寓意。

男主人公终于爬上了山顶,向远处张望着,似在求证着心中的那份预感。山头上景比较假,很显然是为了追求画面的唯美表现而刻意设计的。这是个中近景镜头,将同一个推镜头的镜头运动部分剪掉,就变成了右图的景别和构图形式。

非常漂亮的三分法构图。在电视广告中,多用两极景别组接,像这种景别逐渐递进的镜头组接一般只出现在时间长、节奏慢、可以从容叙事的影片中。此镜头是上一个镜头的客观镜头,表示女主人公摔倒、草帽落水的情景被他看到了。

（续表）

　　一对恋人惊喜交加地向对方跑去,小远景。对于接下来的几个画面,这个镜头还具有交代场景和两人空间关系的作用。

　　在临桂会仙的一座古石桥上,两人的手握在一起,共撑一把红纸伞。写物空镜头,手部特写。

　　过肩镜头(外反拍镜头),特写,镜头前的雨丝挡不住脸上真挚的牵挂。

　　来自主机位的近景画面,两人在粉红色的纸伞下,四目相对,浪漫得让人心跳加速。

　　来自另一个分机位的过肩镜头(外反拍镜头),特写,雨水浇不灭眼中炽热的爱情。

　　来自主机位的远景画面,主旨是表现美丽的山水环境。山美,水美,人美。

（续表）

表现相爱的经典画面，虽有流于"俗套"之嫌，不过此情此景，这样的画面总让人既赏心，又悦目。

见证他们俩成长和相爱的大树又一次出现了。这是重复蒙太奇的结构手法，通过画面和情节的累积，产生强调、渲染等作用。

两人走在回家的路上。全景，男主人公撑着伞，也预示着撑起未来的事业和爱的天空。

此画面和上一个画面构成一组正反打镜头，远景。"一条路海角天涯，两颗心相依相伴；风吹不走誓言，雨打不湿浪漫。"

在一个妩媚至极的山水空镜头后，影片由上一个表现两人相亲相爱的段落过渡到研制、生产中草药的创业段落。由于这个段落中镜头数量众多，限于篇幅，下面只选取部分关键镜头，对画面语言及构图结构作简要分析。

一边踩着水车，一边开心地说着、指点着什么，劳动并快乐着。中近景，固定镜头，色彩上红绿对比，素雅而又和谐。

干活的姑娘们走路都整齐划一，快乐挂在脸上，中近景，浅景深，焦点在第一个人身上，很美。

（续表）

不失时机地插入写着"康美药坊"的牌匾特写,黑底黄字,绿叶作前景,古朴而不失雅致。

女主人公和工人在筛选草药,固定镜头,中景。穿绿上衣的工人既作陪体,又是前景。

一边干活,还情不自禁、含情脉脉地向旁边的心上人看去。近景,开放式构图形式,客观镜头。

她看到的是他正手捧着书,非常投入地钻研中草药理论。这是上一个镜头的主观镜头,中景,横移运动镜头,三分法构图。

他看的是什么书呢？当然是中医药巨著《本草纲目》了。这个特写不仅仅告诉观众男主人公在研读什么,更包含着企业的产品信息。

姑娘们坐成一排在研磨草药。全景,推镜头,服装的色彩采用上红下绿相搭配,干活的场面都那么唯美。

（续表）

小伙子们在切割草药。中景,固定镜头。

姑娘们将草药捣碎。中景,慢横移镜头。

女主人在煮熬草药。器皿的特写,浅景深。

男主人在配搭草药。为增强动感,镜头缓移。

包好的草药成品特写。这是艰苦实验的成果,又是历经若干工艺生产出的产品。

产品正装船发往外地。用画面诠释什么是"意济苍生苦与痛,情牵天下喜与乐"。

（续表）

影片的下一个段落是有情人终成眷属的婚礼场面,事业成功,爱情甜蜜,完美的大团圆,场面极尽热闹,画面美轮美奂。下面是部分镜头的画面语言及构图分析。

燕子湖,由附近村民充作群众演员表演龙舟竞渡。这组镜头共由两个远景和两个近景共四个剪辑镜头构成,本身并没有多少叙事作用,主要功能是渲染气氛并间隔前后两个段落。

"舟行碧波上,人在画中游"。康美药坊的"老板"和"老板娘"要结婚了,人们从四处跑来。雕楼画栋,张灯结彩,男女老少,穿红戴绿,场面像过年般喜庆、热闹。固定镜头,远景。

远景,横移镜头。机位在一栋桂北农家风格的木楼内,楼的护栏和立柱形成很美的框式构图。

用大型摇臂拍摄的升降镜头,两头彩狮摇头晃脑地入画,孩子们在后面追逐着,木楼前鞭炮齐鸣,小路两侧大红灯笼高高挂。

小伙子们吹着芦笙,身着苗族服装的姑娘们载歌载舞。近景,长焦镜头,前景虚化。

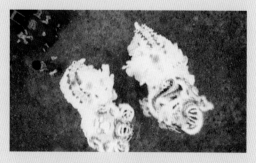

俯拍,院子与街道上被鞭炮铺上了一层"红地毯",两头彩狮舞得正欢。

（续表）

　　两头彩狮突然凌空跳起,将罩在康美药坊牌匾上的红丝绸"咬"下来。

　　身穿红衫的童男童女笑得好开心,近景。

　　花甲老人脸上也笑开了花,小特写。注意背景的选择比较有目的性。

　　身着大红花袍的新郎为新娘掀起红盖头,小特写。

　　姑娘们捂嘴偷笑,近景,浅景深。

　　小伙子们又蹦又跳,中近景,浅景深。

（续表）

新郎、新娘背靠背，浅景深，小特写。"两颗心长相伴，你我写下爱的神话"。

标版画面，和片头画面完全一样，很明显来自同一个镜头。首尾呼应，完满的结局。

　　整片分为恋爱、创业、结婚三个情节段落，层次结构非常清晰，主情节线采用顺序式蒙太奇的叙事结构，部分情节采用平行式剪辑。全片时长 4 分 28 秒，共 80 多个剪辑镜头，平均每个镜头时长 3.35 秒，节奏舒缓，景别丰富，剪辑流畅，叙事与抒情相得益彰。整部影片共采用了写景和写物空镜头各 10 多个，前者具有介绍环境、渲染气氛及转换场景等作用，后者则有写意、象征、比喻等表现功能，在叙事的基础上，很好地加强了影片的艺术表现力和情节感染力。

　　在照明上，本片多采用光质柔和的平光和顺光，景物色彩饱满，人物肤质纯正，影调细腻，画质柔美。镜头组接大量采用叠化特技，相比硬切，镜头过渡更顺畅、平滑，更富抒情性。叠化虽然是转场的常用技巧之一，但在本片中，镜头之间采用叠化过渡并不是为了转场，而仅仅是为了避免镜头过渡的生硬感，使画面的更叠更舒缓、顺滑，使影片更富抒情性和视觉美感。事实上，本片几乎所有的转场都是用写景空镜头来完成的，这一点与电视剧十分相似。

　　在色彩的选择和设计上，整片以绿色为色彩基调。山是绿的，水是绿的，人物的服装也多是绿色的。郁郁葱葱的绿色代表了生命、健康、成长和希望，影片以绿色来传达企业对健康的追求和对美好生活的热爱，无疑是非常正确的选择。当然，如果所有的镜头以及每一个画面中的视觉元素都是绿色的，就势必会流于单调和乏味了，也不符合对色彩基调的处理原则。事实上，除了绿色，影片还大量地运用了红色，比如红色的灯笼、红色的船帆以及结婚场面中大量的红色元素，另外年轻女性的服装也是红和浅绿相搭配。总之，绿色的基调，辅以红色的点缀与渲染，无论是色彩的形式美感还是其情感寓意，都运用得恰到好处。

　　本章主要内容：

　　1. 镜头语言是视听语言中与"视"有关的信息部分，具体包括色彩、影调、线条、主/陪体、前/后景、景别、视点、构图类型、构图法则及镜头运用等。镜头运用则包括固定镜头、运动镜头、长镜头、主观镜头、空镜头、机位调度及景深等。

2. 剪辑结构属于蒙太奇的范畴,包括镜头的组接顺序、组接规律及影片段落的构成等,如本章案例三就是采用大倒叙的叙事结构。

3. 镜头语言和剪辑结构是实现影片创意与情节的叙事手段和表现形式。

4. 镜头组即蒙太奇段落,类似文章的自然段,具有相对独立、完整的叙事和表意功能,一般由多个剪辑镜头按时间或逻辑顺序构成。理论上,一个镜头,特别是一个长镜头,也可构成一个蒙太奇段落。

5. 如本章案例三和案例四这类时间长、叙事性强的广告片通常由多个蒙太奇段落(镜头组)构成。

本章思考:

1. 色彩基调是镜头语言的重要组成部分,本章四个广告案例中,哪些刻意设计并成功运用了色彩基调?

2. 大景别镜头(全景、远景)又叫交代镜头,多具有交代事件的场景及人物空间关系等功能,特别适合用在影片的开始段落,本章的哪些案例是这样处理的?

3. 根据时长、风格和创意诉求的不同,广告片也有侧重叙事和侧重表现两种类型,试分析本章四个案例中,哪些以叙事为主,哪些以表现为主。

4. 为什么说案例三中的第一个镜头本身就是一个蒙太奇段落?

5. 什么叫快速剪辑? 什么是剪辑节奏? 在拍摄和剪辑时,镜头持续时间的选择和控制依据主要有哪些?

6. 从网上下载一个优秀的电视广告,尝试对其画面、声音及剪辑特点等进行全面分析。

7. 你认为广告网络短剧和广告音乐电视的现状和发展趋势如何?

参考文献

［ 1 ］ 和群坡，《影视广告制作教程》，北京：中国传媒大学出版社，2006。

［ 2 ］ 方欢丰、袁琳，《影视广告设计》，武汉：湖北美术出版社，2007。

［ 3 ］ 胡立德，《新闻摄像》，杭州：浙江大学出版社，2006。

［ 4 ］ 任金州，《电视摄像》，北京：中国广播电视出版社，2004。

［ 5 ］ 黄匡宇，《当代电视摄影制作教程》，上海：复旦大学出版社，2009。

［ 6 ］ 姚争，《影视剪辑教程》，杭州：浙江大学出版社，2007。

［ 7 ］ 韩振雷，《现代影视制作概论》，杭州：浙江大学出版社，2003。

［ 8 ］ http://en. wikipedia. org/wiki/Television_commercial (维基百科/电视广告)

［ 9 ］ http://pro-av. panasonic. net/en/sales_o/p2(松下专业视听)

［10］ http://pro. sony. com. cn/minisite/xdcamex/relate_01. html(索尼专业视听)

［11］ http://www. cmic. zju. edu. cn/cmkj/web-yxys(优秀影视广告赏析多媒体课件)

［12］ http://www. vision1. cn/Article/wa/YSJB(第一视觉)

［13］ http://www. zjadw. com/news_show_1771. htm(浙江广告网)

［14］ http://www. cnad. com(中国广告网)

［15］ http://www. a. com. cn(中华广告网)

［16］ http://www. crazyad. cn(疯狂广告网)

图书在版编目（CIP）数据

广告摄像教程/韩振雷著. —上海：复旦大学出版社,2011.5
（复旦博学·广告学系列）
ISBN 978-7-309-08009-4

Ⅰ. 广… Ⅱ. 韩… Ⅲ. 广告-摄影艺术-教材 Ⅳ. J412.9

中国版本图书馆 CIP 数据核字（2011）第 043190 号

广告摄像教程
韩振雷 著
责任编辑/黄文杰

复旦大学出版社有限公司出版发行
上海市国权路 579 号 邮编:200433
网址:fupnet@ fudanpress. com http://www. fudanpress. com
门市零售:86-21-65642857 团体订购:86-21-65118853
外埠邮购:86-21-65109143
上海锦佳装璜印刷发展公司

开本 787×1092 1/16 印张 13.5 字数 272 千
2011 年 5 月第 1 版第 1 次印刷

ISBN 978-7-309-08009-4/J·165
定价:48.00 元